I0736701

LA LOUVE BRISÉE

LES LOUPS SAUVAGES

MILA YOUNG

Traduction
SOPHIE SALAÜN

CONTENTS

LES LOUPS SAUVAGES

La Louve Perdue

La Louve Brisée

La Louve Damnée

LA LOUVE BRISÉE

Les secondes chances, ça existe ?

Notre mission est simple : retrouver ma mère et trouver le moyen de sauver ma sœur des griffes des sorcières. Cela ne devrait pas poser de problème, mais dans le monde où nous vivons, rien ne se déroule jamais comme prévu, surtout quand on voyage avec quatre Alphas Vikings sexy prêts à déclencher une guerre pour s'approprier le Secteur Sauvage… ainsi que moi !

Plus je passe de temps avec eux, plus je sens que mon esprit, mon corps et mon âme enclins à se plier à leur volonté et leurs désirs. Cela complique les choses, surtout quand mon passé me revient en pleine face.

Et pour couronner le tout, quelqu'un a maudit ces Alphas dangereusement méchants dont je suis devenue proche pour qu'ils restent à mes côtés, que cela leur plaise ou non. J'ai d'autant plus de mal à leur faire confiance…

Parce que parfois, la trahison de vos proches peut vous détruire.

* * *

1

NARAH

— Narah, écoute-moi, me dit précipitamment Kaira d'une voix hachée. Toi et Jae êtes en danger là dehors. Ramène-la ici avec toi. Et quoi que tu fasses, ne laisse jamais Mère te trouver.

À l'intérieur de moi, ma louve enrage, me supplie d'arracher ma sœur à cet endroit, et de l'obliger à entendre raison dans sa lutte pour la domination.

Mais je déteste aussi qu'on me mente, surtout droit dans les yeux.

Ma sœur devrait le savoir, et c'est peut-être le cas. Après tout, c'est peut-être ce qu'elle cherche, à me faire douter de sa sincérité, parce que la fille qui se trouve devant moi ne peut pas être ma sœur. Cette Kaira pose un regard glacial sur moi. Elle est distante, et elle ne m'a même pas étreinte une seule fois depuis que je l'ai retrouvée parmi les sorcières. Comme ma petite sœur avait l'habitude de serrer tous ceux qui ne faisaient même que lui sourire dans notre ville, je sais que quelque chose ne tourne pas rond chez elle. Et elle voudrait que je ramène ici notre plus jeune sœur, Jae, et que je la mette en danger ?

Qu'ont-ils fait de ma Kaira ?

Je balaie du regard la terre des sorcières, la foule qui s'agglutine, et la Grande Sorcière, Lyra. Elle se tient derrière ma sœur, telle une marionnettiste, et me scrute.

Je sais que Kaira est sous l'influence de la magie, et la peur me compresse la poitrine. Elle est prisonnière d'un sort, semblable à l'entrave d'acier froid que les sorcières ont placé autour de mon cou pour inhiber ma magie. C'est la seule explication possible à son comportement, et j'ai terriblement envie de la faire sortir du brouillard qui l'aveugle.

Elle se rapproche, essayant en vain de paraître triste.

— Sœurette, je t'en prie. En grandissant, tu as tellement fait pour nous protéger. Aujourd'hui, donne-moi l'occasion de te sauver à mon tour.

Elle tend la main vers moi ; elle voudrait que je m'en saisisse et que je la suive.

Mais mes défenses se dressent.

Ragnar, qui me tient toujours, enroule le bras autour de mon ventre, refusant de me laisser partir.

Nous ne devrions pas être ici. Je ressens la magie, ses trépidations jusque dans mes os. Lyra était au courant que nous venions, elle le savait forcément, et si je ne parviens pas à faire sortir rapidement Ragnar et ses hommes, ils vont se battre, et mourir. Quelque chose se tord et se contracte au creux de mon ventre à l'idée qu'ils puissent périr sous mes yeux.

Si Ragnar est venu jusqu'ici, c'est pour imprimer son

droit de propriété sur cette terre, prendre les sorcières sous sa protection, en espérant tirer parti de leur pouvoir. Ça ne devrait pas me surprendre, c'est le genre de choses que font les Alphas. Dans ce monde brisé, s'ils se battent, c'est pour des territoires ou des femmes, et je déteste le fait que nous ne soyons pas plus que des objets à leurs yeux.

Mais je ne suis pas idiote.

Je suis porteuse de magie tout comme Kaira, ce qui fait que nous sommes craintes par beaucoup, et désirées par les autres. Pour quelle autre raison Lyra s'intéresserait-elle à nous ? Elle doit penser que Jae est comme nous. Je me dis que peut-être par miracle Kaira ne lui a pas dit que notre plus jeune sœur a montré des signes de magie. Mais si ce n'est pas le cas, pourquoi la voudraient-ils aussi ?

Je lève les yeux vers Ragnar, attirant son attention. Il arbore une expression féroce. Il a l'habitude des négociations, même s'il doit lui aussi savoir quand il faut arrêter les frais.

— Il faut qu'on s'en aille, lui dis-je. Maintenant.

Il ne proteste pas mais m'adresse un léger signe de tête, et je dois bien admettre qu'il me surprend. Je m'étais plutôt attendue à un combat.

— Eux s'en vont, mais pas toi ! aboie Lyra, plissant ses yeux verts pour me scruter quand je me retourne vers elle.

Mon pouls bat jusque dans mes oreilles ; elle est complètement folle de croire que je laisserai Jae seule dehors, ou que je la leur livrerai. Comme Lyra a ensorcelé Kaira, je sais qu'il n'y a rien à attendre d'eux.

Il faut que je la fasse sortir d'ici.

Je me creuse la tête pour trouver une solution viable. Je relève la tête et m'adresse à la Grande Sorcière de l'assemblée d'une voix forte :

— Ragnar a invoqué le Pacte de Lupus, et tu l'as corrigé en indiquant que nous l'avions rompu en débarquant ici sans être annoncés.

Je déglutis difficilement et balance des mensonges, étant donné que je n'ai jamais entendu parler de ce truc. Mais quand Ragnar l'a invoqué, j'ai saisi qu'il s'agissait d'une sorte de rituel de protection entre utilisateurs de magie.

— Où veux-tu en venir ? m'interroge Lyra, haussant un sourcil, le regard acéré.

Les hommes de Ragnar, Stone, Nikos et Crius, se rapprochent de nous, attendant que je continue.

— La convocation de Ragnar pour notre immunité est maintenue. On m'a traînée dans votre maison contre ma volonté. Je n'étais pas encore entrée quand un membre de votre assemblée m'a attirée à l'intérieur ; ces hommes, ce sont mes protecteurs. Ils ont fait ce pour quoi ils ont été engagés et sont venus à mon secours à la suite de vos agissements.

Mon cœur martèle à présent ma poitrine, et je dois rassembler toutes mes forces pour ne pas lui montrer à quel point je tremble intérieurement.

— Elle était *au-delà* de l'entrée, siffle la sorcière rousse qui m'a attirée là au départ.

— Ce n'est pas parce qu'on se tient dans l'embrasure de votre porte qu'on débarque chez vous, constate Ragnar. Narah vient de démontrer un argument valable.

Lyra pince les lèvres tandis que Kaira me regarde simplement, comme si elle n'écoutait même pas notre conversation. Je n'arrive pas à dire si ma sœur est consciente de ce qui se passe, ou si elle est tellement envoûtée qu'elle attend le prochain ordre.

Je reporte mon attention sur Lyra, me tenant bien droite.

— Selon la règle du Pacte de Lupus, nous avons le droit de passer et repartir sans qu'il nous soit fait de mal.

Elle s'avance vers nous, et ses cheveux noirs donnent l'impression de voltiger au gré d'une brise qui n'existe pas, sa robe violette épousant ses courbes. Elle a une moue sur les lèvres, et porte fièrement ses seins en avant. Son regard se rive sur Ragnar et ses lèvres couleur rubis esquissent un sourire.

Je la déteste encore plus de le regarder de cette manière.

— Tout a un prix, ronronne-t-elle d'une voix sensuelle et douce.

Je suis prise d'une bouffée de jalousie devant l'attention qu'elle porte à Ragnar, sa manière de s'arrêter près de lui et de passer la main sur sa poitrine. Mes entrailles s'enflamment à cette vue, et je suis dévorée par l'envie de la repousser.

Je sais que c'est insensé... Ragnar ne m'appartient pas, et pourtant ma louve s'avance ; elle veut que je me jette sur elle pour avoir osé le toucher. La marque de morsure qu'il m'a faite brûle mon épaule et me pique.

Il garde son bras fermement enroulé autour de ma

taille, son corps se tend contre mon flanc. Mais il reste en place, sans pour autant repousser Lyra.

Contractant la mâchoire, il lui lance un regard perçant.

— J'écoute.

Elle sourit et prononce quelques mots incompréhensibles à mi-voix.

Ma peau se hérisse, et je me prépare à ce qui nous attend.

Soudain, le reste de l'assemblée se met à fredonner, les yeux fermés, à l'exception de Kaira. Elle nous sourit, je vois briller dans son regard quelque chose de sauvage.

— Ils nous jettent un sort ! m'exclamé-je en poussant Ragnar pour qu'ils s'en aillent.

Je m'agrippe éperdument au collier métallique autour de mon cou, tentant de l'enlever pour accéder à ma magie.

Avec un claquement électrique, mon dos se cambre, tout comme celui des loups. Ma poitrine se contracte. Je n'arrive plus à respirer, mais je sens quelque chose monter en moi.

La peur me saisit, et je m'arrache la gorge, mes poumons réclamant désespérément de l'air.

C'est comme si on me pressait de l'intérieur. L'énergie crépite dans l'air, danse sur ma peau, et je suis prise de violentes convulsions.

Mes poumons se contractent, je suffoque, tentant d'arracher l'entrave à mon cou.

Soudain, ma gorge se libère, et je halète, aspirant autant d'air que possible. Penchée en avant, les mains sur les genoux, j'inspire profondément tandis que ma peau me picote. Bon sang, mais qu'est-ce qu'ils viennent de nous faire ?

Les hommes inspirent à pleins poumons, toussent et se frappent la poitrine du poing pour essayer d'avaler plus d'air.

Crius rugit et passe en trombe devant Ragnar. Il atteint Lyra et la saisit à la gorge.

— Putain, c'était quoi ça ? grogne-t-il.

Ses yeux s'écarquillent, mais elle tend aussitôt la main et lui touche le front. Soudain, Crius est projeté dans les airs, comme s'il n'était rien de plus qu'une carcasse d'animal abandonné. Il s'écrase au sol et roule plusieurs fois avant de s'arrêter net.

Mon cœur s'emballe de voir avec quelle facilité elle s'est débarrassée de lui.

Il gémit et commence à se relever. Dieu merci, il n'est pas mort.

— Vous n'êtes pas les seuls à savoir contourner les règles à votre guise, lance Lyra, et j'entends le sourire dans sa voix avant même de me retourner et de découvrir son sourire lubrique.

Je déteste vraiment tout chez cette femme, et chaque fois qu'elle pose les yeux sur Ragnar, un sentiment de répulsion plus profond me saisit. Je ressens l'urgence de faire quelque chose, comme si, en tant que porteuse de magie, je devais être celle qui l'arrêterait.

— Tu peux cesser de jouer la comédie maintenant, grogne Ragnar. Parle franchement, sorcière ! Qu'est-ce que tu viens de faire ?

Elle laisse retomber ses cheveux sur ses épaules, l'air plutôt fière d'elle.

— Vous partez contre ma volonté en invoquant l'ancien appel de protection, mais vous me prenez pour une idiote ? Ce que vous venez de ressentir, c'est une malédiction que j'ai jetée sur chacun d'entre vous.

Elle crache les mots en se frottant le cou là où Crius l'a attrapée.

— Une malédiction ? murmurè-je.

— Putain de merde, beugle Nikos. Qu'est-ce qui va nous arriver ?

Ma peau se hérisse devant son aveu… Cette pétasse nous a maudits !

— Pour combien de temps ? Comment brise-t-on cette malédiction ?

— Amène-moi Jae et je te libérerai, m'explique-t-elle nonchalamment.

— Non, laissè-je échapper. Ça n'arrivera pas. Débarrasse-nous immédiatement de ce sort !

Je suis lassée de me sentir utilisée. C'est déjà assez compliqué de vivre comme un paria parmi les loups. Je n'ai pas besoin en plus de me coltiner la malédiction des sorcières.

— Que fait le sort ? demande Stone d'un ton amer, les épaules courbées vers l'avant comme s'il était prêt à se jeter sur elle d'une seconde à l'autre.

Les coins de sa bouche se retroussent. Elle savoure chaque instant de notre panique.

Crius, blême, agrippe l'épaule de Ragnar.

— Je m'en occupe. Écartez-vous de là.

— Pas question, grogne Ragnar, qui le repousse en plaquant une main sur sa poitrine.

Lyra pousse un gloussement aigu.

— Sur notre terre, il n'y a pas que des mots pour garantir que vous n'allez pas à l'encontre de notre rite. Revenez avec Jae avant la prochaine pleine lune, ou vous mourrez tous les deux étouffés à minuit, l'un après l'autre. Toi, Narah, tu seras la dernière.

Elle croise mon regard.

— Je veux que tu les regardes périr en te disant que tu es responsable de leurs morts.

J'en ai la nausée, et je me jette sur elle, submergée par une rage aveugle.

Ragnar m'attrape par la taille et me tire en arrière, me collant à son torse.

— C'est bon, petit renard, je sais que tu es capable de lui arracher la gorge, mais pas maintenant.

Lyra glousse à ses paroles.

J'ai du mal à avoir un raisonnement logique alors que je veux juste qu'elle souffre. Je tremble, les larmes me brûlent les yeux tant j'enrage.

— Narah, m'appelle Kaira, attirant mon attention. Ne sois pas bête. Ramène Jae et sauve ta peau.

Mais je secoue la tête, en proie à la fureur de voir que ma propre sœur n'est pas de mon côté, que nous nous sommes si aveuglément précipités dans ce piège. J'aurais dû poser plus de questions à Ragnar, faire davantage pour le dissuader d'essayer de conclure un tel marché avec les sorcières, mais tout est parti en vrille quand j'ai découvert que Kaira était ici.

— Retirez-moi ce collier ! m'écriè-je avec colère.

J'ai comme un goût métallique sur la langue... De la magie.

Lyra murmure quelque chose à voix basse. Elle me

fait penser à une fleur vénéneuse. Belle à regarder, mais ses caresses sont toxiques.

La pièce métallique autour de mon cou se déverrouille et se libère. Elle retombe par terre avec un bruit sourd, et je me frotte le cou à l'endroit où elle m'a pincé la peau.

— Je ne suis pas l'ennemi, dit Lyra en regardant le collier à mes pieds.

Je manque d'éclater de rire. Pense-t-elle honnêtement que je suis naïve au point de la croire ?

Ragnar commence à reculer, m'attrape par le bras. Ses hommes nous encadrent, à l'affût de toute attaque soudaine.

— On part ! ordonne-t-il.

Nous sommes contraints de nous replier, de battre en retraite, et je m'efforce d'entendre les mots que Lyra dit aux sorcières derrière elle. De simples murmures flottent dans l'air. J'ai envie de savoir ce qu'elles disent, mais nous partons rapidement.

Nous nous précipitons pour mettre de la distance entre eux et nous. Quitter Kaira est un coup dur, très douloureux. Ma gorge se noue alors que mon instinct me hurle de retourner la chercher et de ne pas la laisser aux mains de ces monstres.

La seule image qui me vient en tête, c'est Kaira, Jae et moi sortant en trombe de notre maison dans la meute des Loups de la Tempête. Leur peur, leur panique et la promesse que je leur ai faite de les retrouver près de la rivière. Mais elles n'y sont jamais parvenues, et je ne cesserai jamais de lutter jusqu'à ce qu'elles soient de nouveau en sécurité à mes côtés.

— Vite, grogne Ragnar en me poussant vers l'entrée.

— Je ne peux pas laisser ma sœur, protestè-je en me dégageant de sa prise.

Ragnar se tourne vers moi et me prend par les épaules, plongeant son regard dans le mien.

— Comment imagines-tu faire une chose pareille alors qu'elle est restée là à nous regarder nous faire maudire sans bouger le petit doigt ? Pour le moment, ils ne feront aucun mal à ta petite sœur. Mais nous sommes en danger.

Je sais qu'il a raison. Mais toute ma vie, j'ai veillé sur mes deux sœurs. Elles sont tout ce qui me reste en ce bas monde, alors partir sans Kaira, c'est comme laisser une partie de moi.

Les larmes me montent aux yeux, mais je ne peux pas les retenir. Pas avec cette impression que ma poitrine est sur le point de se fendre en deux.

— Allons-y.

Mais la peur me submerge. Comment suis-je censée sauver Kaira avant la prochaine pleine lune, qui a lieu dans deux semaines ?

Ragnar pose sa main sur mon coude et m'intime d'aller plus vite.

Je lève les yeux vers la sortie qui se profile devant nous.

Le sentiment accablant d'être observée me fait frissonner, et les poils se hérissent sur mes bras.

Je regarde par-dessus mon épaule. Lyra et Kaira chuchotent en regardant dans notre direction. Une pointe de jalousie, colère et culpabilité me transperce.

Qu'est-ce que cette sorcière a fait à ma sœur ?

2

NARAH

— C'est parti en vrille ! Et maintenant nous sommes maudits ! grogne Crius, passant juste à côté de nous, mais pas avant de me lancer un regard comme si j'étais la seule à blâmer pour tout ce qui a mal tourné.

Pour une raison idiote, sa réaction m'affecte, et je me sens coupable. Je tremble encore sous le coup de la brutalité de ce qui s'est passé chez les sorcières, et j'ai les larmes aux yeux à cause de ma sœur.

— Écoute… commencé-je avant d'être interrompue par Ragnar.

— Pas maintenant, ordonne-t-il en se tournant vers le territoire de la sorcière. Nous devons d'abord nous éloigner le plus possible d'ici.

C'est vrai, il a raison je crois. Nous pourrons parler plus tard.

Crius marmonne, surtout des jurons, et passe en trombe devant nous, se frayant un chemin à travers la forêt.

Nous le suivons tous les quatre à la trace, courant presque. J'ai les poils de la nuque hérissés par cette sensation qu'un prédateur s'approche furtivement de nous.

Bien sûr, j'ai trouvé ma sœur, et nous ne sommes pas morts. Ce sont des raisons de se réjouir, mais nous sommes tous maudits et des bombes à retardement ambulantes à présent. L'une de mes sœurs est toujours aux mains de ces psychopathes, ce qui craint terriblement, tandis que mon autre sœur est de retour en ville avec les gardes de Ragnar.

Je cligne sans arrêt des yeux pour repousser les larmes qui menacent de couler maintenant que nous nous éloignons de là. Une partie de moi voudrait rebrousser chemin et simplement obliger Kaira à partir avec moi, et laisser les sorcières faire ce qui leur chante.

Évidemment, c'est impossible, mais allez dire ça à la culpabilité qui me ronge le cœur, me punissant de l'avoir laissée.

Chaque fois que je me retourne, Stone et Nikos, qui nous suivent, me regardent. Je ne sais pas ce qu'ils voudraient que je dise. Mais ils se taisent aussi, portant les sacs à dos qu'ils avaient laissés à l'extérieur de l'enceinte des sorcières. Stone a ramené ses cheveux blonds derrière ses oreilles, sa barbe claire aurait grand besoin d'être taillée. Alors qu'avec Nikos, je n'arrive à me concentrer que sur ses yeux verts intenses avec des éclats d'or.

Qu'est-ce qu'ils pensent vraiment ? Est-ce qu'ils m'en veulent aussi ?

Ce qui vient de se passer me donne la nausée, et

maintenant je me retrouve au milieu d'une lutte acharnée entre Kaira et les sorcières, ces hommes, et Jae. J'aurais dû mieux me préparer à l'éventualité d'un piège, et je me déteste de m'être précipitée si aveuglément dans cette situation infernale.

Ragnar reste près de moi. D'une certaine façon, c'était presque réconfortant de l'avoir à mes côtés tout le temps où nous avons affronté les sorcières, surtout que je me sentais plus seule que je ne l'avais été depuis longtemps.

Je ne cesse de jeter des coups d'œil en arrière, espérant que Kaira change d'avis et se joigne à nous. Je voudrais avoir tort et qu'elle ne soit pas contrôlée par les sorcières, mais quand finalement le passage en bois menant à leurs terres disparaît de notre vue, je renonce à cet espoir.

Devant nous, Crius s'arrête et opère un demi-tour pour nous regarder, un air féroce sur le visage, les bras raidis sur les côtés, plissant les yeux. Il se tient sous un grand pin, les ombres dissimulant son expression, mais je n'ai pas besoin de voir son visage pour savoir qu'il est toujours furieux.

— Je n'ai pas signé pour ça, putain ! grogne-t-il en s'approchant de nous.

Ses cheveux blonds fouettent ses épaules. Sa mâchoire est couverte d'un léger chaume, tandis que les anneaux d'argent aux extrémités de sa barbe séparée en deux courtes tresses attirent mon attention. Ils miroitent dans les rayons du soleil. Je ne peux nier que même quand il est en colère, il est terriblement beau. Il me domine, son torse musclé se soulève ; mais aujourd'hui, il y a un reflet sauvage dans ses yeux, comme s'il s'était perdu.

Il s'avance dans l'espace de Ragnar.

L'air est chargé de fureur, et je m'écarte car je ne veux pas être au centre du combat qui s'annonce.

— Calme-toi, merde ! aboie Ragnar en réponse, en plein dans son visage. Pour le moment, le plan a changé, mais le résultat sera le même.

Crius frissonne : il ne veut rien entendre. Il plaque ses paumes sur la poitrine de Ragnar, mais l'Alpha ne bouge pas. Il est solide, et je mentirais si je disais que ce n'est pas impressionnant.

Incrédule, je contemple Crius qui a osé lever la main sur Ragnar. Au sein de la meute des Loups de la Tempête, j'ai vu des hommes se faire tuer pour moins que ça.

Nikos et Stone se rapprochent, la respiration laborieuse, et un frisson me parcourt la peau à l'idée d'être encerclée par ces hommes massifs au regard belliqueux.

— Crius, lance Nikos d'une voix grinçante. Recule.

Mais Ragnar lève une main pour qu'ils s'écartent, et ils s'exécutent.

— Crius, grogne-t-il de sa voix d'Alpha, autoritaire et profonde au point que mes genoux vacillent en réponse. Ressaisis-toi, ou je t'y contraindrai.

Je n'arrive pas à détourner le regard, en voyant ces deux puissances s'affronter. Et pour être tout à fait honnête, je n'ai pas la moindre idée de ce qui se passe avec Crius. Est-ce que Ragnar ne devrait pas être le plus énervé que les choses aient si mal tourné ?

Au lieu de cela, un grognement inhumain s'échappe de la gorge de Crius, son visage s'assombrit de fureur, et l'odeur de poudre de la transformation du loup entache l'air. Crius est pris de convulsions, il perd le contrôle. Sa peau se déchire le long de ses bras, laissant échapper de la fourrure blanche, mais il ne grimace pas. Il grogne seulement plus fort. Ses membres s'étirent, son torse s'allonge. Ces Alphas Viking sont plus grands que tous les loups métamorphes que j'aie jamais rencontrés. Tout en eux est monstrueux et effrayant.

— Oh merde, il perd la tête, aboie Stone, qui se rue vers Crius. Fais-le redescendre, merde !

Ragnar s'éloigne de Crius puis revient, l'attaquant par le côté. Il se jette sur le loup et le fait tomber à terre.

La mâchoire de Crius claque devant Stone qui se jette pratiquement sur lui, tandis que Nikos s'agrippe à ses jambes.

Mon cœur martèle ma poitrine et je recule lentement jusqu'à ce que mes talons heurtent un arbre. J'ai vu assez d'Alphas se battre en grandissant pour savoir que c'est normal… Ils ont l'habitude de faire des démonstrations de domination, mais qu'est-ce qui a pu déclencher Crius ? Est-ce qu'il voulait que la rencontre avec les sorcières s'achève en bain de sang ? C'est pour ça qu'il est aussi furieux ?

L'explosion féroce de grognements et de cris me transperce les oreilles, alors que tous les trois luttent contre un loup incontrôlable.

Je n'arrive même pas à distinguer ce qui se passe avec cet enchevêtrement de gens. Mais les grognements brutaux me font grincer des dents.

Un flou blanc jaillit soudainement de la bataille chaotique. Crius se retourne comme le véritable prédateur qu'il est sous sa forme de loup, le poil blanc maculé de sang sur le cou et la patte avant. Il pousse un hurlement tonitruant, basculant la tête en arrière ; le son me vrille les tympans.

Un frisson envahit ma colonne.

Soudain, je ne me sens plus en sécurité auprès d'eux. Je lève les yeux et constate à quel point la branche de l'arbre derrière moi est basse.

Stone et Nikos se précipitent sur Crius, mais mon attention se porte sur Ragnar, qui se déshabille. Il retire ses bottes et baisse son pantalon. Mon regard se pose sur son derrière ferme, sur ses jambes puissantes et les muscles qui se contractent dans son dos. Je sais que je devrais être inquiète, et je le suis, mais une autre partie de moi est excitée.

Je m'enflamme à la simple vue de son corps nu, et ma peau se tend, mes mamelons se dressent. Un gémissement naît à la base de ma gorge en réponse. Ma louve grogne pour lui. Elle se réveille, me poussant à le rejoindre

Couchée, ma fille. Il est en plein milieu d'une foutue bagarre... Non pas que ça fasse une grande différence vu la réaction de mon corps.

Ragnar bondit sur Crius, son corps se contorsionne et se transforme à mi-course. Il prend sa forme de loup blanc et le changement est si rapide que j'en reste stupéfaite. Et au cours de ma vie au sein de la meute des Loups de la Tempête, j'ai été témoin d'un certain nombre de transformations.

Mais aucun de ces Alphas ne soutient la comparaison face à Ragnar. Pas un seul. C'est le plus gros loup que j'aie jamais vu.

Je reste figée sur place, le ventre noué alors que Ragnar et Crius s'affrontent brutalement.

J'ai mal à la tête car que je ne comprends pas ce qui se passe, ni pourquoi Crius s'est mis en colère ; mais je n'arrive pas non plus à me décider à bouger.

Ils retombent sur le sol de la forêt, sous les yeux de Stone et de Nikos. Au départ, je pense qu'ils restent à proximité pour pouvoir se joindre à la bataille pour donner un coup de main à leur leader, mais ils sourient.

Ils savourent ce moment.

Je n'ai jamais été un fan des combats d'Alphas, mais même moi, je peux apprécier la force pure de deux loups puissants au combat.

Ragnar roule sur le dessus, sa mâchoire se referme sur l'épaule de Crius. Le sang jaillit de la blessure, éclaboussant la terre.

Crius pousse un cri entre le grognement et le gémissement, et son corps se tord sous la morsure. Ragnar grogne, le plaque au sol, le mord sauvagement.

Il y a tellement de sang.

Mon pouls s'emballe.

Je grimace pour Crius. Il s'est comporté comme un sale con aujourd'hui, mais je ne veux pas qu'il meure.

— Arrêtez ! m'écriè-je, incapable de me contrôler.

Ce qui était une erreur. Ragnar jette un rapide coup d'œil dans ma direction, ce qui laisse juste assez de temps à Crius pour le repousser sur le côté avec un coup de tête. Ils se remettent debout, mais Crius se dirige déjà vers moi.

Il m'a trouvée.

Je me retourne et cours pour sauver ma vie, car il n'y a aucune chance que Crius vienne me faire un câlin. Évidemment, je connais la règle : ne jamais courir devant un loup, mais l'instinct me fait décoller. Je ne suis pas assez puissante pour rester immobile alors qu'un monstre se précipite sur moi avec des intentions sauvages.

Submergée par la peur, je fonce vers les arbres quand un hurlement de panique franchit mes lèvres.

Je jette un coup d'œil en arrière et tombe sur un spectacle terrifiant.

Crius arrive vers moi à grands bonds et il m'a pratiquement rattrapée. Mais Ragnar est juste derrière lui, avec Stone et Nikos qui se rapprochent des deux côtés.

La peur ne me lâche plus, et je hurle en courant à toute vitesse pour échapper à ses dents acérées. Et la seule chose à laquelle je pense, c'est à ce stupide conte de fées que mon père me racontait quand j'étais petite, à propos d'une fille avec un manteau rouge qui avait été dupée par un loup dans les bois, qui s'était enfuie et avait quand même été dévorée.

C'est ce qu'elle a ressenti ? Comme si elle allait vomir d'une seconde à l'autre ?

C'est drôle, les choses qui vous passent par la tête quand vous êtes confronté à la mort. Je songe à ma magie, et me dis que ç'aurait dû être ma réponse instinctive. Mais apparemment, quand je me retrouve dans une situation critique pour ma vie, mon pilote automatique s'enclenche en mode « fuite ».

Mon pied accroche une racine et je trébuche en avant.

La terreur me transperce quand je heurte le sol, et d'instinct, je me roule en boule, m'attendant à ce que des crocs aiguisés me déchirent.

Une explosion de grognements et de cris résonne dans mon dos, me faisant sursauter.

Je lève la tête et regarde Crius coincé sous Stone et Nikos, les mâchoires de Ragnar se refermant sur le cou de Crius en grognant.

Soumission… Il l'oblige à se soumettre. J'avais vu Père le faire à certains de ses hommes quand il était l'Alpha responsable de la meute des Loups de la Tempête.

Parfois, le côté brut et primitif des loups prend le dessus et il faut leur rappeler qu'ils appartiennent à un chef de meute et qu'ils doivent se soumettre.

Je tremble et me relève.

Nikos arrive près de moi, me prend le bras, et retire une brindille de mes cheveux.

— Il ne faut jamais appeler un loup en pleine frénésie.

C'est comme ça que ça s'appelle… la frénésie ? Je préfère y songer comme à une perte totale de contrôle.

— Qu'est-ce qui ne va pas chez lui ?

Je ne cesse de regarder Crius qui se trémousse et lutte contre Ragnar. Stone le retient toujours, prêt à intervenir si nécessaire.

— Crius a juste besoin qu'on lui rappelle qui est son

Alpha. On pourrait dire qu'il a toujours eu des problèmes de contrôle.

Je lève les yeux sur Nikos, cet homme magnifique aux épais cheveux châtains qui courent sur le dessus et l'arrière de sa tête, avec les côtés rasés. Il a un tatouage qui remonte sur sa nuque. Il représente deux serpents entrelacés qui mordent la queue de l'autre.

À voir sa force et sa puissance, et le calme avec lequel il parle, comme s'il s'agissait d'un événement quotidien, je ne peux m'empêcher de me demander quelle vie ils menaient au Danemark.

Ils se battaient de l'aube au crépuscule ? Ils mâchaient des pierres ? Luttaient contre des démons ?

— Il a essayé de me tuer, lui rappelé-je.

— Jamais nous ne l'aurions laissé te faire de mal.

Ses mots sont empreints d'une émotion que je ne parviens pas à déchiffrer.

— Désolée, j'ai du mal à te croire, mais je viens de voir ma vie défiler devant mes yeux là-bas.

J'ai la voix qui tremble. Je suis aussi toujours sous le choc d'avoir laissé Kaira avec les sorcières, et tout est devenu trop lourd pour moi.

Il s'approche, et pendant un instant, j'ai l'impression qu'il va me prendre dans ses bras. Est-ce dingue de ma part de me pencher en avant, comme si c'était aussi exactement ce que je voulais ? Il s'arrête à quelques centimètres et à cette distance, je sens ce parfum masculin et sexy qui lui est propre. Il écarquille les yeux comme s'il se demandait ce qu'il devait faire, et quand je plonge dans son regard, je ne pense qu'au secret qu'il m'a confié lorsque nous avons rencontré l'ours dans les bois. En secret, il projette de quitter la meute de Ragnar, par crainte d'être rejeté comme il l'a été toute sa vie. Ce qui lui est arrivé pour qu'il ressente ce genre de chose est tragique, et cela me donne envie de découvrir la vérité sur son passé.

Chacun d'entre nous est comme une coquille brisée, qui tient à peine debout. La plus grande partie de ma vie, j'ai eu l'impression d'attendre quelque chose qui ne venait pas, parce que jamais rien de bien ne m'arrive. Et aujourd'hui ne fait pas exception.

Je détourne mon attention de Nikos pour la reporter sur Crius qui se calme enfin sous le poids et la force de Ragnar.

Il frissonne, et l'odeur caractéristique de la transformation emplit de nouveau l'air. Il reprend forme humaine, et Ragnar se replie, reprenant son souffle, lui décochant un regard menaçant.

Quelques instants plus tard, Crius est allongé sur le sol, nu, couvert de sang sur la poitrine et le cou.

Il a du mal à respirer, et le voir ainsi me brise le cœur. La peau autour de la morsure est boursouflée, mais le sang a déjà coagulé et cessé de couler. Mais il a du mal à respirer et il tremble.

— Crius, dis-je en tendant la main.

Ragnar lève la tête vers Nikos avec un regard perçant. Celui-ci se place devant moi.

— Toi et moi, on doit aller se promener.

Il me prend le coude et nous nous enfonçons dans les bois, loin du trio.

— Que vont-ils lui faire ? chuchoté-je, parce que je ne veux pas que mes mots arrivent jusqu'à Crius.

Quand je regarde en arrière, Stone me tourne le dos, accroupi près de Crius, et Ragnar est assis à côté, me bloquant la vue.

— Ils vont l'aider. Et il a besoin d'un peu d'intimité, vu qu'il a un ego assez grand pour occulter le soleil.

Je comprends, je crois, et je laisse Nikos m'entraîner plus loin, jusqu'à ce que nous fassions une pause dans une partie de la forêt où les arbres sont clairsemés et où le soleil brille.

— Est-ce que tu ressens de la magie autour de nous ? me demande-t-il en jetant un coup d'œil à la forêt où s'épanouissent des plantes et des fleurs.

Un lapin passe devant nous avant de s'enfuir.

— Non, il n'y a rien. Il n'y a pas de sorts qui pourraient nous nuire dans ces bois. Sûrement parce qu'on est trop près de la maison des sorcières, suggéré-je.

Il hausse les épaules, et je m'avance pour m'installer sur un rocher près de plusieurs arbres, me reposant pour la première fois de la journée. Depuis ce matin, nous n'avons pas arrêté.

Nikos se tient à quelques mètres de là, le genou gauche plié, le pied appuyé sur l'arbre auquel il est adossé. Il a baissé la tête et je ne vois pas son visage.

Des quatre Alphas, c'est lui qui s'est montré le plus mystérieux, et aussi celui qui garde ses distances avec moi.

Quelque chose me chatouille la main, et quand je baisse le regard, je vois une araignée noire ramper sur mon bras. Dans une panique soudaine, je lève le bras en l'air et pousse un cri, que je regrette instantanément lorsque Nikos lève son regard dans ma direction.

Je me réinstalle comme si de rien n'était, même si mon cœur bat à tout rompre. Je n'aime vraiment pas les araignées.

Comme il me dévisage, je dis la première chose qui me vient à l'esprit :

— Réellement, qu'est-ce qui ne va pas chez Crius ?

Pourquoi agissait-il si bizarrement avec les sorcières ? On aurait presque dit qu'il avait prévu quelque chose.

Nikos s'éloigne de l'arbre pour avancer dans ma direction. Tout de noir vêtu, il me fait penser à une panthère qui rôde et analyse le moindre détail avant de frapper la première.

Alors qu'il me rejoint, il écrase quelque chose à quelques centimètres de mon pied. Quand il le retire, je vois l'araignée écrabouillée.

— Crius a accepté cette mission parce qu'il avait son propre but, et les choses ne se sont pas passées comme prévu. Donc il est en colère.

— Quelle est sa mission ? lui demandè-je en me penchant en avant. Et lui aussi est porteur de magie, n'est-ce pas ? Comme Stone.

— Effectivement. C'est très spécifique.

Il fourre ses mains dans ses poches et me regarde.

— Pourquoi est-ce que j'ai l'impression de devoir te soutirer chaque mot à son sujet ? Est-ce que je n'ai pas le droit de savoir à qui j'ai affaire alors que nous sommes coincés ensemble pour les deux prochaines semaines ?

— Dis-moi quelque chose.

Il s'accroupit en face de moi pour que nos yeux

soient au même niveau. Et c'est seulement maintenant que je remarque la trace de sang le long de sa mâchoire.

— Est-ce que tu as aimé voir Crius perdre le contrôle ? Ou la manière dont nous avons dû nous battre pour l'empêcher de se faire du mal et de t'en faire à toi.

Je rejette les épaules en arrière.

— C'est quoi cette question ? Bien sûr que non !

— Mais qu'est-ce que tu as ressenti ? insiste-t-il.

— J'étais inquiète pour lui. J'étais mal à l'aise de le voir comme ça.

Exactement ce que je ressens face à Nikos à cet instant.

— Alors tu comprends. C'est comme ça qu'il se sentirait si on parlait de lui.

Il se lève, le visage impassible, mais je sens la froideur derrière ses paroles.

— Ce n'est pas à moi de raconter son histoire. Je ne lui enlèverai pas ça. Mais je te préviens que c'est peut-être quelque chose que tu n'as pas envie d'entendre, alors je te suggère de laisser tomber.

Il fait volte-face et retourne à son arbre.

J'aurais dû être soulagée qu'il m'ait donné une chance d'oublier Crius, comme je devrais le faire avec tous ces Alphas. Même Ragnar. Mais je suis déjà debout, derrière lui, et mes mots sortent tout seuls :

— Peut-être que la raison pour laquelle je pose la question, c'est parce que je me sens concernée. Parce que si je connais assez bien quelqu'un, je peux l'aider.

Il se retourne vers moi et je ressens toute la puissance qu'il dégage. Il a beau être le second de Ragnar,

Nikos est aussi un puissant Alpha. Il se penche et prend délicatement une mèche de mes cheveux qui s'est coincée dans mes cils et la place derrière mon oreille. Son regard plongeant sur mes lèvres me distrait, me fait oublier ce que j'étais en train de dire. Un léger sourire se dessine sur ses lèvres : je suis toujours prise au dépourvu par tout ce qui le concerne et je me sens attirée par lui.

Je suis une Omega. C'est un Alpha.

Dans notre monde, les hommes comme lui se battent jusqu'à la mort pour posséder des femmes comme moi, et je vois bien de quelle manière il me regarde. La manière dont tous me regardent, et je sais aussi qu'ils luttent pour contrôler leurs instincts bruts et primaires. Les meilleurs Alphas comme Ragnar règnent sur les autres Alphas, Betas et Omegas. Les Alphas d'une meute ne s'éloignent pas du sommet de la hiérarchie, et sont classés par ordre de second, troisième, et ainsi de suite. C'est aussi comme ça que cela se déroulait chez les Loups de la Tempête. Et de cette manière que Ragnar dirige sa meute.

Les Betas sont les guerriers, les chiens de garde de la meute. Les Omegas comme moi n'ont en général pas le moindre pouvoir et servent de reproductrices. Nous sommes contrôlées par nos chaleurs qui nous attirent vers les Alphas, mais à cause de la magie qui coule dans mes veines, je ne les ai jamais vraiment ressenties.

Mon attirance pour Martell, mon compagnon prédestiné qui a essayé de me tuer, a été instantanée, mais contrairement aux autres filles, je n'ai pas encore pleinement vécu mes chaleurs. Maman m'a dit que c'était une bénédiction pour nous, les hybrides. L'absence de chaleurs nous permet de mieux nous contrôler, et ne déclenche pas cette folie des hommes de nous revendiquer.

— J'aurais pensé que tu avais appris beaucoup de choses sur nous tous pendant les attaques d'ours.

Il se penche en avant et prend une autre mèche de mes cheveux, la porte à son nez et inspire profondément.

Je me redresse à ses mots, et repousse sa main.

— Tu détestes le fait d'avoir partagé quelque chose de ton passé avec moi ? Je ne te jugerai pas pour ce que tu as dit.

Il se rapproche. Nos corps se touchent maintenant, et j'en ai le souffle coupé.

— Narah, tu n'as pas idée de ce que tu as accepté de faire en passant un marché avec Ragnar et nous tous. Et je n'essaie pas de te faire peur.

Je déglutis.

— Qu'est-ce que tu veux dire ?

J'ai désespérément envie de savoir de quoi il parle.

— Nous avons tous eu des enfances merdiques, crois-moi, je comprends. Essaie donc d'être une Omega dans ce monde brisé où les femmes ne sont rien d'autre que des marchandises, et surtout quand comme moi tu possèdes des pouvoirs qui pourraient te faire tuer. Les loups détestent les sorcières.

Il me regarde fixement comme s'il pouvait faire mieux.

— Tout est susceptible de nous faire tuer dans ce monde. Tu as peut-être une cible peinte sur le dos, mais tu as des parents qui t'aiment. Les miens m'ont vendu dès qu'ils ont pu. Ainsi, il semble que toi et moi ne valions peut-être guère plus que des marchandises, mais cela ne change rien au fait qu'avec nous, toi et tes sœurs êtes plus en danger que tu ne le penses.

Son ton devient amer.

La douleur derrière ses mots me perturbe. Je savais que ces gars étaient aussi abîmés que moi, mais de quoi parle-t-il ? J'ai envie de lui dire que pour le moment nous sommes ensemble, mais des bruits de pas qui se rapprochent m'en empêchent.

Je lève les yeux sur trois silhouettes qui émergent des bois, les hommes qui reviennent, et si je n'étais pas déstabilisée avant, maintenant j'ai peur.

De quoi parlait Nikos, bon sang ? Et bien évidemment, maintenant mon esprit se déchaîne et envisage les pires scénarios.

3

RAGNAR

Je débouche dans une clairière dans les bois et retrouve Narah debout à quelques mètres, près de Nikos, tous deux me regardant comme s'ils étaient étonnés. Pendant un moment, j'ai presque l'impression de les avoir surpris en train de s'embrasser.

J'ai tenu à dire à mes trois hommes que nous partagions tout... y compris les Omegas. Mais voir Nikos et Narah presque collés l'un à l'autre allume une flamme incandescente dans ma poitrine. Elle est à moi... entièrement à moi, et j'ai besoin qu'elle le sache et qu'elle comprenne que la marque que je lui ai offerte la préservera de la souffrance causée par le rejet de son compagnon... pour le moment. Mais le prix de sa libération, c'est qu'elle est à moi.

J'ai aussi perdu ma compagne prédestinée, et je l'ai accepté il y a bien longtemps. Je serai attiré par les Omegas en chaleur, mais aucune ne s'attachera à mon loup. C'est comme ça que notre espèce fonctionne. Vous avez une chance de trouver votre partenaire idéal, et pour nous autres, les nuls qui n'y parviennent jamais, ou qui le perdent, eh bien, nous aimons avec un demi-cœur.

C'est peut-être parce qu'on est tous les deux brisés qu'elle m'attire autant.

Nikos recule quand je m'approche, et j'agrippe les épaules de Narah, dont les lèvres sont gonflées comme si on l'avait embrassée.

Un halètement s'échappe de sa gorge, et je relâche ma prise, bien conscient que j'oublie parfois ma propre force. Ou de l'agressivité avec laquelle je m'empare de ce que je désire.

— Est-ce que tu es blessée ?

Je scrute son beau visage à la recherche de blessures dues à la poursuite de Crius : sa peau de porcelaine, son cou long et fin, ses grands yeux vulnérables.

Je prends une grande inspiration, emplissant mes narines de l'odeur de son sexe. Elle est enivrante, s'attarde sous la surface de son parfum naturellement sucré.

Je ne comprendrai jamais comment son compagnon prédestiné a pu rejeter une femme aussi parfaite qu'elle. Mais si jamais je le croise, je le détruirai pour l'avoir blessée.

— Je vais bien, dit-elle en se détachant de moi et en tournant son regard vers Crius, qui se tient à l'extrémité de la petite clairière, les bras croisés sur le torse, avec des ombres noires sous les yeux.

— Il ne te fera pas de mal, la rassurè-je.

— Désolé si je t'ai fait peur, dit-il en croassant, presque réticent à s'excuser.

Même si sa tentative m'impressionne, la plupart du temps, il s'en fout totalement.

— Je n'ai pas peur de toi, dit-elle calmement.

Elle est vraiment adorable de se contenir comme ça alors qu'il est évident qu'il l'avait terrifiée en la poursuivant.

— Les choses ne se sont pas déroulées comme prévu et nous n'avons pas obtenu d'alliance avec les sorcières, annoncè-je au groupe, puisque nous sommes tous ensemble et que pour une fois, personne n'essaie de tuer qui que ce soit.

Je n'évoque pas le fait que Kaira, en rejoignant les sorcières, a bouleversé nos plans.

— On peut dire ça.

La voix de Crius s'assombrit, et il relève le menton dans une attitude de défi. J'ai de la peine pour lui, mais il doit se ressaisir. Il a beau être furieux de ne pas avoir eu l'occasion de lancer son grand sort, je suis personnellement ravi que cela ne soit pas arrivé.

Depuis le départ, j'hésite à lui accorder la permission d'aller jusqu'au bout du sort qu'il entend lancer pour contrôler les sorcières. Le risque pour lui-même était trop élevé.

J'ai perdu assez de personnes dans ma vie et je n'ai aucune envie de le perdre lui aussi. Ce qu'il ne réalise pas, c'est que peu importe comment ça s'est passé avec les sorcières, j'avais un plan de secours pour l'arrêter, avec l'aide de Stone. Mais la malédiction des sorcières et la sœur de Narah se sont avérées très utiles comme distraction.

Je m'éclaircis la gorge.

— Les sorcières veulent Narah et Jae, alors on va s'en servir à notre avantage.

— Je vote pour que l'on brûle l'assemblée, crache Stone, le torse bombé, et Crius hoche la tête d'un air approbateur. Cela annulera la malédiction.

— Notre priorité est de retrouver ma mère, les interrompt Narah, attirant toute notre attention.

— Ta sœur t'a avertie qu'il fallait rester loin d'elle, répond Nikos. Tu es sûre que c'est une bonne idée ?

Mais sa suggestion a du sens.

— Il y a une bonne raison pour laquelle ils craignent ta mère, dis-je à haute voix.

Narah acquiesce.

— Elle pourrait être le moyen de récupérer ma sœur et de renverser l'assemblée.

L'ardeur dans ses paroles a tout à voir avec son besoin de retrouver sa mère. Narah m'avait dit que sa mère était aussi porteuse de magie et que ses deux parents étaient morts, alors sa décision de la retrouver maintenant ne devrait pas me surprendre.

— Ou nous pourrions tout aussi bien nous diriger vers un piège, et ta sœur a menti, râle Crius. Sans vouloir t'insulter, Narah, ta sœur s'est comportée comme une sale pétasse, et elle n'avait pas l'air très heureuse de te voir. Et si elle savait que tu réagirais de cette manière en l'entendant parler de ta mère ?

Narah se raidit, redresse les épaules.

— Et qu'est-ce que tu suggères ? l'interroge-t-elle,

fixant Crius d'un œil noir. De tuer les sorcières en espérant qu'elles ne t'attrapent pas en premier ? Et ensuite, quoi ? Le moindre satané Alpha en dehors de ces bois va faire un carnage pour revendiquer la terre, et vous descendra tous en passant. Même si vous détestez les sorcières, elles sont le mal nécessaire qui maintient un semblant d'harmonie sur la terre. Et je ne vous laisserai pas mettre ma sœur en danger.

Elle se tient droite et inflexible ; son avis est tranché. Elle fera tout pour protéger sa sœur, y compris se retourner contre nous.

— Je n'ai jamais parlé de tuer ta sœur, réplique-t-il.

C'est une fille intelligente, mais qui se laisse trop facilement guider par ses émotions. Même si je n'ai pas souvent l'occasion de voir des Omegas aussi tenaces et courageuses. Je trouve ça brutalement beau.

Les mains dans les poches de son pantalon, Crius lève nonchalamment le menton vers Narah.

— Je ne veux pas que tu croies que je déteste toutes les sorcières. Je t'aime bien. Mais je suis aussi déterminé à ne pas mourir à cause de la malédiction de l'une d'entre elles. Je mourrai en guerrier.

— Ça devient difficile à dire, lui répond-elle en baissant les yeux. Ton loup semblait vouloir me dévorer.

La tension épaissit l'air ambiant, et je comprends. La mission a échoué lamentablement. Nous sommes maudits, et tout le monde veut trouver une solution. Mais comme on dit dans les livres anciens, « Rome ne s'est pas faite en un jour ». Si c'était facile, les sorcières auraient déjà fait alliance avec une autre meute. Alors en ce qui me concerne, je vois ça comme une opportunité.

— Nous avons deux semaines, dis-je pour rompre le silence qui s'étire. Alors nous allons faire de la recherche de la mère de Narah une priorité.

Cette dernière en reste bouche bée.

— Tu sais qu'il est impossible de lever les malédictions ? À moins de tuer la sorcière qui l'a jetée.

Je hoche la tête.

— Pourtant, il est possible de se servir de la magie pour étendre le temps. Je l'ai vu faire au Danemark. Et je ne suis pas venu jusqu'en Roumanie pour échouer. Je ne l'envisage même pas une seule seconde.

Elle hausse les épaules, comme si elle n'était pas certaine de me croire. Mais j'ai l'intention de lui prouver qu'elle a tort, tout comme à mon père.

— *Tu ne vaux rien, aboie mon père. Tu n'es qu'un gaspillage de ma semence et de mon temps.*

L'homme est grand et impitoyable, il détruit tout sur son passage. Je suis surpris qu'il ne m'ait pas encore étranglé dans mon sommeil.

Pourtant, ses paroles me font l'effet de coups de poing dans les tripes, même si je les ai déjà entendues. Trop souvent à mon goût d'ailleurs, et même si je déteste cette ordure sans cœur, à ses insultes, je suis capable de déterminer son humeur. Le jour où il ne me maudira pas, ce sera le jour où je finirai sur un bateau en feu poussé dans la mer.

— Comment s'est passé le voyage ?

Je ricane et regarde maman, assise à table en faisant semblant de manger, découpant la saucisse dans son assiette en dizaines de morceaux. Pour elle, je maintiens la paix. Pour elle, j'essaie de ne pas le contrarier. Quand cet enfoiré est en colère, c'est elle qui doit gérer la fureur qu'il déchaîne.

Il se lève de son siège au bout de la grande table du dîner, laissant retomber sa fourchette dans l'assiette, qui atterrit avec un grand bruit.

— Depuis quand tu t'intéresses aux questions diplomatiques ? Ne me fais pas perdre mon temps à faire semblant, fiston. Ça ne te ressemble pas.

Un grondement monte dans ma poitrine face à sa haine.

— Frode, dit Mère, la bouche pincée. Je t'en prie, assieds-toi. Pouvons-nous manger un repas en famille en paix ?

Père ne répond pas, mais il pousse un gros soupir, puis se rassied en soufflant.

— Tu me tiens responsable pour Hel, dis-je, les mains agrippées au dossier d'une chaise vide à la table. Alors donne-moi des hommes de la meute pour aller la sauver, pour imbiber la terre du sang des loups Balor. Je vais revendiquer sa terre pour moi... pour nous.

— Non ! rugit Père en tapant du poing sur la table.

Les assiettes et la nourriture sautent et Mère tressaille.

— Tu échoueras, et le fait que tu restes là à exiger une guerre contre eux m'indique que tu ne seras jamais prêt à endosser le rôle d'Alpha. Tu penses avec ton loup, pas avec ton cerveau.

Il grogne, et le son résonne dans la pièce.

— Les négociations sont faites, et en échange de Hel, le fils de l'Alpha des Balor, Nikos, arrive demain. Tu seras responsable de lui. S'il meurt, alors tu auras sur la conscience la mort de Hel aux mains de notre ennemi.

Je serre les dents et repousse ces souvenirs. Je déteste Père de tout mon être.

— Prenez vos affaires, on y va, ordonnè-je à ma meute et à Narah.

— Et comme plan de secours, ajoute Stone, ce qui me fait marquer une pause en me tournant vers les bois. On détruit les sorcières ?

— Oh que oui ! s'exclame Crius en levant le poing en l'air. Après avoir fait sortir Kaira, bien sûr.

Les yeux de Narah se font orageux. Elle n'aime peut-être pas ça, mais ça n'avance à rien d'être gentil dans ce monde.

On survit à coups de griffes, de dents et en faisant couler le sang. Et si vous ne vous en chargez pas, alors c'est votre sang à vous qui coulera.

Personne ne répond, et un sentiment de frustration crispe mes omoplates.

— Allons-y.

Narah se retourne et s'avance dans les bois. Nous la suivons de près. Toute ma vie, je me suis battu, j'ai été torturé, on m'a dit que je n'arriverais à rien ; ma mission, qui consiste à prendre le contrôle du Secteur Sauvage en Roumanie, sera donc mon héritage pour leur prouver qu'ils avaient tort. Alors sauver Hel et la faire vivre dans ma meute serait l'ultime manière de dire à mon père d'aller se faire voir.

Les bois s'assombrissent à mesure que nous avançons.

Après des heures de marche interminable, il n'y a aucune trace de magie, pas même une étincelle dans l'air. Pas d'attaque d'arbres ni de perte de contrôle de nos loups… rien. Il était temps.

La lune semble lourde ce soir. J'ai une envie furieuse

de sortir de ces bois au plus vite. J'ai cette impression d'être épié en permanence. Comme si je n'avais pas assez d'oxygène pour emplir mes poumons, et comme si on me cantonnait dans une boîte deux fois trop petite pour moi.

— C'est un bon emplacement, annonce Nikos, qui laisse tomber les sacs à dos qu'il portait sur une zone plate et sans arbres.

Les sapins qui nous entourent sont aussi figés que des statues. Il n'y a pas de brise ce soir, rien que le silence mortel d'une forêt hantée.

Nous agissons tous en pilote automatique pour installer notre campement. Il n'y a pas d'animaux non plus dans ce soin, rien à chasser, alors nous devrons faire avec la viande séchée, le pain et les fruits que nous avons dans nos sacs.

— C'est moi, ou j'ai l'impression que tout est figé dans le temps ? Je tuerais pour une simple brise sur mon visage, murmure Nikos.

— Cet endroit est nul, constate Stone en fouillant dans un sac à dos d'où il sort un briquet.

Il se met à genoux devant le tas de brindilles et y met le feu.

— Nous avons vécu dans de pires situations, leur dis-je.

— Vraiment ? Comme quand ? s'enquiert Crius.

— Comme dans l'embuscade en Pologne par ces femmes guerrières.

Stone éclate de rire, un son abrupt qui résonne autour de nous. C'est rafraîchissant d'entendre des rires au lieu de soupirs et de gémissements.

— Je ne sais pas si je m'inquiétais plus qu'elles nous tuent ou nous sautent dessus. Certaines d'entre elles étaient plus costaudes que moi, mec ! Mais je reste persuadé qu'elles nous voulaient comme otages pour servir de reproducteurs. Tout bien considéré, il y a pire façon de mourir. Mais pas sûr que ce soit comparable à cette mission.

— Ça n'a pas empêché Nikos d'essayer, fait remarquer Crius en jetant d'autres branches près du feu ardent. Et c'est bien ce qui nous a mis dans le pétrin au départ.

Nikos ricane et hausse les épaules.

— Si vous voyez une Omega qui erre nue dans les bois et appelle à l'aide, vous faites quoi ?

— On l'aide, on ne la saute pas, rétorque Stone, qui éclate de rire.

— Narah, tu es bien silencieuse.

Je me retourne pour la faire participer à la conversation. Elle est restée dans son coin la plus grande partie du trajet.

Mais elle n'est pas derrière moi.

Frénétiquement, je balaie les environs du regard : elle a disparu.

La panique s'empare de moi.

— Où est Narah, bordel ?

4

NARAH

La journée d'aujourd'hui a été brutale.

J'ai du mal à me contenir chaque fois que je pense à Kaira. Il est impossible dans ce monde infernal que ma sœur se comporte comme elle l'a fait. Ce n'est pas dans sa nature, et plus nous nous éloignons de l'assemblée, plus ma poitrine se contracte à l'idée que je l'ai laissée derrière moi. Bien sûr, je me dis qu'ils ne lui feront pas de mal jusqu'à notre retour, mais si le sort lui faisait du mal ?

Et si, au moment de notre retour, la sœur que j'ai connue et aimée n'existait plus, était trop détruite pour redevenir elle-même ? La magie peut avoir des conséquences horribles sur ceux qui en subissent l'influence, et pour autant que je sache, elle était sous l'emprise d'un sort ces deux derniers mois, depuis que nous sommes échappées de la meute des Loups de la Tempête.

Mère m'a dit un jour qu'un maléfice non guéri peut se propager comme un cancer, et plus la maladie dure, plus il devient difficile de redevenir pleinement soi-même.

Ils seront brisés à l'intérieur, avait-elle dit. *Un peu comme notre monde.*

Grande déesse de la lune, Mère me manque terriblement, et j'espère vraiment que Kaira se trompe à son sujet. Qu'elle avait une bonne raison de nous avoir laissées à la merci de la meute des Loups de la Tempête.

Le vent ne souffle pas ce soir, et j'ai l'impression d'étouffer. Je regarde la nature au-delà de la falaise. Il n'y a rien d'autre que des ténèbres. J'avais juste besoin de m'éloigner des gars, de respirer un peu, et de me retrouver.

Une partie de moi se doute bien que si je ne me contrôle pas, je n'aurai aucune chance de sauver Kaira ou d'assurer la sécurité de Jae. Il faut donc que je trouve le moyen de faire face à tout ça.

Mais rapidement, j'entends le doux craquement du feuillage derrière moi, et je me retourne. Ragnar s'avance dans ma direction, et à ses expirations bruyantes, je devine qu'il a paniqué à cause de ma disparition.

J'ai envie de m'excuser, de lui dire que je suis désolée, mais je lutte avec mon esprit en ce moment.

— Petit renard, dit-il, et je ne vois plus, sous la lumière argentée de la lune, que ses yeux bleus obsédants et ses cheveux bruns courts qui entourent son visage.

Je m'attends à recevoir une foule de « je te l'avais bien dit » et de remarques pour me rappeler que je ne devrais pas partir seule.

— Ce n'est pas la peine, lui dis-je, lui coupant l'herbe sous le pied. Je sais ce que tu vas dire.

— Vraiment ?

Il prend place à côté de moi et laisse tomber ses bras sur ses jambes pliées. Au lieu de parler, il reste assis en silence avec moi, scrutant l'obscurité de la terre au-delà de la falaise.

Je sens le regard de Ragnar sur moi, et je lui jette un coup d'œil, mais je n'aurais jamais cru que quelqu'un pourrait me regarder avec adoration. Et encore moins quelqu'un comme lui. Pas après ce que nous avons traversé. Pas après que les plans de tout le monde ont échoué à cause de moi. Et certainement pas après que, par ma faute, tout le monde a été maudit.

Son expression a quelque chose de profond et de séduisant, et une partie de moi aurait aimé que mon compagnon prédestiné me regarde de cette façon lors de notre première nuit ensemble. Qu'il n'ait pas été ivre au point de vouloir seulement me sauter ou qu'il n'ait pas flippé en découvrant que j'étais aussi une sorcière.

C'est le truc à propos des Alphas brutaux dans ce monde. Soit ils veulent vous posséder et vous sauter pour se reproduire avec vous, soit ils vous vendent, vous rejettent.

Mais aussi beau et musclé soit-il, et Ragnar a beau me regarder comme s'il allait me dévorer, je ne perds pas de vue la personne à qui j'ai affaire et la nature de sa meute…

Des Alphas violents.

— À ton avis, à quoi ressemblait le monde avant que

le virus ne tue presque tout le monde ? m'interroge-t-il en tournant les yeux vers la falaise.

En y réfléchissant un peu, je me rends compte qu'il essaie de me faire parler pour m'apaiser. Et ça fonctionne.

— J'ai envie de dire qu'il était incroyable. D'après ce que j'ai lu dans les livres, les choses étaient plus faciles. Les gens étaient plus heureux. D'abord, ils avaient de la nourriture à profusion, qu'ils se procuraient dans des endroits nommés épiceries. Et ils fréquentaient les parcs et les foires avec leurs amis.

Il m'étudie attentivement, avec un petit sourire aux coins des lèvres.

— Tu sembles en connaître un rayon.

— J'adore lire. Mais peux-tu imaginer un endroit où il serait possible de marcher simplement dans la rue en toute sécurité, sans être attaqué par des loups ou des zombies ? Ce serait dingue, hein ?

Je me mets à rire.

— Oui, c'était un monde fantastique. Mais il a disparu depuis bien longtemps. Nous sommes les vestiges de ce qui est resté après que le virus a décimé tout le monde. J'aurais aimé en savoir plus, par exemple si les loups vivaient en harmonie avec les humains à cette époque ?

— Quoi qu'il soit arrivé dans le passé, aujourd'hui nous sommes dans une situation merdique où les zombies envahissent le sud, et ils arriveront bientôt ici en masse, déclare-t-il nonchalamment. Raison de plus pour mettre en place un secteur où les gens suivent un

Alpha, et où nous les combattons. Je les ai vus le faire avec succès dans le Territoire des Ombres.

Je sens son bras qui frôle le mien, et sa chaleur envahit ma peau, mais ses paroles m'agacent quand même.

— C'est facile à dire pour toi, tu es un Alpha. Je n'ai pas la moindre chance d'avoir un avenir heureux. Je suis une Omega, et considérée comme une moins que rien. Et parce que je suis une sorcière hybride, je ne suis rien d'autre qu'une cible pour tout le monde.

Je me lève, et sa main retombe de mon bras.

— Ça ne veut pas dire que nous ne pouvons pas prolonger notre alliance une fois que je t'aurai aidée à récupérer ta sœur.

J'adore sa confiance en lui, et je suis sûre qu'il tiendra parole, mais j'ai aussi appris que l'univers aime me laisser tomber.

— Qu'est-ce que tu veux en échange ? demandé-je, méfiante.

— Je vais régner sur le Secteur Sauvage, et tu as besoin d'un refuge, non ?

Je le dévisage attentivement, et me relève.

— Et en échange, tu veux ma magie ? Mais peut-être n'est-ce pas ce que moi je veux.

Un éclair de douleur traverse son regard alors qu'il se lève pour me rejoindre, me dominant à présent.

— Alors, qu'est-ce que tu veux ? Regarde autour de toi, Narah. Toi et tes sœurs n'avez nul endroit où vous cacher. Les Omegas ne survivent pas bien longtemps seules. Et une fois que la rumeur se sera répandue au sujet de ta magie, tu seras pourchassée et tuée.

Je m'entoure de mes bras et me détourne de lui ; ses paroles me touchent plus qu'il ne le croit. J'ai vécu avec cette crainte toute ma vie.

— Je veux me tenir à l'écart de toute ce chaos et cette guerre. Je suis fatiguée d'être détestée pour ce que je suis. C'est pour cette raison que j'ai caché si longtemps ma magie.

Les demi-sorcières, les demi-loups comme moi et Kaira ne valent rien. C'est pour ça que mon compagnon m'a rejetée, et pourquoi je lutte si désespérément pour sauver mes sœurs. J'ai entendu parler d'un sanctuaire pour femmes en Pologne, mais ces rumeurs pourraient tout aussi bien nous égarer et nous mettre en danger.

Aussi facilement que l'offre d'un sanctuaire que me fait Ragnar. Il n'a même pas encore pris le contrôle du Secteur Sauvage, et les Alphas qui habitent ici sont des meurtriers qui préféreraient mourir que de s'agenouiller devant un autre… à plus forte raison devant un étranger comme lui. Alors que me feront-ils quand il voudra que je me serve de ma magie ?

C'est un désastre en devenir. Je serai exposée aux yeux de tous, détestée, et tout ce que je veux, c'est passer sous le radar avec mes sœurs pour survivre. Cela fait bien longtemps que j'ai appris que m'accrocher à l'espoir que mon avenir sera tout sauf normal est une folie.

Son ombre plane sur moi, et il pose les mains sur mes épaules pour me tourner vers lui.

Je le regarde fixement, assourdie par le bruit de mon pouls qui bat dans mes oreilles. Je me déteste d'être autant attirée par lui à un moment pareil. Je déteste cette manière qu'a mon corps de se pencher vers lui comme si on était attirés l'un par l'autre.

Il remonte sa main sur mon cou, me maintenant en place.

— Tu es à moi. Tu m'as donné des parties de toi qui étaient véritablement préservées. Ce cadeau, je te le rendrai avec ma protection.

Il effleure du bout des doigts la courbe de mon cou, là où il m'a mordue.

— Ma marque fait bien plus que simplement dissimuler le désespoir de ta louve pour ton compagnon. Tout ton être m'appartient, et je n'ai pas l'intention de te laisser partir.

Je devrais le repousser, mais au lieu de ça, je me perds en lui. J'ai envie des choses que son regard me promet. Tout en lui est Alpha, masculin, dominateur. Une partie de moi désire sa protection pour moi et mes sœurs, mais je suis aussi terrifiée à l'idée que je pourrais signer un arrêt de mort.

— M-mais ce n'est pas ce que nous avions convenu. Tu as dit...

Ses paroles me coupent le souffle.

— J'ai dit que je t'aiderais, et c'est ce que j'ai fait.

Je tremble et je combats les élans de ma louve qui me poussent à me rapprocher du sien... Et bien sûr, j'aurais dû comprendre. Elle n'a plus envie de mon âme sœur, Martell, mais se languit maintenant de Ragnar. L'appel est moins douloureux qu'il ne l'a été pour mon compagnon prédestiné, mais je constate à cet instant à quel point je suis soumise à mes instincts primaires.

— Je t'ai donné ce que tu voulais, mais il n'y avait qu'une seule façon de le faire.

L'expression sérieuse et nette qu'il affiche s'intensifie alors que son emprise se resserre, comme s'il avait peur que je m'enfuie.

— P-pourquoi ? Pourquoi tu ferais ça ? Tu ne me connais même pas, murmurè-je, tout en essayant de m'éloigner alors qu'il me serre contre lui.

— Chaque loup a soif de trouver quelqu'un qui lui appartienne, et tout en toi me donne envie de te dominer. De t'adorer. De te sauter.

Je frissonne de cette sensation de picotement dans mon corps. Il repousse des mèches de cheveux en dehors de mon visage.

— Le truc c'est que quand une Omega se donne à un Alpha, ça ne la rend pas moins puissante. C'est un cadeau qu'elle fait à l'Alpha, qui doit être protégé et chéri.

Mon visage rougit à cause de mots que je n'attends ou ne mérite pas. Il pose les mains sur ma taille, et se rapproche de moi. Mon esprit me pousse à reculer, mais mon corps dit *oui*.

Je parviens à secouer la tête.

— Non.

Je halète le mot comme si c'était la chose la plus difficile que j'aie jamais eu à faire.

Son regard est sauvage.

— Je ne laisserai plus jamais personne te faire du mal, me dit-il en se penchant plus près de moi, parlant d'une voix plus profonde. Je ne t'abandonnerai pas, mais tu dois me faire confiance.

Je ne peux pas bouger. Pas même si j'essayais.

Sa poitrine se soulève contre la mienne, sa prise se resserre. Le feu brûle dans son regard, réveillant mon excitation. Il sait ce qu'il veut, et il le prend. Je devrais le détester pour m'avoir donné envie de lui, mais comment le pourrais-je alors qu'il a apaisé cette douleur que j'éprouvais envers Martell ?

Au lieu de m'écarter, je me détends un peu et j'expire.

Nous ne sommes pas des âmes sœurs. Cette connexion n'est pas là, mais l'attirance que je ressens pour lui est indéniable.

Soudain, il m'embrasse, me revendique. Il tire avec ses dents sur ma lèvre inférieure, ses doigts s'enroulent dans mes cheveux et se contractent en un poing, me retenant tandis qu'il lèche ma bouche. Les mots me manquent pour décrire sa manière de m'embrasser, son comportement dominateur qui consiste à prendre ce qu'il désire… moi.

Il m'est impossible de lui résister.

Il met ses mains sur les côtés de mon visage, et je me perds dans son baiser. Il me guide en arrière jusqu'à ce que je me retrouve nichée contre un arbre. Mon cœur manque un battement, et je tire sur sa chemise, tordant le tissu, l'attirant plus près de moi. Il m'embrasse d'une manière puissante et bouleversante. Pendant si longtemps, je n'ai pas su ce que je perdais en n'étant pas avec un homme comme lui. Je ne savais pas à quel point on m'avait privée d'affection.

Je ne sais même pas depuis combien de temps nous nous embrassons : une minute, une heure… Mais je suis totalement perdue, et même si je me rappelais pourquoi je devais m'éloigner de lui, à présent il est trop tard. L'odeur enivrante du désir me submerge.

Je l'embrasse en retour, j'en veux plus. Même si mon esprit me demande de faire machine arrière, je ne pense pas en être capable. Des gémissements s'échappent de ma gorge quand sa bouche se déplace vers mon cou qu'il mordille. Ses mains descendent à ma taille, et il ouvre les boutons de mon pantalon. Il s'accroupit devant moi pour le faire glisser le long de mes jambes en quelques secondes ; je le retire en même temps que mes chaussures. Il va très vite, fait glisser mes sous-vêtements et les enlève. Son regard s'arrête sur le point culminant entre mes cuisses et s'humecte les lèvres.

Sans crier gare, il plaque sa langue sur mon intimité. Une langue diabolique qui sait parfaitement ce qu'elle fait.

— Oh, gémis-je, les jambes tremblantes tandis qu'il me suce.

Aucun répit, cet homme comprend mes besoins et il y prend plaisir. Il s'accroche à nouveau à mes hanches, ses doigts s'enfonçant dans ma peau.

J'ouvre la bouche pour dire quelque chose, mais seuls des gémissements en sortent. Il accentue le rythme, sa langue effleure mon clitoris, me poussant jusqu'au bord, là où je suis incapable de me contrôler.

Je suis là, en train de tomber, de dégringoler dans l'abîme d'un orgasme qui monte. J'empoigne ses cheveux, et mes cris s'intensifient lorsqu'il me relâche enfin et se lève en poussant un grognement guttural.

De ses mains rugueuses, il m'écarte de l'arbre.

— Je ne veux pas que l'écorce te coupe quand je vais te sauter.

Éperdument, je saisis sa chemise et le tire vers moi, nos bouches se heurtent

— Fais-moi tout oublier, murmurè-je contre sa bouche.

— Brave fille.

Je ferme les yeux, rejette la tête en arrière et m'abandonne à lui. Sa langue suit la courbe de ma gorge, ses mains sont sur mes seins et les serrent.

Ses paroles flottent dans l'air :

— Tu m'appartiens.

Le bruit de sa ceinture qui se déboucle et de sa braguette qui s'ouvre me donne très envie de lui.

— Toutes les filles ont besoin de s'envoyer en l'air.

Il pose ses grandes mains sur l'arrière de mes cuisses et me soulève.

Rapidement, je passe les bras autour de son cou alors qu'il s'éloigne de l'arbre. J'enroule les jambes autour de sa taille, et son membre taquine déjà la chaleur de mon intimité.

Un gémissement m'échappe, et il grogne.

— Putain, j'adore les bruits que tu fais.

Il me prend la bouche et m'embrasse comme si je lui appartenais, avec brutalité et exigence. Il ne demande pas : il prend ce qu'il veut. Pour lui, tout se résume au contrôle. Il est puissant et terrifiant, mais il me traite comme si j'étais une chose fragile.

Il me pénètre rapidement, et la sensation de son sexe qui glisse en moi me coupe le souffle. C'est un homme très grand et il force pour tenir en moi.

Je crie. Il ne prend pas son temps, et j'adore ça. Il caresse mes fesses, prend une profonde inspiration, puis me pousse contre lui.

Il a une force folle, il me tient dans ses bras tout en restant debout et me saute avec une puissance extraordinaire, ses hanches se balancent en moi encore et encore. La douleur qu'il me cause et le plaisir qu'il m'offre sont indescriptibles. Il accélère, ses grognements emplissent mes oreilles.

Je suis enroulée autour de lui, nos corps sont plaqués l'un contre l'autre, et je plonge au fond de ses yeux bleus.

Sa mâchoire se contracte chaque fois qu'il s'enfonce en moi, et je gémis en l'accueillant tout entier.

— Il y a quelque chose chez toi, petit renard. Quelque chose que je ne pourrai jamais abandonner.

Il gémit et enfouit son visage dans mon cou, où je sens ses dents effleurer ma peau. Ses mots doux me submergent. Personne ne m'a jamais parlé comme ça.

Et ces paroles déclenchent une explosion en moi qui me fait basculer dans le vide devant lequel je me tenais en équilibre précaire. Et quand la pression brûlante de sa queue enfle en moi, repoussant mes parois intimes, mon orgasme me déchire.

Ses baisers engloutissent mes cris quand le désir me submerge, et Ragnar jouit à son tour en rugissant. Il grogne, et je sens sa semence m'emplir, palpiter... Il y en a tellement.

Il est tendu et me tient fermement, il jouit pendant un long moment. Nous restons bloqués sur place, tous les deux unis.

Son grognement me fait vibrer.

Je ferme les yeux et j'enfonce mon visage dans la courbe de son cou. Il est enfoui au plus profond de moi et son nœud gonflé est serré dans mon ventre, nous liant l'un à l'autre. Je n'ai jamais compris le fonctionnement réel du nouage, simplement que c'était un autre moyen pour les Alphas de revendiquer des Omegas et de procurer à leur semence une meilleure chance de féconder la femme. Heureusement pour moi, j'ai pris une herbe spéciale un mois durant avant ma nuit cérémoniale avec Martell... Cette herbe me permet de ne pas tomber enceinte pendant quelques mois ensuite.

Je n'étais pas idiote au point de vouloir tomber si vite enceinte après le début d'une relation nouvelle.

Les lèvres contre mon oreille, Ragnar me déconcentre et me demande :

— Ça va, petit renard ?

— Oui, dis-je, alors il m'embrasse à nouveau, me coupant le souffle.

Nous restons ensemble pendant une demi-heure, peut-être plus, reliés de cette manière jusqu'à ce que mes muscles se détendent, que son sexe noué dégonfle, et aussi insensé que cela puisse paraître, j'aime ce moment de rapprochement avec lui.

— Je veux que tu te reposes maintenant, que tu te laisses aller. Je suis là.

Nous nous regardons l'un l'autre, et il y a quelque chose de terriblement intime dans le fait d'avoir le membre d'un Alpha enchâssé en vous. J'ai l'impression d'avoir le dessus et qu'il est à ma merci... Voilà ce que je me dis en m'appuyant contre lui, en passant mes bras sur ses épaules. Je me demande pourquoi l'univers ne m'a pas envoyé quelqu'un comme lui en guise d'âme sœur ?

Ce n'est qu'à ce moment, quand je lève les yeux, que je croise le regard de Crius.

J'en ai le souffle coupé. Depuis combien de temps nous observe-t-il ?

Il se tient dans l'ombre et nous observe avec une expression ténébreuse. Et... est-ce qu'il a la main dans son pantalon ?

5

CRIUS

Il n'y a rien de pire que de se lever avec un goût de terre dans la bouche.

Je mâche mon cinquième morceau de viande séchée, incapable de me débarrasser de ce goût étrange. Qu'est-ce que je ne donnerais pas pour un seau de café chaud ! Noir, sans sucre. Et j'en salive. Encore une raison de ramener nos culs en ville, loin de ces foutus bois.

J'ai dormi six heures pour me remettre de la journée de merde d'hier. Ne vous méprenez pas, je suis toujours énervé de la façon dont les choses ont tourné avec les sorcières, mais comme Ragnar me l'a dit, ce n'était pas le moment pour moi de me servir de ma magie. Surtout que ça aurait signifié que la sœur de Narah pouvait figurer au rang des dommages collatéraux.

Vraiment, je ne devrais pas m'en soucier. J'ai participé à cette mission dans l'idée d'exécuter un sort qui aurait aidé Ragnar à vaincre les sorcières. Bien sûr, cela s'est fait à mes dépens, mais Ragnar ne cessait de me dire d'attendre que la sœur de Narah se manifeste.

Mais nous allons revenir voir les sorcières, et la prochaine fois, je ne me retiendrai pas. Je me fiche complètement de ce que pensent les gens, je ne laisserai personne se mettre en travers de mon chemin.

En mâchant la nourriture, je lève les yeux vers Narah qui trébuche hors des bois et se dirige vers le campement. Ses cheveux sont ébouriffés et ses yeux sauvages. Bon sang, elle est magnifique. Elle porte les mêmes vêtements qu'hier, un pantalon moulant ses longues jambes, une chemise et un gilet en cuir ajusté à la courbe de ses seins. Comme nous tous, je meurs d'envie d'un bain chaud à notre retour en ville. De préférence avec elle à mes côtés.

N'est-ce pas insensé qu'elle soit la première source d'excitation dans ma journée ?

Et maintenant, je n'arrive pas à oublier cette image d'elle, hier soir, se faisant sauter par Ragnar. Les bruits qu'elle faisait, cette expression magnifique tandis qu'elle le chevauchait et qu'elle jouissait enfin. On peut facilement perdre la tête avec une fille comme elle, et je soupçonne que ce soit le cas de Ragnar.

Mais ce ne sont pas mes affaires. Ces idiots de la meute ont leurs propres ténèbres à gérer. Ragnar et son enfoiré de père. Nikos, le paria qui est obligé de vivre avec l'ennemi de sa famille. Et Stone qui a toujours eu du mal à trouver sa place dans le monde et que ce sujet plonge dans une colère perpétuelle. C'est comme s'il ne s'intégrait pas, mais je crois qu'il cherche quelque chose qu'il n'a pas trouvé… une raison d'être.

Et je connais parfaitement bien ce sentiment.

J'ai accepté mon destin et le passé brisé que je ne

peux changer. C'est pourquoi j'ai décidé d'exécuter le sort pour aider mes amis. Je suis en paix avec cette décision… même si elle pourrait entraîner ma mort. C'est un risque que j'ai accepté de prendre, quel qu'en soit le résultat.

J'expire bruyamment. Les pensées sombres qui remontent à la surface. Le sang de mon frère sur mes mains. Sa mort me hante. Je ferme les yeux, luttant contre ce trou béant qui se creuse dans mon âme. Ça m'a détruit, et il est impossible de me reconstituer. Pas après ce que j'ai fait.

La plupart du temps, c'est ce sourire que j'arbore qui me permet de tenir.

— Hey, où est tout le monde ? me demande Narah depuis l'autre côté de la clairière.

Sa douce voix se faufile à travers mes pensées, et j'accueille cette distraction avec plaisir. Je l'accueille, *elle*. Tout pour m'empêcher de me noyer.

J'ouvre les yeux et je la regarde.

— Ils méditent.

— Bien sûr.

Elle ne me croit pas, et c'est bien. Je ne me croirais pas non plus à sa place. Mais je souris, arborant le masque que je porte pour tout le monde, car personne n'a envie de voir un enfoiré triste traîner avec lui.

— Viens manger quelque chose, lui proposè-je.

Les trois autres terminent de remballer le campement et sont allés remplir les gourdes.

— Eh bien, cela explique pourquoi je ne trouvais pas Ragnar.

Expirant bruyamment, je fourre davantage de viande

séchée dans ma bouche et fouille dans le sac pour y trouver le pain, espérant que cela atténuera ce goût dans ma bouche. J'ai constamment les yeux rivés sur elle, sa façon de se promener et de balancer ses hanches, ses mains le long du corps, tout en scrutant la forêt. Il y a quelque chose de très séduisant chez cette fille, même quand elle a l'air effrayée.

De qui je me moque ? J'aime la voir apeurée. C'est pour ça que mon loup l'a poursuivie hier.

Je lui tends un sachet de viande séchée ouvert.

— Sers-toi. Ça fera pousser des poils sur ta poitrine.

Je pince les lèvres et elle lève les yeux au ciel.

— Un café, ce serait vraiment le paradis.

Elle prend un morceau qu'elle mord avant de le tirer. J'éclate de rire.

— La viande séchée, c'est salement coriace !

Elle lutte, mais n'abandonne pas, et la termine.

— Au sujet d'hier soir... commence-t-elle, le rouge aux joues.

— Tu as passé un moment incroyable, dis-je en souriant. Ragnar ne t'a pas dit qu'on partageait tout, et que ça inclut le fait de regarder ?

Les yeux écarquillés, elle semble mortifiée, et hausse les épaules.

— J'ai fini par comprendre, mais c'est inhabituel.

Elle attrape un autre morceau de viande séchée et jette un coup d'œil dans les bois, puis se retourne vers moi.

— J'espère que ma question ne te dérange pas, mais que s'est-il passé hier avec les sorcières et toi ? Tu sais, après ?

Elle plisse le front et affiche un air d'excuses.

— Désolée, peut-être que je ne devrais pas te poser la question. Nikos m'a dit de ne pas le faire.

Argh. Évidemment. Je range le reste de nourriture dans le sachet que je referme.

— Parfois, je perds le contrôle.

— La prochaine fois, évite d'appuyer sur le bouton « dingo » si ton loup me voit comme un repas, me taquine-t-elle avec un sourire.

Même si je vois bien que c'est un sourire gêné.

— Je suis presque sûr que si je t'avais attrapée, soit je t'aurais léchée, soit j'aurais essayé de te sauter.

Elle ouvre la bouche, l'air horrifiée.

— Tu plaisantes ?

Je glousse.

— Si seulement. Mon loup est un enfoiré en chaleur. Ça n'aide pas que tu sentes toujours aussi bon.

Je me retrouve à tourner autour d'elle. Elle ne recule pas, et je suis impressionné par sa détermination.

— Tu n'as pas à me craindre. Crois-moi, il y a beaucoup de choses que j'ai envie de te faire, mais te tuer n'en fait pas partie.

Ses joues rougissent. J'adore son innocence. Que, tout au fond d'elle, elle soit saine. Et elle a beau ne pas être d'accord, à mes yeux, elle n'est pas brisée, mais absolument parfaite, tout comme ses lèvres que l'on a envie d'embrasser.

J'ai embrassé un certain nombre de femmes dans ma vie, mais quelque part, je sais qu'une fois que je l'aurai goûtée, je serai prêt à tout pour la revendiquer.

Et j'ai déjà assez de conneries dans la tête pour l'entraîner dans le merdier dans lequel je suis tombé. Alors je me détourne d'elle, je ne veux pas compliquer les choses ou lui laisser croire que je suis capable de faire des promesses au-delà du moment présent.

Elle m'attrape le poignet et dit :

— Tu n'as pas répondu à ma question. Qu'est-ce qui s'est passé à l'assemblée des sorcières ? Qu'est-ce que tu essayais de faire ?

Je ne bouge pas mais me concentre sur le point de contact, là où sa petite main s'enroule autour de mon bras, et sur la chaleur intense qui s'en dégage. Ses doigts tressaillent comme si elle tremblait. C'est ridicule qu'un tel contact me touche autrement qu'en attirant simplement mon attention. Mais je respire son parfum et mon cœur bat plus fort.

Je me tourne vers elle, et elle s'accroche toujours à moi. Je vois la curiosité dans ses yeux, et je déglutis avec peine en voyant avec quelle facilité elle me fait oublier ce qu'elle m'a demandé.

— Veille toujours à protéger ton cœur tendre, ma belle. Dans cette vie, chacun essaiera de le mettre en pièces pour son propre profit.

Elle cligne des yeux, confuse, et je ne lui en veux pas. J'ignore d'où vient cette connerie philosophique. Elle fait ressortir en moi des choses auxquelles je ne m'attendais pas, comme cet instinct impérieux de la protéger. De faire en sorte que la fille vulnérable le reste le plus longtemps possible.

— J'en tiendrai compte, répond-elle en lâchant ma main.

Je ris de la voir si tenace et têtue.

— Mais ce n'est pas ce que je t'ai demandé.

— Et j'admire ta persévérance, mais je vais retourner emballer mes affaires, parce que les gars sont de retour.

Leur parfum flotte dans la brise légère.

Elle lève le regard au moment où ils émergent de la forêt dense, portant des gourdes d'eau remplies.

Elle me jette un regard par-dessus son épaule, et je lis la déception sur son visage. Je ne devrais pas m'en soucier. Non. Je me fous de savoir si elle est heureuse que je ne réponde pas à sa question. Je m'en fous totalement. Si je m'ouvre à elle, la seule chose qui en ressortira, c'est que je tiendrai plus encore à elle, et qu'elle me regardera avec pitié.

J'ai laissé une foule de cœurs brisés derrière moi car s'il y a une chose que je sais, c'est que je ne donne pas dans le long terme. Je n'ai aucun projet d'avenir, et je ne veux entraîner personne dans mon chaos personnel. Je doute que Narah soit le genre de fille à accepter autre chose que du long terme.

Faisant fi de mon bon sens et sachant que je ne dois pas m'impliquer avec elle plus que de raison, je lui dis :

— N'aie pas l'air si triste, ma belle, ou tu vas me briser.

Je lui adresse un sourire et jette de la terre sur les cendres de notre feu avec mon pied.

— Je sais que tu as peur de t'ouvrir, mais ce n'est pas si difficile. La preuve, je vais commencer. Je suis terrorisée à l'idée de croiser à nouveau mon ex, j'ai une trouille bleue que ma louve devienne si soumise en sa présence que je finisse par me livrer à lui. Parce qu'ensuite il essaiera à nouveau de me tuer, dit-elle dans mon dos d'une voix douce et légèrement tremblante.

Ses mots me touchent, nourrissant ma colère à l'idée que son âme sœur ait pétrifié cette fille magnifique à un tel point. Si jamais je le retrouve… il n'aura pas le temps de me voir venir avant que je le réduise en bouillie. Ce qu'elle ne sait pas, c'est qu'elle n'a rien à craindre de lui si nous sommes là.

Quand je la regarde par-dessus mon épaule, elle me fait la moue.

— Narah, bébé, je te fais une faveur en ne m'ouvrant pas.

— Vraiment ?

Elle hausse un fin sourcil.

Je ne comprends vraiment pas pourquoi elle s'obstine à ce point.

— Ouaip. Si je le fais, tu tomberas à la renverse sous mon charme, et je détesterais te briser le cœur.

Elle éclate de rire, et bon sang, je l'adore. Je ris avec elle quand les autres s'approchent.

— Qu'est-ce qui est si drôle ? s'enquiert Stone.

— Crius a raconté une blague, dit Narah en acceptant la gourde d'eau que Ragnar lui tend, avant de boire plusieurs gorgées.

— Vraiment ? demande-t-il d'une voix plus forte. J'espère que ce n'était pas une de tes stupides blagues de pets.

Il glousse à son tour.

Crétin.

Je me mets au travail, et rapidement nous sommes tous de nouveau en route à travers les bois. Une journée entière s'écoule sans le moindre incident.

— Les sorcières veulent vraiment ta sœur, Narah, lui dit Nikos. C'est évident, vu qu'elles nous ont laissés en vie tout le long de ce périple à travers la forêt.

Lui et Narah continuent de discuter, tandis que je prends la tête avec Ragnar en sortant des bois. Le soleil de fin d'après-midi rayonne juste au-dessus de l'horizon de la cime des arbres, dans un ciel zébré de nuances de rose et d'orange, tandis que sur notre droite, le ciel s'assombrit, annonciateur d'un orage.

— C'est un timing parfait pour arriver en ville, marmonnè-je en jetant un œil à Ragnar, plongé dans ses pensées, le front plissé. À quoi tu penses ? Tu es toujours plongé entre les jambes de Narah ? le taquiné-je.

Il me lance un regard perçant.

— Ça t'a fait plaisir de regarder ?

Il semble presque jaloux, et ça ne lui ressemble pas.

— Bon sang, oui ! On dirait presque que tu es énervé. Est-ce qu'elle t'a adouci ? Garde la tête froide.

— Ma tête va très bien.

— C'est à s'y méprendre. Tu m'as l'air un peu sens dessus dessous, ajouté-je en réalisant à quel point c'est nul. Bref, quel est le plan pour la soirée ? On mange, on dort, et ensuite…

— Ensuite nous partons à l'aube pour les Reliques Noires.

Je souris.

— Merde, mec, tu vas *la* voir.

— Ferme-la ! Nous allons lui demander une faveur pour retrouver la mère de Narah.

Heureusement, ce n'est pas moi qui suis tombé raide dingue de l'hybride Narah, avec l'intention de l'emmener dans un village où Ragnar a quasiment dû promettre le mariage à la voyante qui y vivait. Tout cela dans le but d'obtenir des informations de sa part à notre arrivée en Roumanie. Il n'y est pas retourné depuis, alors le voyage risque d'être amusant.

Plus nous nous rapprochons de la ville, plus les odeurs de viande grillée et de feu emplissent l'air. Mon estomac gargouille. Stone marche maintenant à nos côtés sur le chemin de terre, parsemé d'établissements destinés aux Alphas.

Des bordels, des bars, des auberges et des endroits où acheter presque tout ce dont vous avez besoin. Jamais je n'aurais cru un jour me réjouir autant de voir un tel taudis délabré. Tout, sauf nous retrouver dans ces foutus bois maudits.

— J'ai tellement faim, gémit Stone. Ce soir, je vais manger un de ces cochons de lait à moi tout seul.

— Au vu de ta taille, ça ne m'étonnerait pas. Et tu vas avoir du bide, mec.

Je me moque de lui.

— Va te faire voir. Je t'ai vu te faire une dinde entière à toi tout seul, alors ne commence pas.

Je jette un coup d'œil à Nikos et Narah qui se promènent derrière nous. Elle pose les yeux sur moi, et je brûle instantanément. Bien sûr, je devrais garder mes distances, mais je ne peux pas non plus m'empêcher de jouer avec elle parce que, oui, je suis torturé à ce point. Et à dire vrai, elle est la seule chose qui semble distraire mon esprit de tout le reste, et j'aime ça.

Quand je lui envoie un baiser, elle me fait un doigt d'honneur, et je prends une grande inspiration avant de me détourner en souriant.

Nous passons devant l'auberge où nous avions séjourné la nuit de notre voyage et poursuivons notre randonnée jusqu'au bout de la route, où se trouve un chalet en bois abritant Jae.

Nous grimpons sur le porche, et la porte est ouverte. Il n'y a pas non plus de gardes devant, et un sentiment de malaise s'agrippe à mon échine.

J'attrape Ragnar par l'épaule pour l'arrêter, mais il déjà fait irruption dans la cabane en bois.

Il s'arrête dans l'entrée, et je n'ai même pas besoin de voir. La saveur métallique du sang me frappe de plein fouet.

Mon estomac se contracte, et quand Narah se met à hurler près de moi, mon cœur se brise en mille morceaux.

Ragnar pénètre plus avant dans la cabane, et le massacre qui nous accueille me rend malade.

Du sang.

Des cadavres.

Les meubles retournés, les murs griffés, tout est démoli.

— Jae !

Narah hurle, et quand je tourne la tête elle lutte pour s'échapper des bras de Nikos qui la tient fermement. Il l'emmène loin du carnage. Mon cœur souffre de la voir à l'agonie.

— Putain, mais qu'est-ce qui s'est passé ici ? rugit Ragnar, et je me précipite à l'intérieur, balayant l'endroit du regard à la recherche de Jae, priant pour ne pas la trouver.

6

NARAH

— *P*ose-moi ! criè-je en repoussant Nikos, alors qu'il a passé son bras autour de mon ventre et qu'il me soulève du sol.

Il m'emmène loin de la cabane qui sent la mort et le sang, et je lui crie dessus.

C'est là que nous avons laissé ma sœur pour qu'elle soit en sécurité, mais on en est bien loin, n'est-ce pas ?

Je n'y vois même plus clair, mes entrailles me donnent l'impression que mon cœur va éclater et que je me vide de mon sang.

— Narah, s'il te plaît, laisse les gars vérifier que c'est sûr d'abord, me dit Nikos, mais je suis tellement en colère que je continue à me débattre contre lui pour qu'il me laisse partir.

Je lui donne des coups de poing, le griffe, et tire sur le bras qui me maintient en place, alors que des larmes dévalent mes joues. Je répète en boucle « Jae », et « Lâche-moi ».

Je sens le pouvoir jaillir au bout de mes doigts.

Des lignes blanches dansent sur mes mains, et Nikos tressaille.

— À ta place, je ne ferais pas ça, me menace-t-il sans relâcher sa prise.

— Alors libère-moi, sifflè-je.

— Narah ! s'exclame Ragnar depuis la cabane, et je lui jette un regard noir quand il traverse la cour vers nous.

Il a les épaules voûtées, le visage défait, et j'éclate en sanglots.

Déesse, s'il te plaît, pas Jae.

Mes pieds touchent enfin le sol, mais je m'appuie sur Nikos pour rester debout. C'est comme si je n'avais plus aucun os dans le corps, qui n'est plus qu'immense douleur.

— Ta sœur n'est pas dans la cabane, dit fermement Ragnar.

Je me fige, m'éloigne de Nikos, et je trébuche vers lui.

— Qu... quoi... Où est-elle ?

Je m'élance avant qu'ils ne puissent m'en empêcher.

Ragnar dit quelque chose dans mon dos, mais je ne l'entends pas. Je passe devant Crius et j'entre dans la cabane où Stone est accroupi près d'un homme qui gargouille du sang.

Il me faut un moment pour comprendre ce que je regarde. Mes sens sont en surcharge, tandis que l'odeur âcre du sang me fait suffoquer. D'autres larmes viennent et me brûlent les yeux. Je déteste me sentir si perdue, si pétrifiée.

Je déglutis, lutte contre la panique et fouille la pièce

du regard. Il y a deux hommes énormes étalés sur le sol, les membres tordus. L'un d'eux a une entaille mortelle en travers de la gorge, la peau déchirée et arrachée comme si elle avait été ravagée par des loups, tandis qu'une lame sort de la poitrine du second.

Sous la lumière crue de l'après-midi, qui traverse les fenêtres sales, tout revêt un aspect jaune maladif. Je me précipite dans la pièce, repousse les meubles retournés.

— Jae !

Comme je ne la trouve pas dans la pièce principale, je fonce dans la chambre et la salle de bains.

Elles sont vides.

Je fais volte-face dans le petit couloir, et la cabane vacille autour de moi. Bien sûr, Ragnar m'a dit que Jae n'était pas là, il fallait que je vérifie par moi-même. Pendant notre enfance, Jae était une experte au jeu de cache-cache, et il fallait toujours que je vérifie trois fois chaque cachette, avant de la retrouver toujours dans des endroits insolites. Pourtant, j'ai si mal dans la poitrine que j'ai du mal à respirer.

Je serre les poings et les ramène contre mon ventre en tombant à genoux, et mes larmes continuent de couler. Qui a emmené ma sœur ? Ces maudits hommes... ce sont toujours eux qui prennent les Omegas qu'ils trouvent pour les sauter et se reproduire.

Les ténèbres m'engloutissent, et je me penche en avant, pleurant à chaudes larmes. Tout mon corps tremble, et la terreur rugit dans mes veines. Je me sens tellement coupable de l'avoir laissée derrière moi que ça me brûle, me vole mon souffle et ma capacité de raisonnement.

Elle n'aurait pas pu nous suivre dans les bois, mais malgré tout, je n'arrive pas à supporter l'idée de la perdre encore.

Une main me frotte le dos.

— Narah, dit Stone d'une voix douce avant de m'envelopper dans ses bras.

Je les laisse m'engloutir et il me serre dans ses bras tandis que je pleure contre sa poitrine, des images de Jae terrifiée inondant mon esprit.

Stone me tient tout contre lui, me caresse le dos, et ne dit pas un mot. Je ne sais pas depuis combien de temps je pleure quand j'ouvre enfin mes yeux endoloris et le regarde fixement.

— A-t-il dit quelque chose à propos de la personne qui a enlevé Jae ?

Je jette un œil dans la pièce principale, où l'homme qui gargouillait gît à présent, mort.

— Ils ont été pris en embuscade par six hommes, mais il n'avait aucune idée de qui ils étaient. Ils n'ont mentionné aucune meute, aucun nom, rien. Ils ont attaqué plus tôt dans la journée, ont tué tout le monde, et pris ta sœur.

Il parle d'une voix grave, et je pousse un autre cri étranglé.

— Quelqu'un a forcément vu quelque chose. On est en plein jour, murmurè-je, et je m'agrippe éperdument à son t-shirt.

— C'est ce que nous allons découvrir. Je te promets qu'on va retrouver ces ordures et les détruire, grogne-t-il.

Il me relève et me conduit dehors, où je m'éloigne de ses bras en titubant, aspirant l'air frais.

La première goutte de pluie atterrit sur mon nez. Je lève les yeux vers les nuages noirs qui obscurcissent le ciel, colorant l'après-midi d'une nuance cendrée, en accord avec l'obscurité qui me consume.

Je reporte mon attention sur les quatre Alphas qui se tiennent dans la cour, l'air aussi malheureux que moi. Ces hommes morts sont des membres de leur meute, et leur perte doit les tuer.

Un feu sauvage brûle dans le regard de Ragnar, dont le visage est assombri par la fureur.

— Stone, emmène-la à l'auberge, ordonne-t-il en soutenant mon regard.

Je suis en train de m'effondrer, et je n'arrive pas à trouver en moi la force de parler. Puis il se tourne vers Crius et Nikos.

— Vous deux, venez avec moi.

Je ne me souviens pas d'avoir bougé, mais soudain, Stone et moi entrons dans une chambre de l'auberge. L'air est vicié ici, la poussière recouvre le dessus de la commode et la bibliothèque. Je contemple sans cesse le lit, me remémorant la nuit précédant notre départ à la recherche des sorcières, où Jae et moi avions passé la nuit à discuter de son voyage dans le Territoire des Ombres. Et du fait qu'elle m'avait terriblement manqué. Que nous ne nous séparerions jamais. Je lui ai fait une promesse que j'ai rompue presque aussitôt après l'avoir faite.

— Nous devrions être dehors, dis-je en me tournant vers Stone qui referme la porte derrière nous.

Il faut que j'aille chercher Jae. Elle est peut-être retenue prisonnière dans cette auberge ? Mon esprit s'emballe, et je déborde de désespoir et d'adrénaline. J'ai envie de courir de chambre en chambre pour la chercher. Je dois la trouver. Au lieu de ça, je commence à faire les cent pas dans la pièce. J'ai même fait un saut dans la salle de bain et pris une serviette pour sécher mes cheveux et mon visage trempés de pluie.

Stone se dirige vers moi, parvenant à garder son calme.

Sans dire un mot, il me prend la main et me conduit à la table et aux chaises près de la grande fenêtre qui surplombe la rue principale en contrebas.

— D'ici, nous avons une vue imprenable s'il se passe quelque chose. Ragnar est un chasseur impitoyable, et s'il a réussi à retrouver Jae la première fois dans le sud de la Roumanie sans véritable indice, crois-moi, il la trouvera encore.

Je cligne des yeux, attendant que mes larmes cessent de couler, puis reporte mon attention vers la fenêtre. En bas se trouve un homme seul qui se dirige vers la taverne en face de l'auberge. En dehors de lui, il n'y a personne.

— Ils sont peut-être partis depuis longtemps. Il faut qu'on se lance à leur recherche.

— Où ? me demande-t-il en se plaçant juste à côté de moi. Courir dans tous les sens frénétiquement n'est pas la bonne solution. Ça peut te sembler être la bonne chose à faire, mais crois-moi, ça ne l'est pas. Une fois que nous aurons trouvé des informations, nous la traquerons. Quelqu'un aura forcément remarqué l'arrivée de six hommes dans la cité, et nous allons découvrir qui, même s'il faut pour cela brûler toute la ville.

Je hoche la tête, mais j'ai toujours des nœuds au ventre. Non contents de nous être fait maudire, maintenant nous avons perdu Jae. J'ai l'impression de ne jamais avoir de répit.

La pluie redouble d'intensité et frappe la fenêtre. Un orage se prépare, et je contemple les gouttelettes qui glissent sur la vitre. Je me souviens que Kaira et Jae adoraient regarder la course des gouttes sur les fenêtres lorsqu'il pleuvait. Qu'elles essayaient chacune de prendre la première goutte d'eau qui atteignait le bas de la fenêtre.

La gorge serrée, d'autres larmes coulent sur mes joues aussi rapidement que la pluie sur la fenêtre.

Des éclairs zèbrent le ciel. Quelques secondes plus tard, le grondement du tonnerre fait trembler les murs autour de nous.

Je me laisse retomber sur mon siège et pose mes mains tremblantes sur mes genoux.

— Je déteste l'admettre, mais je sais que tu as raison. C'est juste que j'ai l'impression de mourir à l'intérieur à force de ne rien faire.

Stone prend place à côté de moi et nous regardons tous les deux dehors, là où la pluie tombe à verse, tandis que de grosses gouttes s'écrasent contre la fenêtre.

Je me tourne vers lui.

— Je suis désolée pour la perte des membres de votre meute.

— Je vais massacrer celui qui a fait ça. C'étaient des hommes corrects.

Il s'apaise ensuite et observe la tempête qui fait rage à travers la ville.

J'essaie de donner un sens à tout ce qui s'est passé. Kaira. Que Mère est toujours en vie. Jae a été enlevée. Parfois, les choses deviennent vraiment accablantes, mais je me souviens alors de cette vision que j'ai eue il n'y a pas si longtemps, alors que je faisais une lecture du tarot pour un client. Et les mots franchissent mes lèvres :

— Je crois que j'avais prévu que certains de ces dangers allaient se présenter à moi, marmonnè-je.

— Comment ? veut savoir Stone.

— Dans une vision, lui dis-je en serrant les poings sur mes genoux à cette seule évocation. J'étais dans la forêt, et Kaira était là aussi, elle portait ces marques étranges sur le visage. Elle était vraiment méchante et continuait de rire pendant qu'un grand loup attaquait Jae, et… lui arrachait la gorge.

Mon cœur tambourine à mes oreilles.

— Est-ce que tu as souvent des visions ?

Il déplace sa chaise plus près de la mienne, et passe un bras autour de mes épaules. Je le laisse m'étreindre. J'accueille le confort, la chaleur, n'importe quoi pour éviter d'avoir l'impression d'être vidée de toute substance.

Je secoue la tête pour dire non.

— C'est la première fois. Mais j'y pense depuis que j'ai vu Kaira avec les sorcières et la différence dans son comportement. Et maintenant, Jae n'est plus là. Déesse, tu ne crois pas que les sorcières auraient pu faire ça ?

Envoûter des types au hasard pour qu'ils viennent chercher ma sœur ?

Je suis soudain prise de nausée, et j'enroule mon bras autour de mon ventre.

Stone me caresse les cheveux et m'enveloppe de ses bras.

— J'en doute. S'ils l'avaient fait, ils nous auraient déjà éliminés dans les bois.

Je hoche la tête, mais je ne sais plus quoi croire. Je ferme les yeux et laisse les caresses de Stone apaiser ma respiration. Il ne m'offre pas de paroles de réconfort, mais il reste près de moi. Sa seule présence représente tout pour moi. J'ai grandi en ne faisant confiance qu'à mes sœurs, et aujourd'hui, avec ces Alphas Vikings... Ils m'ont montré une partie d'eux-mêmes à laquelle je ne m'attendais pas. Un côté attentionné et tendre qui me donne envie de m'accrocher à eux. Qui aurait cru que Stone serait un gros nounours, surtout après l'avoir vu au combat ? C'est un sauvage.

L'heure qui suit passe atrocement lentement. Stone et moi échangeons à peine quelques mots, et c'est surtout par ma faute. Je passe la plus grande partie de mon temps à paniquer et regarder par la fenêtre.

Quand je vois Ragnar, Crius et Nikos sortir de la taverne et traverser la route vers l'auberge, je me lève.

— Ils reviennent.

Stone se précipite déjà hors de la chambre, sûrement pour les accueillir, car ils ne sauraient pas dans quelle pièce nous sommes.

Quelques instants plus tard, les quatre entrent.

Je me lève d'un bond et me précipite vers eux, les dévisageant l'un après l'autre.

— Qu'avez-vous trouvé ?

Les mots ont jailli avant même qu'ils n'aient eu le temps de fermer la porte.

Ragnar répond :

— Un couple à la taverne a vu les étrangers entrer en ville et se diriger directement vers la cabane comme s'ils savaient exactement où ils allaient.

Il a les lèvres pincées et son expression reflète son irritation.

— Ils ont rapporté qu'un homme de la taverne leur aurait parlé en quittant la ville, et qu'ils avaient une fille avec eux.

Je halète, me rapproche, et mon pouls bat tellement vite que la pièce tourne.

— Et ?

Je retiens ma respiration, incapable d'inspirer jusqu'à ce que j'entende ses mots.

— Personne ne sait où vit cet homme, mais c'est un habitué et il vient presque tous les jours. Il vient sans faute tous les soirs pour boire quelques verres. Alors on attend qu'il revienne.

Ses paroles tournent en boucle dans ma tête, tandis que le désespoir jaillit dans mon esprit.

— C'est beaucoup trop long. Il faut que l'un de nous l'attende, et que les autres partent dans les bois à leur poursuite. Nous avons leur odeur. On peut s'en servir pour les suivre, non ?

— Pas avec cette pluie, c'est impossible, m'informe Nikos.

Je tremble, et mes doigts jouent avec l'ourlet de mon gilet, tirant sur les fils qui pendent, tandis que je me retiens pour ne pas pleurer. Une chaleur se répand dans ma poitrine, et je trébuche jusqu'à la fenêtre, complètement perdue. Totalement vite. Le cœur irrémédiablement brisé.

Quel choix ai-je ? me répété-je en boucle dans ma tête.

Je sais ce que Ragnar va dire. Qu'on va tourner en rond à l'aveuglette dans les bois, mais rester assise à attendre va me tuer.

Mon cœur bat à tout rompre, et le bruit de mon pouls qui s'emballe vrombit dans mes oreilles.

— Narah, je te promets que nous la retrouverons, dit Ragnar.

Mais en me retournant pour lui faire face, sans doute ai-je bougé trop vite, car la pièce bascule subitement autour de moi, et les ténèbres surgissent au bord de mon champ de vision, emportant tout.

La dernière chose que je vois, c'est Ragnar qui s'élance vers moi alors que mon monde s'évanouit.

7

NARAH

Le brasier ardent chasse le froid de mon corps.

Il crépite et crache des braises dans le ciel nocturne, la pluie fine ne suffisant pas à éteindre les flammes.

Après m'être évanouie en apprenant, paniquée et choquée, que ma sœur avait été kidnappée, je me suis réveillée et j'ai réalisé que je ne serais d'aucune aide si je me rendais malade d'inquiétude.

Je me trouve maintenant à quelques mètres du bord de la rivière où Ragnar, Nikos, Stone et Crius poussent un petit bateau dans l'eau. Les cadavres des membres de leur meute gisent à l'intérieur, enveloppés dans du tissu. Et comme le veut la tradition, ils mettent le feu au bateau.

Le brasier illumine la nuit et attire les habitants de la ville qui se sont massés pour assister à la cérémonie viking de crémation des morts. Ces inconnus chuchotent entre eux en retrait, comme si c'était un divertissement pour eux. Ils sont une douzaine, tous des hommes, et le fait d'être l'unique femme me met très mal à l'aise.

Chaque fois que je me retourne, je remarque que trois hommes me dévisagent d'un air lubrique, plutôt que de se concentrer sur la cérémonie. Ils me donnent la chair de poule.

Ragnar et ses hommes entonnent une chanson triste, et je me retourne pour les regarder. Elle débute par un bourdonnement et monte en volume, la mélodie est lente et émouvante. Elle me touche à un point auquel je ne m'attendais pas ; ma poitrine se contracte, et je ravale la boule que j'ai dans la gorge. Je ne comprends pas les paroles, mais dans mon esprit, j'imagine que c'est une chanson d'adieu aux morts. Avec elle, mon ventre se consume de remords parce que ces hommes ont perdu la vie en protégeant ma sœur... pour moi.

Tant de vies sont perdues dans ce monde. Je repense à Jae et Kaira, et au fait que je refuse de leur dire un jour adieu de cette manière. Cela me détruirait.

J'ai l'impression que la nuit se referme sur moi, la fumée m'étouffe, la tempête gronde au-dessus de ma tête, et une fois de plus, je suis submergée par la panique.

Prends de profondes respirations. J'inspire lentement, il faut que je me calme.

Pourtant, chaque fois que je regarde le bateau en feu, mon cœur s'emballe. C'est un simple bateau de pêche en bois, c'est tout ce que Ragnar a pu trouver à la dernière minute. Stone m'avait expliqué que les corps étaient habituellement recouverts de bijoux avant la crémation, mais puisqu'ils n'en avaient pas ici, je les ai aidés à ramasser des fleurs sauvages pour les remplacer.

J'incline la tête vers le panache de fumée noire... *Il transportera le défunt dans l'au-delà,* m'avait expliqué Stone.

La chanson s'interrompt, et Ragnar s'approche du bord de l'eau. Il se met à parler dans une langue que je ne comprends pas. C'est peut-être du danois ou un dialecte ancien du nord. Mais quoi qu'il dise, les larmes me montent aux yeux tant la douleur est prégnante dans sa voix. La souffrance d'un deuil.

J'ai beau essayer de m'en empêcher, mon esprit imagine Jae dans le bateau. Je n'aurais pas la force de faire un tel discours si je la perdais. J'en tremble rien que d'y penser.

Ragnar ne dit rien, il se penche pour prendre une poignée de terre, puis se redresse. Il la jette dans l'eau. Chacun de ses hommes fait de même, puis Nikos revient à mes côtés, les yeux brillants dans la lueur du bûcher.

— Pourquoi avez-vous jeté de la terre dans l'eau ?

Je fais un geste du menton en direction de la rivière.

Il se penche plus près, nos épaules se touchent, et il murmure :

— Au Danemark, c'est une manière de demander aux dieux leur bénédiction afin de garder plus longtemps ceux qui sont en vie avec nous. Est-ce que tu veux le faire et leur présenter tes respects ?

Je hoche la tête.

— Est-ce que ce serait bien ?

— Bien sûr.

Je marche résolument vers le bord de l'eau et m'accroupis, ramassant une poignée de terre boueuse. Elle est froide et presque liquide dans ma main. Puis je jette la terre dans la rivière, où elle atterrit avec un grand bruit.

Je murmure à mi-voix :

— Puissent les défunts trouver la paix dans l'au-delà. Et s'il vous plaît… ne m'enlevez jamais mes sœurs.

Mes mots s'accrochent à ma gorge, et les larmes me montent aux yeux. La douleur et la souffrance de tout ce que nous avons traversé remontent à la surface, le souvenir de leur enlèvement est comme un fil barbelé qui déchire mon esprit.

Je m'éloigne de la rivière, baisse la tête et cille pour chasser mes larmes.

Nikos m'attend à quelques mètres de là, et un petit sourire en coin apparaît sur son visage lorsque je le rejoins. Les trois autres se dirigent déjà vers la ville, perdus dans leur propre chagrin.

— Je ne connaissais même pas les hommes qui ont perdu la vie, lui dis-je.

Pourtant, je ne peux pas m'empêcher de pleurer ou de me dire : « et si c'était ma sœur sur le bateau ? »

Nikos me fixe un long moment avant de répondre, les épaules voûtées. Je n'ai pas l'habitude de le voir comme ça. En temps normal, il est plus confiant et sûr de lui.

— Ma mère me disait que la mort laisse un cœur brisé, mais que l'amour laisse toujours un souvenir que personne ne peut vous enlever.

— C'est à la fois très beau et très triste.

Je garde ces mots dans un coin de mon esprit, parce qu'il faut que je m'en souvienne les jours où je croirai ne pas pouvoir continuer. Et je me demande aussi combien de pertes a subies Nikos pour s'accrocher à de telles paroles.

Il lève les yeux et contemple la rivière, les ombres glissent sur son visage dur.

— Elle a perdu sa famille à la guerre, puis a été obligée d'épouser mon père pour survivre. Il l'a traitée aussi bien que n'importe quel Alpha brutal le ferait, mais elle m'a dit qu'elle avait trouvé sa joie quand je suis né. Elle trouvait toujours le moyen de voir la beauté et le positif dans le monde au milieu de tant de mort et de chaos. Elle n'a jamais oublié sa famille, même si elle les a vus se faire massacrer dans des combats de meute. Je pense souvent à elle quand je sens que je m'effondre.

Je tends la main et m'empare de celle de Nikos. Nous restons debout en silence, les yeux sur le bateau en flammes qui flotte sur la rivière et disparaît hors de notre vue.

— Je suis désolée, dis-je finalement, ne sachant pas trop ce que l'on est censé dire dans une telle situation.

— Pas de quoi être désolée. Il nous arrive des merdes à tous, et ceux d'entre nous qui survivent doivent trouver un moyen de vivre avec.

— Et c'est pour ça que le monde est aussi brisé qu'il l'est. Nous avons tous de gros problèmes dans nos têtes.

Je ris légèrement en voyant à quel point ça semble pathétique.

— Tu as entièrement raison sur ce point.

Son sourire me réchauffe, et je préfère le voir ainsi plutôt que quand il est triste.

— Ce soir, on attendra à la taverne le type qui a parlé aux kidnappeurs de ta sœur, et ensuite on la retrouvera.

Au son de sa voix, je sens qu'il lutte, comme s'il réfrénait son propre chagrin.

— Vous étiez proches à quel point avec ces trois hommes ?

— Assez proches pour avoir rencontré leurs parents et leurs frères et sœurs.

Je hoche la tête et m'appuie contre lui, pour lui faire savoir que je suis là pour lui. Parfois, c'est ce qu'il y a de mieux à faire quand tout le reste s'écroule autour de vous. Père m'a dit un jour que le chagrin, c'est tout l'amour qu'on veut donner sans le pouvoir. C'est la douleur accumulée de ne pas être capable de dire à quel point quelqu'un compte pour nous.

La pluie tombe plus fort maintenant, comme si l'univers attendait la fin de la cérémonie. Les quelques habitants qui sont restés pour regarder le brasier se précipitent vers la ville. Nous restons au bord de l'eau quelques instants de plus en silence.

— Rentrons.

La main de Nikos se resserre autour de la mienne et il nous guide à travers les bois sombres.

Son corps est tendu en permanence : pour les vies perdues, pour ma sœur enlevée, pour ce qui reste encore à venir.

Moi, il me faut juste mes sœurs à mes côtés, et alors je serai la personne la plus heureuse du monde.

Une fois dans la clairière donnant sur l'arrière de la

taverne, j'aperçois Ragnar qui nous observe depuis la foule des hommes qui étaient présents aux funérailles. Il adresse un signe de la main à Nikos, puis pointe la taverne du doigt. Tous les trois entrent à l'intérieur. Je baisse les yeux sur ma main libre, toujours couverte de boue et collante. Je balaie l'endroit du regard pour trouver de l'eau, et je repère un robinet sur le côté de la taverne.

— Hé, laisse-moi une seconde, lui dis-je, et je me précipite pour nettoyer la saleté sur mes mains, me disant que nous allons sûrement manger.

Nikos me rejoint, nous frottons tous les deux la boue sous l'eau, nos mains se touchent, se repoussent doucement. C'est la première fois depuis notre retour en ville que je me souviens que je devrais porter des gants. La moitié supérieure de mes doigts est tachée de noir à cause de la magie. Mais fort heureusement, il fait trop sombre pour que quelqu'un d'autre le remarque. Même si je suis surprise que Nikos ne panique pas à leur sujet.

Dans les bois, il s'est montré distant, mais là, il est différent. Je le sens vulnérable, et ses remparts sont abaissés pour une fois. Je suppose qu'assister à un enterrement adoucit les gens.

Sans prévenir, il m'éclabousse le visage.

Je sursaute et éclate de rire.

— Hé, tu sais que des guerres ont commencé comme ça ! Et tu n'es peut-être pas au courant, mais je suis la reine des bombes à eau.

Il glousse.

— Amène-toi !

Le clapot de pas derrière Nikos me fait relever les

yeux par-dessus son épaule, m'attendant presque à ce que l'un des autres hommes débarque pour savoir pourquoi nous traînons les pieds.

Mais tout à coup, il y a comme un mouvement, un souffle d'air qui vient droit sur nous, qui se déplace très vite, et ma réaction est trop lente.

Trois inconnus s'attaquent à Nikos, et un bras se verrouille autour de sa gorge, ses genoux se dérobant. Il heurte le sol avec un grognement et je trébuche en arrière, sous le choc qui me coupe le souffle. Deux d'entre eux se mettent à marteler le visage et le ventre de Nikos à coups de poing. Il grogne et rend les coups, mais il est vite maîtrisé.

Je crie et me précipite vers eux, alors que la magie envahit déjà mes bras. Je me fous de savoir si ça va dérailler, je serais capable de brûler la ville entière pour que ces trois types s'éloignent de nous.

À peine fais-je un pas de plus que l'un des hommes se retourne et me balance son poing sur le côté de la tête. Le choc est si violent et inattendu que je trébuche, et tombe comme une souche à terre, sur le flanc.

Une douleur cuisante me traverse la tête, comme si mon crâne avait été fendu en deux et que mon cerveau se déversait. J'en suis totalement convaincue, et je crie en portant la main à ma tête. Mais il n'y a pas de sang.

Le monde tourne autour de moi, tout devient flou. Ma tête palpite comme s'il y avait un cœur qui bat bruyamment à l'intérieur.

Des mains m'arrachent au sol. Je repousse mon assaillant et recule frénétiquement, mais je tombe à nouveau.

Une ombre me surplombe alors que ma vision revient. Un homme se tient au-dessus de moi et il appuie son pied sur ma poitrine pour me plaquer au sol.

— Tu ne vas nulle part, traînée Omega.

L'homme me crache les mots avant de humer l'air.

— Je vais te sauter, puis mes amis prendront chacun leur tour jusqu'à ce qu'il ne reste plus rien de toi.

Je tremble, saisie d'effroi. C'est quoi ce bordel ?

C'est à cet instant que j'ai un meilleur aperçu de l'homme, de son menton large, ses yeux de fouine et sa calvitie naissante. Je le reconnais instantanément : c'est l'un des hommes qui me regardaient pendant la cérémonie funéraire. Ces ordures avaient attendu le bon moment pour attaquer.

C'était ainsi que procédaient les Alphas dans le Secteur Sauvage. Comme ils n'ont pas d'Alpha supérieur pour les commander, c'est chacun pour soi. Chaque femme est un objet, qu'elle soit avec un autre homme ou pas.

— Lâche-moi, merde ! m'exclamé-je.

J'ai du mal à respirer à cause de la pression qu'il exerce sur moi.

Je lève les mains sans la moindre hésitation, et des étincelles magiques jaillissent du bout de mes doigts. Je plaque mes paumes contre ses jambes.

Les lignes blanches crépitent le long de ses jambes, s'enroulant autour d'elles comme des serpents. Il glapit et bondit loin de moi, se tamponnant désespérément les jambes comme si son pantalon était en feu.

Ma magie s'emballe et des filaments d'énergie jaillissent de mes mains, frappant l'arrière de la taverne, noircissant le mur de pierre comme s'il avait été carbonisé. Des morceaux commencent à se détacher, créant de petits trous. Oh, merde !

Je risque un rapide coup d'œil, mais je ne vois qu'un enchevêtrement de bras et de jambes, et ses grognements s'intensifient alors que les hommes s'acharnent sur Nikos. Mais il donne autant de coups qu'il en reçoit, et je suis incapable de dire qui gagne.

L'autre ordure se retourne et se précipite vers moi comme un dingue. La haine sur son visage me terrifie.

Je me relève, mais il plante ses poings dans ma poitrine.

La douleur est explosive, et tout l'air est expulsé de mes poumons dans un énorme halètement. Je vole en arrière et percute le sol de plein fouet. Je crie sous le coup de l'atroce douleur qui s'étend sur ma poitrine et m'engloutit. Je n'arrive plus à inspirer d'air, comme si mes poumons étaient gelés.

Je suis étendue sur le dos, ma bouche s'ouvre et se ferme, et je me frappe la poitrine d'une main pour respirer à nouveau.

Le sale type se penche sur moi en riant. Il empoigne mes cheveux et tire pour relever ma tête.

— Arrête de lutter, sorcière, ou je te coupe les mains.

Il repousse ma tête, et je grimace quand je heurte de nouveau le sol dur. Il arrache ma chemise, et les boutons sautent sous mon gilet.

L'air s'infiltre lentement dans mes poumons, et je grimace tandis que je le repousse. Mais il dégage mes bras. Il tire sur les boutons de mon pantalon, mon corps tout entier frémit de la brutalité avec laquelle il me malmène.

Je suis partagée entre la peur et la fureur.

Je le frappe de toutes mes forces, plaquant mes mains sur son visage, et je lui mets des coups de pied. Je me débats, griffe le côté de son visage, fais couler le sang, lui arrache les cheveux.

Il grogne et m'écarte à nouveau le bras.

— Pétasse, tu vas le regretter !

C'est l'expression de la mort que je vois sur son visage… Ma mort.

Il va me tuer.

Mon pouls martèle plus fort mes oreilles alors que je recule sur les fesses.

Il se jette sur moi avec la puissance d'une tornade, et je hurle en tendant les mains devant moi, alors que ma magie fourmille sur ma peau.

Soudain, l'homme est projeté vers l'arrière, loin de moi, et ses yeux écarquillés sur son visage choqué paraissent presque comiques. Il heurte violemment le sol et gémit de douleur.

Un énorme loup blanc surgit de l'ombre et percute si violemment l'homme que, de là où je suis, j'entends le craquement des os et l'expulsion douloureuse de l'air provenant de ses poumons écrasés.

En quelques secondes je suis debout, mon cœur battant la chamade, mais je n'arrive pas à bouger. Je reste figée sur place, fixant le loup qui ravage l'homme, griffes et dents déchiquetant la chair, creusant une cavité béante au milieu de sa poitrine.

Mon estomac se retourne à cette vue, et je détourne

rapidement le regard. Seulement, je découvre les deux autres hommes gisant dans une mare de leur propre sang, la gorge totalement arrachée.

Je reporte mon attention sur Nikos, sous sa forme de loup, qui massacre ces hommes avec une telle brutalité que je devrais en être terrifiée au plus haut point. Mais je veux qu'il leur fasse du mal, qu'il les massacre.

J'ai déjà vu ces Alphas Vikings se battre contre des loups sous leurs formes d'ours. Ces hommes sont des spécialistes du combat. Mais là… Je suis choquée de voir avec quelle facilité Nikos leur arrache la vie sans pitié. Il n'est que colère et vengeance, et c'est un spectacle magnifique.

Il s'arrête, toujours debout au-dessus du mort et lève la tête, puis lance un hurlement envoûtant dans la nuit.

D'autres hurlements au loin lui répondent en se connectant à lui… Ils sont si nombreux que je ne vois pas vraiment comment mes sœurs et moi pourrions vivre en sécurité sans la protection d'une meute. Je repousse ces pensées et étudie le loup massif.

La pluie s'abat sur lui, et fait couler le sang de sa bouche sur son pelage blanc.

Nikos est un loup. Une bête sauvage.

Entièrement.

La plupart du temps, il est taciturne, il garde tout pour lui, mais à présent je le vois tel qu'il est. Je vois le guerrier qui sommeille en lui, et je vois qu'en dépit de tout, c'est un survivant.

Il tourne son énorme tête dans ma direction et ses yeux dévoilent la force de ce loup, son âme, son cœur. Ses oreilles sont pointues, ses dents cachées, et il s'écarte du mort, puis se dirige vers moi. Son corps se contorsionne, sa fourrure disparaît, et en quelques pas, il se tient devant moi sous sa forme humaine.

Nu.

Terriblement sexy.

Et vraiment très musclé. Il mettrait aisément la plupart des hommes à l'amende avec son ventre musclé, sa poitrine puissante, ses biceps… Déesse, tout en lui est dur… y compris son sexe. Je halète. Est-ce que c'est normal après avoir tué quelqu'un ?

Je lève rapidement les yeux sur les traces de sang sur sa poitrine et sa bouche. Il a des ecchymoses violettes sous l'œil et une trace de morsure sur l'épaule. Une marque sombre colore son flanc, mais il n'a pas de lèvre éclatée ni de nez cassé.

— Tu es blessé.

Je suis essoufflée. Je ne sais pas ce qui me choque le plus… sa nudité, ses blessures, ou la rapidité avec laquelle il a tué trois loups métamorphes.

— Je vais guérir. Tu vas bien ?

Je hoche la tête.

— Ça va.

— Cette sale ordure n'avait aucun droit de poser la main sur toi. J'aurais dû le torturer davantage, lui faire regretter d'avoir croisé notre chemin.

Son regard balaie mon corps et s'arrête sur la chemise déchirée sous mon gilet. Il tend la main et tire sur le tissu pour le redresser, même si c'est inutile vu que tous les boutons ont sauté. Mais le gilet maintient ma chemise en place. Il faudra s'en contenter.

— Ce que tu as fait est tout simplement... courageux.

Il glousse, puis grimace lorsque son œil meurtri se plisse.

— On ne m'a jamais qualifié de courageux avant.

Je pose une main sur le côté de son visage, là où il est blessé.

— Ça fait mal ?

— J'ai connu pire. Et tu sais ce qu'on dit... plus tu as de cicatrices, plus ton cœur est fort.

Il tient ma taille et m'étudie comme s'il était passé à côté d'une blessure.

— Je n'ai jamais entendu quelqu'un dire ça avant, lui dis-je.

— C'est un vieux proverbe nordique que j'ai entendu, mais je crois que je l'ai un peu modifié. J'ai parfois un peu de mal à retenir les mots.

— Merci de t'être battu pour moi.

Son pouce caresse la peau sous ma chemise, sur l'os de ma hanche. Ça me fait frissonner, car cette étrange émotion due à l'adrénaline se mêle à une excitation, pour former un mélange dangereux.

— Ils sont arrivés tellement vite, ils m'ont fait une peur bleue, murmurè-je.

Il est plus près de moi à présent, son haleine sur mon visage, et je fixe exclusivement ses lèvres, avec des traces de sang aux coins de la bouche.

— C'est ma faute, je ne suis pas resté sur mes gardes. Cet endroit est plein d'Alphas et de Betas sauvages qui ont faim d'Omegas. Mais je ne laisserai plus jamais aucun d'entre eux te toucher.

Il resserre sa prise et je halète. Quelque chose de primitif s'allume au fond de son regard. Son loup est là, toujours enivré par le combat, et maintenant Nikos me regarde comme si j'étais son prochain repas. Sa récompense.

Nous sommes tous les deux couverts de bleus, lui nu, moi tremblant de tous mes membres, debout dans le noir. Mon cœur tonne dans ma poitrine parce qu'il me touche. Et parce que je n'arrive à me concentrer que sur le point de contact, là où ses doigts progressent sur mon ventre.

Je ne le repousse pas, parce que son attention me submerge. Mes mamelons se raidissent contre le tissu de ma chemise, et mon cerveau me hurle de m'éloigner de lui tandis que je me laisse entraîner dans son regard. Aucun de ces hommes ne devrait m'exciter, pourtant chacun d'eux exerce sur moi une attraction que je n'ai pas envie de comprendre.

— Dans les bois, tu m'avais prévenue de ne pas rester avec Ragnar et vous trois, lui rappelé-je, dans l'espoir que cela ramènera un semblant de logique dans mon cerveau imbibé de désir.

— Je ne t'ai jamais dit de rester loin de moi.

Une expression arrogante se peint sur son visage.

Je fronce les sourcils, parce que je suis presque sûre qu'il a parlé d'un accord que j'aurais passé avec eux tous, mais à cet instant, je ne suis pas tout à fait concentrée.

— Je sens ta peur, me dit-il en me regardant de la tête aux pieds.

— Je n'ai pas peur de toi, dis-je rapidement en me raidissant.

Le truc, c'est que je tremble légèrement parce que j'ai beau faire la forte en présence de ces Alphas, ils me font peur.

— Ce n'est pas le genre de terreur dont je parle.

Il rapproche son visage du mien, et l'espace d'un infime moment, j'ai envie de faire comme si c'était réel et que j'avais un homme comme Nikos dans ma vie. Quelqu'un qui se battrait jusqu'à la mort pour me protéger, dont le seul regard me fait imaginer les pensées les plus cochonnes.

Il s'est passé tellement de choses dans ma vie qu'à dire vrai, je n'ai jamais eu beaucoup de temps pour penser aux hommes. J'ai accepté il y a longtemps que mon rôle serait de m'associer à quelqu'un qui, je l'espérais, me protégerait moi et mes sœurs. Mais ce que je ressens en présence de ces quatre Vikings me laisse confuse et perpétuellement excitée.

— Alors quel genre de terreur ? dis-je dans un murmure.

— Tu as peur de te laisser aller à me désirer.

Je lève les yeux au ciel dans un mouvement exagéré pour lui montrer qu'il est très loin de la vérité, mais il éclate de rire, et ma façade s'effondre. Alors je m'avance et nos bouches s'écrasent l'une contre l'autre. Je ne peux pas m'en empêcher. Ses lèvres m'appellent, et il vient juste de me sauver la vie.

Ses doigts avides entourent mon dos, me collent contre lui, et il m'embrasse goulûment. Il gémit, lèche mes lèvres, et je goûte le sang métallique de l'autre Alpha. Je suis excitée à l'idée de goûter et d'embrasser ce Viking massif.

C'est fou l'attirance que je ressens pour cet homme que je connais à peine. Et les sons primitifs et gutturaux qu'il fait sont si sexy ! La chaleur qui grimpe entre nous me donne la chair de poule.

Un feu s'allume entre mes cuisses, et je gémis à la sensation de sa main qui se glisse sous ma chemise et vient caresser ma poitrine.

— J'adore ton corps, murmure-t-il en faisant glisser sa main le long de mon ventre jusqu'à faire sauter le bouton de mon pantalon.

Sa main glisse sous l'élastique de ma culotte, son regard toujours planté dans le mien.

— C'est parfait.

Quelque chose prend forme dans ma poitrine à son contact, à ses mots. J'ai grandi sans qu'on me dise que j'étais belle ni quoi que ce soit de ce genre. On m'a juste dit que je devais être la grande sœur, faire ce qu'il fallait… Mais entendre ces mots de la bouche de Nikos me fait ramollir les genoux.

J'oublie tout à part cet homme dangereux qui m'embrasse encore avec tant de passion que je me rapproche de lui. Ses doigts glissent le long de mon cœur trempé, et il grogne d'une manière possessive qui me dit qu'il en veut beaucoup plus.

— Ton adorable baiser et ta douce intimité font fondre mon cœur, me dit-il entre deux baisers.

Puis il enfonce un doigt en moi, et je gémis, réalisant à quel point j'ai faim de ses caresses. Sa bouche s'empare de la mienne avec une telle passion que ma peau me picote, électrisée. Avec lui, j'ai l'impression de flotter, que tous mes problèmes s'effacent.

Quand il enfonce un autre doigt en moi, mon monde explose. Je m'accroche à sa chemise pour rester debout, et je me perds totalement en lui.

— Tu veux ça maintenant ? me demande-t-il.

Ma réponse n'est plus qu'un gémissement :

— Oui.

Mais le grognement de derrière nous me distrait, nous interrompant brusquement. Nikos s'éloigne immédiatement, et quand il se retourne, Crius est au coin de la taverne. Ce qui me fait penser qu'il nous regardait, Ragnar et moi, dans les bois, et à présent c'est avec Nikos que je suis.

La chaleur me brûle les entrailles, et je baisse la tête, les joues en feu. Qu'est-ce qu'il pense de moi ? Que je m'envoie en l'air avec le premier homme qui me porte de l'attention ? Je ne devrais pas m'en soucier, mais pour une raison que j'ignore, c'est pourtant le cas.

Je me précipite devant Nikos sans m'en rendre compte, et je passe juste à côté de Crius, incapable de le regarder.

En toute hâte, je reboutonne mon pantalon et redresse la chemise sous mon gilet, tout en me maudissant.

Mais qu'est-ce que tu fais ?

Je pousse la porte battante de la taverne et repère aussitôt Ragnar et Stone près de la fenêtre, assis à une table ronde déjà chargée d'assiettes de nourriture et de verres de bière.

La pièce est principalement peuplée d'hommes, avec quelques femmes qui ressemblent à celles que l'on engage à l'heure.

Les hommes me scrutent comme si j'étais le nouveau divertissement, mais quand Ragnar se lève et siffle, toute la salle regarde dans sa direction.

— Elle est avec moi, alors gardez vos yeux pour vous si vous ne voulez pas que je vous les arrache, menace-t-il.

Je me mords la lèvre et traverse précipitamment la salle, tandis que sa déclaration possessive fait s'emballer mon cœur. Je sais que les hommes me répètent que Ragnar partage tout avec eux, mais à cet instant, son regard me laisse penser qu'il pourrait détruire Nikos s'il avait vu ce que Crius a surpris.

8

NIKOS

— Timing parfait, abruti, grondè-je contre Crius en marchant vers lui alors qu'il se tient au coin de la taverne.

Parce qu'il nous a interrompus, Narah s'est échappée de mes bras juste au moment où je m'apprêtais à la sauter et la faire mienne.

Maintenant je me retrouve dehors avec Crius, dont le regard s'assombrit à mes mots. Pourtant, il ne sourcille pas devant les trois types morts, mais d'un autre côté, je l'ai déjà vu descendre un homme qui l'avait regardé de travers.

— Je ne vous ai jamais dit d'arrêter.

Ses lèvres se retroussent en un rictus.

— En fait, j'ai plutôt apprécié le spectacle, même si ça aurait été plus sympa de ne pas regarder ton vieux cul nu tout ce temps. Je ne sais pas vraiment comment Ragnar réagirait s'il savait que tu fais ce genre de trucs avec sa copine, mais tu fais ce que tu veux.

Je m'arrête devant lui, les dents serrées, et je brûle d'envie d'écraser mon poing sur son visage suffisant pour m'avoir énervé. Le bon côté des choses, c'est qu'il ne perd pas le contrôle de son loup, mais il se comporte comme à son habitude en abruti sarcastique.

— C'est quoi ces histoires, mec ? On partage. Ç'a toujours été notre accord.

Honnêtement, je ne sais pas pourquoi je me tracasse avec ça. Je devrais me foutre qu'il la veuille pour lui, mais pour une raison quelconque, ce n'est pas le cas.

Jamais aucune femme ne m'a attiré comme elle le fait, alors je ne peux pas nier ce qu'elle provoque chez moi. Je n'ai qu'une obsession, la plaquer contre le mur et la prendre sauvagement, pour être sûr qu'elle n'oubliera jamais la façon dont je la saute. Je n'arrêterai que lorsque je l'aurai brisée et qu'elle en redemandera. Elle a ce côté vulnérable qui menace de me détruire, et chaque fois qu'elle rougit en ma présence, mon sexe durcit. Alors comment je suis censé réagir ?

Je viens tout juste de me noyer dans sa douceur, dans son parfum sucré et chargé de désir. D'une manière ou d'une autre, j'ai réussi à garder un semblant de contrôle auprès d'elle, sinon je serais déjà enfoncé en elle jusqu'à la garde ; c'est déjà un miracle en soi.

Mais le plus gros problème que nous avons, ce n'est pas le désir que je ressens pour elle, n'est-ce pas ? Et ce n'est pas non plus cette possessivité sauvage de Ragnar envers elle. J'ai bien vu comme lui aussi la regarde. Le problème, c'est que je ne suis pas seul à la désirer. En particulier quand il suffit de la regarder pour tomber sous le charme : son déhanché, sa manière de pencher la tête quand elle vous parle, comme si elle était absorbée par la conversation. Cette fille est complètement inconsciente de l'impact qu'elle a sur ceux qui l'entourent.

— Je ne sais pas quoi dire, mon pote, mais tu vois bien comment Ragnar est avec elle.

Crius hausse les épaules avec nonchalance, comme s'il n'en avait rien à faire. Quel menteur.

— Il l'a déjà sautée deux fois, il l'a mordue, il l'a marquée. Je ne l'ai jamais vu faire ça avec une autre Omega. Tout ce que je dis, c'est qu'elle a un truc spécial, alors ne t'attends pas à ce qu'il la partage.

On dirait presque qu'il s'inquiète pour moi. Crius a beau être un enfoiré, il a ses moments de compassion.

Mais en revenant à ce qu'il a dit, je savais que Ragnar l'avait prise une seconde fois, mais je ne mentirai pas, après l'avoir embrassée, ça fait un mal de chien. Encore plus après avoir palpé la douceur de ses seins, me rappelant la manière dont elle s'est accrochée à moi en poussant ces délicieux gémissements. Elle est de ces femmes qui mettent les hommes comme moi à genoux. Le sang afflue fiévreusement vers ma queue quand j'imagine son fourreau humide… Si seulement j'en avais eu l'occasion avant que cet abruti ne nous interrompe !

— C'est moi que tu essaies de convaincre, ou toi ?

En réponse, je grogne et je passe devant lui ; mon loup rugit toujours au fond de moi, mon désir d'elle me dévore. Mais j'ai assez de volonté pour surmonter cette épreuve, parce que je n'ai pas d'autre choix.

Je baisse les yeux sur moi, totalement nu et maculé

de sang. Je ne m'inquiète pas tant d'être nu en public, car c'est une seconde nature pour les loups, que du fait que ce sang pourrait laisser penser que j'ai tué ces types. Je ne suis pas sûr que Ragnar va apprécier qu'on se soit fait attaquer pendant notre célébration de nos morts.

Je passe devant la taverne et entre dans l'auberge où se trouvent nos affaires. Le temps que je réapparaisse, avec de nouveaux vêtements et débarrassé du sang, j'avais trouvé une solution pour gérer Narah. Peut-être qu'il n'est pas question de la marquer pour l'instant, mais cela ne veut pas dire que je ne peux pas prendre plaisir à la taquiner, à la faire rougir et à la faire venir à moi. Qui a dit que la satisfaire avec ma bouche n'était pas possible ? Ce n'est pas vraiment revendiquer une fille. Et j'ai une furieuse envie de la goûter et de la voir s'asseoir sur mon visage. Ensuite ce sera son choix. Ce n'est pas comme si je pouvais refuser quoi que ce soit à cette adorable petite créature si elle me supplie de lui en donner plus.

Avec un sourire, j'ouvre la porte et entre dans la taverne.

L'odeur de bière et de viande rôtie me frappe instantanément, suivie de celle de transpiration âcre due à la présence de trop d'hommes. La salle est remplie d'Alphas et de Betas, dont la plupart ont les yeux rivés sur une demi-douzaine de femmes qui servent les repas et flirtent avec eux. Une femme rousse vêtue d'une robe noire moulante se tient sur une petite scène et interprète une chanson émouvante, largement noyée dans le brouhaha des rires et des voix.

Je traverse la salle bondée, contournant les tables

pleines, et j'arrive à la nôtre près de la fenêtre. Je m'affale sur le siège vide.

Narah est assise à côté de Ragnar. Tous me dévisagent, à l'exception de Narah. Elle garde la tête baissée et plante sa fourchette dans une pomme de terre rôtie. Elle porte des gants noirs pour couvrir ses doigts tachés de magie, car les Néandertaliens de cette région du monde ont peur de la magie au lieu de l'accueillir.

Nous voilà donc en train de partager un repas comme une famille modèle.

— Pourquoi tu t'es changé ? me demande Stone, cet enfoiré curieux toujours prompt à fourrer son nez là où il ne faut pas.

C'est le cousin de Ragnar et le plus réservé de la bande. Crius lui mène la vie dure, mais je commence à me dire que c'est sa manière de montrer son affection. Crius est extrêmement dévoué à la meute et à nous quatre, et même si Stone est pareil, c'est également un combattant terrifiant, surtout lorsqu'il manie sa magie élémentaire. Je jette un coup d'œil à l'encre de ses runes qui dépassent sur sa clavicule et son cou sous sa chemise. Je me souviens qu'il m'a dit un jour que c'était une coutume transmise par la famille de sa mère de se faire tatouer à l'âge de cinq ans, même si son père les détestait.

Nous formons un groupe étrange au sein duquel tout le monde a de gros soucis avec son père. C'est peut-être pour cela que nous travaillons si bien ensemble, surtout sous le commandement de Ragnar. Il fait toujours passer sa meute en premier, contrairement à nos propres pères.

Je regarde Stone qui m'observe. C'est vrai, il attend une réponse. Alors je lui en donne une pourrie.

— Pourquoi tu es obsédé par ce que je porte ? lui réponds-je en remplissant mon assiette de tranches de poitrine de bœuf, de légumes rôtis et de pain grillé beurré. J'en ai l'eau à la bouche.

— Ce n'est qu'une question, insiste-t-il avant de boire une longue gorgée de bière.

— Je crois qu'il a envie de te voir nu, souffle Crius en ricanant. Je veux dire, je ne comprends pas, Stone. Tu as vu le cul de Nikos ? Il est pas mal.

Narah ricane à moitié, levant les yeux pour me regarder à travers ses longs cils, et je ne sais pas si je dois prendre sa réponse comme une insulte... À moins qu'elle ne soit beaucoup plus décontractée que je ne le pense.

Et j'apprécie que Crius détourne la conversation. Il connaît Stone aussi bien que moi, on dirait un chien avec un os quand quelque chose attise sa curiosité.

Stone avale le reste de sa bière brune et pose le verre sur la table, puis il fait déjà signe à la serveuse pour qu'elle le remplisse à nouveau.

— Son cul, c'est bien la dernière chose dont j'ai envie.

Crius hurle de rire et abat une main sur la table, faisant sauter tout ce qui s'y trouve. Ragnar secoue la tête en piochant dans son repas.

— Je comprends. Tu veux du sexe.

— Allez vous faire voir, tous les deux ! rétorquè-je, sans pouvoir retenir un sourire en songeant à nos conversations habituelles à table, centrées sur la queue et le sexe...

Simplement, nous n'avons pas encore abordé ce dernier sujet. Et je suppose qu'on ne le fera pas en présence de Narah.

Quand la serveuse arrive, elle dépose sur la table d'autres assiettes d'assortiments de pâtes recouvertes de fromage fondu, de saumon cuit au four, de fromages à pâte dure ainsi qu'un plateau de fruits avec des noix trempées dans du miel.

Narah est déjà en train de se servir en raisins verts, enrobés du doux nectar d'abeille. Elle en met un dans sa bouche, puis un autre, et une goutte de miel s'échappe de la commissure de ses lèvres. Prestement, sa langue darde et la lèche. Je suis complètement hypnotisé. Il est clair que je prête beaucoup trop d'attention à cette fille.

Mais il faudrait que je sois un eunuque pour ne pas me rendre compte de sa beauté.

Le silence s'est abattu sur la table, et je ne suis pas le seul à observer sa manière de manger les raisins, avec ses lèvres pressées autour de chacun d'eux avant de les aspirer dans sa bouche. Je ne vais pas mentir, mon sexe frémit à cette image. Et dans ma tête, soudain, je me retrouve dehors avec elle, à caresser ses seins, attirer sa langue contre la mienne, inhalant cette odeur de sexe.

Je meurs d'envie de glisser mes doigts dans son pantalon et dans sa moiteur, de taquiner son clitoris en la faisant crier, tandis qu'elle me regarde avec ses yeux d'ambre. Elle aurait envie de dire non, mais ne pourrait s'en empêcher et en redemanderait. J'ai une soif éperdue de voir son sexe luisant une fois que je l'aurais fait jouir, encore et encore.

Mon cœur s'emballe, et je me déplace sur ma chaise, gêné.

Bon sang.

Elle me tue, et je détourne mon attention d'elle pour me concentrer sur mon repas. Tout ce que je récolte avec de telles pensées, c'est une érection et des bourses à l'agonie. Pourtant, je ne peux pas m'empêcher de sourire en me disant que j'étais vraiment proche, et que d'une manière ou d'une autre, elle sera bientôt mienne.

Ragnar a une main sous la table, et il est évident qu'il est en train de lui caresser la cuisse. Elle lui sourit et porte sur lui le même regard qu'elle m'a lancé dehors. Le feu brûle dans ma poitrine, mais je sais aussi parfaitement où est ma place et je dois me calmer avant de sauter par-dessus la table et perdre le contrôle.

Le truc avec les Omegas, c'est que, quelle que soit la résistance d'un Alpha, nous sommes biologiquement attirés par elles, alors ces émotions qui me rendent dingue sont un moyen pour la nature de s'assurer que notre espèce perdure, que nous nous accouplions et fassions des bébés. Mais ce qui m'intrigue, c'est la force de l'attirance que je ressens envers elle alors qu'elle n'est même pas en chaleur, et qu'elle n'est pas ma compagne.

Je m'inquiète à l'idée qu'elle entre en chaleur auprès de nous, car je ne vois pas comment nous pourrons nous retenir sans nous entretuer pour accéder à elle.

C'est pour cela qu'on ne voit pas beaucoup de femmes dans les environs. Beaucoup d'entre elles sont revendiquées avant même d'avoir eu leurs premières chaleurs, surtout lorsqu'elles rencontrent leur compagnon prédestiné.

C'est l'une des raisons pour lesquelles la sœur de Ragnar a été envoyée dans ma meute. Elle était prête à cause de ses chaleurs, et elle était aussi un atout convoité. Tout comme moi, car nous étions des pions à échanger. D'après mon père, c'était faire d'une pierre deux coups.

— *C'est aujourd'hui que tu pars, Nikos, m'ordonne Père depuis l'entrée de ma chambre.*

Il a de larges épaules, ses cheveux châtain foncé sont tirés en arrière sur son visage sauvagement balafré. Il plisse ses yeux verts devant les rayons du soleil matinal qui inonde ma chambre. Mère me dit qu'ils sont comme les miens, mais je refuse de croire que j'ai quelque chose en commun avec l'homme qui, un jour, m'a affirmé que sa progéniture ne représentait rien d'autre que des pions à utiliser pour accroître sa force. Et qu'un jour, je le rendrais fier quand mon heure viendrait.

Je suis debout, je repose le livre que j'étais en train de lire sur les guerres historiques d'une tribu appelée Samouraï.

— *Quelle mission dois-je accomplir cette fois-ci ?*

Depuis que je sais marcher, je m'entraîne à la guerre. Il se sert donc de moi pour des missions qui, je le soupçonne, ont surtout pour but de m'écarter de son chemin.

Il pince les lèvres et je les vois remonter, son expression de connivence m'inquiète soudain. Il ne me sourit jamais, et quand il le fait, c'est en général assorti de douleur pour moi. La dernière fois qu'il m'a fixé de la sorte, j'ai dû traverser le pays pour espionner une nouvelle meute qui s'approchait, pour finalement me retrouver au milieu d'une guerre de terri-

toire sauvage qui ne me concernait pas. Je me suis retrouvé avec deux côtes cassées et un crâne fendu. Lorsque je suis rentré à la maison, mon père ne m'a dit qu'une seule chose :

— J'ai appris que tu étais tombé au combat. À quoi tu me sers ?

Mais j'ai accepté depuis longtemps de vivre avec sa cruauté, tout comme mes deux frères aînés.

— Une mission de la plus haute importance, répond-il. J'ai trouvé une épouse pour ton frère, Anker, et avec elle, la paix avec ces brutes de loups d'Ulv qui sont à nos portes. Les deux camps perdent quotidiennement des soldats.

J'attends qu'il se montre plus clair sur mon rôle dans son dernier plan.

Mais avant qu'il réponde, plusieurs de ses gardes entrent dans la pièce et me saisissent par les bras. Je lutte contre eux, le cœur battant.

— Qu'est-ce qui se passe, bon sang ?

Père traverse ma chambre, les mains posées sur son ventre rond.

— J'ai passé un accord avec l'Alpha des loups d'Ulv. Pour instaurer la paix entre nos meutes, il nous enverra sa fille unique, et tu seras l'objet de l'échange pour notre meute.

Mon estomac se contracte.

— Jamais de la vie ! Je refuse !

Mes pensées s'envolent vers ma mère partie avec lui, vers Eve, la fille à qui j'ai fait la promesse de me marier lorsqu'elle sera en chaleur, ce qui ne devrait pas tarder. Elle a quinze ans, et j'en ai vingt et un. Je l'adore depuis si longtemps que je me fiche de savoir si elle est ma compagne prédestinée ou non. Elle m'appartient.

Je me débats contre la poigne de fer des gardes.

— *Relâchez-moi, grognè-je.*

Mais Père s'approche de moi et m'empoigne les cheveux, les tord, me forçant à tourner la tête sur le côté avec un sourire écœurant.

— Écoute-moi bien, petite merde. Le sang des morts coule dans nos rivières, et grâce aux dieux ta vie a enfin un sens. Tu iras chez l'ennemi, et tu apprendras à les aimer, tu pourras même les sucer si ça te chante, mais tu te démerdes pour que ça fonctionne, parce que ta présence met un terme à la guerre.

Un profond grondement m'échappe.

— Espèce d'ordure !

Mon cœur bat à tout rompre, et je tremble sous le coup de la fureur.

Père me relâche.

— Si tu remets les pieds chez moi, je te tuerai moi-même. Tu n'es plus un loup de Balor. Maintenant, rends-moi fier, se moque-t-il.

Sur un geste de sa part, les gardes me traînent hors de la maison familiale.

Je les repousse violemment quand un coup sec me frappe l'arrière du cou. Soudain, le monde tourne autour de moi, et mes genoux heurtent le sol. Tout devient flou, et la dernière personne que je vois, c'est ma mère qui pleure et m'appelle alors qu'on m'emmène.

C'était il y a plus de trois ans, quand mon existence est devenue si sombre que je n'ai jamais retrouvé ma lumière, et la plaie dans mon âme demeure aussi vive que si Père venait tout juste de me rejeter.

J'avale une bouchée de nourriture quand une ombre se pose sur notre table. Cela met un terme au bavardage incessant de Stone, et je relève les yeux vers le barman, qui s'essuie les mains sur son tablier court.

— L'homme que vous attendiez est arrivé.

Il désigne d'un coup d'œil un type qui traverse la taverne. Il doit avoir la quarantaine, arbore une moustache en forme de guidon et porte une chemise à carreaux et un pantalon.

— Merci, dit Ragnar qui serre la main de l'homme et glisse dans sa paume une pièce d'argent en guise de paiement.

Lorsque le barman se retire avec un grand sourire, Stone et Crius se dirigent vers le pauvre type qui n'a pas idée de ce qui l'attend. Je finis le reste de ma bière quand Ragnar attire mon attention. Il me fait un signe de tête complice, un signe qui m'indique que nous ne laisserons pas l'homme repartir avant d'avoir obtenu ce que nous voulons de lui.

— Faites ce qu'il faut, dit-il, puis il se tourne vers Narah. Partons.

Elle fronce les sourcils.

— Quoi ? Non, il faut que je sache.

Ragnar se lève et l'attrape par le bras, l'obligeant à se lever de sa chaise.

— Je te porterai s'il le faut. Nous le découvrirons bien assez tôt, mais si les choses deviennent incontrôlables, je ne veux pas que tu sois impliquée.

En dépit de ses protestations, il la tire hors de la taverne. J'adore la voir si fougueuse.

Quand je me retourne, Stone et Crius sont presque en train de porter le gars vers moi. Sa panique se lit sur son visage, et je sais immédiatement que ce sera une tâche facile. Je sais aussi qu'il est venu seul, il y a donc peu de chances que des amis à lui viennent prendre sa défense.

Je scrute la pièce du regard malgré tout, juste au cas où.

Crius pousse le type vers notre table, et je décale une chaise vide avec le pied.

— Assieds-toi, lui ordonnè-je.

Il se glisse rapidement sur le siège, le visage pâle et les yeux écarquillés, arborant un air paniqué, tandis qu'il détourne à toute vitesse son attention de moi vers Stone et Crius.

— Qu'est-ce qui se passe ? demande-t-il d'une voix tremblante. Je ne veux pas d'ennuis.

— Et tu n'en auras pas si tu réponds à nos questions, lui dis-je en saisissant le couteau à steak sur la table, que je commence à faire tourner sur mes doigts.

C'est plus pour l'impressionner, mais s'il m'énerve, il pourrait bien perdre un doigt ou deux.

Il voit que je fixe ses mains et les rassemble sur ses genoux.

— S'il vous plaît, je ne savais pas que le mouton vous appartenait, sinon je ne l'aurais jamais pris.

— Merde, mec, on ne veut rien savoir de ton fétichisme bizarre, grogne Crius en plissant le nez.

Le type tremble déjà comme une feuille avant même que je puisse l'interroger.

Stone gémit.

— Merde ! Il a pissé dans son pantalon !

Je recule précipitamment, je ne veux pas être près de lui.

— Putain de merde. Bon, on va faire vite, balancè-je. Hier, six hommes ont quitté la ville avec une femme. Et tu as parlé avec eux, je me trompe ?

Il acquiesce. L'homme ressemble à une fouine, avec un cou fin qui se briserait sans mal.

— Oui, je suis tombé sur eux en quittant la taverne. La fille semblait effrayée et pleurait, mais l'un des hommes lui plaquait une main sur la bouche, ajoute-t-il en haussant les épaules. Mais sincèrement, qu'est-ce que je pouvais faire ? Ils étaient six contre moi, et ce n'est pas la première fois que des femmes sont vendues ou embarquées, alors je n'y ai pas réfléchi plus que ça.

Je soupire parce qu'il a raison. Les femmes sont traitées comme des marchandises, mais ça ne signifie pas que je vais laisser des ordures s'en tirer à bon compte.

Le type me regarde fixement avant de baisser les yeux sur le couteau à steak dans ma main.

— S'il n'y en avait eu qu'un ou deux, j'aurais pu m'y attaquer, continue-t-il, mais je sais que c'est un mensonge.

Ce type est un lâche, pas un combattant.

— Arrête de te faire dessus, mec, lui dit Crius, assis de l'autre côté de lui. On n'a pas besoin que tu te battes. On veut juste que tu nous répètes ce qu'ils ont dit. Des noms, l'endroit où ils allaient. Est-ce qu'ils ont dit quoi que ce soit qui pourrait nous aider à les retrouver ?

Stone est assis de l'autre côté de la table et se penche en avant, scrutant le pauvre type d'un regard mortel.

— Ils m'ont dit d'aller me faire voir et m'ont poussé

hors de leur chemin. Je n'ai pas essayé de discuter avec eux, mais j'ai entendu un nom.

Il lutte pour respirer, sa poitrine monte et descend précipitamment.

— Et ? Pourquoi tu t'arrêtes en si bon chemin, bordel ? grogne Stone.

— M-Martell. L'un d'entre eux n'arrêtait pas de mentionner un certain Martell.

9

NARAH

— Martell.

Je m'étouffe en prononçant ce nom et, instantanément, ma louve s'avance, gémissant dans ma poitrine comme si la seule évocation de son nom avait réveillé son désir. Mais je tremble de colère et je jette un coup d'œil aux quatre Vikings qui viennent de me révéler qui a enlevé Jae.

— Ce sale enfoiré, lâchè-je, provoquant le sourire de Crius qui hoche la tête en m'entendant. Je n'arrive pas à croire qu'il l'ait enlevée.

Mais je déteste aussi la vitesse à laquelle ma louve réagit quand elle entend son nom.

Sa seule prononciation me laisse un goût amer dans la bouche, et j'ai l'impression que je vais vomir. C'est mon compagnon prédestiné, et aussi l'homme qui non seulement m'a rejetée, mais m'a balancée du haut d'une falaise. Je n'avais même pas passé une nuit avec lui avant qu'il ne découvre ma magie et ne m'abandonne. L'or dure. Tout ça parce que les louves comme moi, qui portent la magie, sont maudites.

On nous chasse.

On nous déteste.

On nous détruit.

Et je vais lui balancer toutes ces conneries de malédiction en pleine face quand je le retrouverai pour avoir enlevé ma sœur. Cette espèce de merde. Je tremble de colère.

Je regarde les quatre Vikings présents dans la pièce avec moi, consciente qu'ils sont très différents des autres loups du Secteur Sauvage. Une partie de moi se demande si c'est une spécificité de cette région. D'autant plus que Stone et Crius sont eux aussi porteurs de magie.

Ces sentiments qui me suffoquent ne sont plus les mêmes qu'avant, et je remercie la lune que Ragnar m'ait mordue pour apaiser le désespoir de ma louve envers Martell. Mais quand même, je m'inquiète qu'elle s'agite à la seule mention de son nom. Comment réagira-t-elle quand je le croiserai ?

Je refuse de me montrer une nouvelle fois faible pour lui. De laisser mon corps me trahir pour un homme qui a essayé de m'assassiner. Je vais récupérer ma sœur, et le lui faire payer. Me venger parce que s'il m'a retrouvée, il n'aura de cesse d'obtenir ce qu'il désire : ma mort. Parce que je suis beaucoup de choses, mais pas une idiote. Même si cette ordure me déteste, son loup va se languir de moi. C'est pour ça qu'il doit me retrouver. S'il élimine le problème, son loup se remettra de moi, ce qui rend mes sœurs vulnérables. Je devrais le craindre, mais je suis bien trop en colère qu'il nous ait trouvées.

— Il faut que j'aille la chercher tout de suite.

Mes mains tremblent méchamment.

— Tu es sûre de toi ? me demande Ragnar. Voyager dans le noir peut s'avérer dangereux.

Je tremble de tout mon être, pas seulement à cause de ses paroles, mais parce que plus longtemps je reste sans rien faire, plus ma sœur s'éloigne de moi en compagnie du diable.

— Je ne reculerai pas. Tu peux venir avec moi ou rester ici, mais je m'en vais. Nikos a dit qu'ils étaient à pied, donc si on est à cheval, on devrait les rattraper, non ?

Il frotte une main sur la barbe naissante de son menton.

— Tout dépend s'ils ont trouvé un moyen de transport, et s'ils sont restés sur la même route. Mais je suis prêt à faire couler le sang si toi tu l'es.

J'incline la tête en arrière pour croiser son regard. Cet homme est d'une beauté à faire fondre les petites culottes, et il l'a prouvé déjà à deux reprises, ce qui peut s'avérer être une terrible distraction. Mais entendre la détermination dans sa voix et savoir que je ne suis pas seule me remplit d'assurance.

— J'aime ta ténacité, Narah, ajoute Crius, détournant mon attention de Ragnar. Tu pourrais peut-être m'en envoyer. Peut-être avec un baiser, comme tu...

— Merci du compliment, mais ce n'est certainement pas la ténacité qui te manque, dis-je en lui volant aussitôt le reste de ses mots, alors que mon cœur bourdonne plus fort dans ma poitrine.

Qui aurait cru que Crius était un tel pipelet. Mais il a peut-être parlé aux deux autres de Nikos et moi derrière la taverne. Ça n'empêche pas la chaleur de me monter au cou à l'idée de ce que Ragnar pourrait penser.

Même Stone, qui n'a pas dit un mot et reste immobile comme une statue, me scrute comme s'il connaissait tous mes vils secrets, ce qui me fait rougir encore plus.

— Elle t'a eu, là, marmonne Ragnar d'une voix sombre, concentré sur la fenêtre.

Crius passe ses doigts sur les deux tresses de sa barbe brune en souriant.

— Bien, mais juste pour que ce soit clair. Je vais massacrer chacun des abrutis impliqués dans l'enlèvement de Jae. Ta sœur est quelqu'un de sympa.

— Personne ne te contredira sur ce point, constate Stone.

— Je le fais juste savoir avant que vous ne vous attribuiez mes morts, bande d'enfoirés.

Je ris de voir que c'est ce qui l'inquiète.

— Tant que je ramène Jae en un seul morceau, je me fiche de qui les tue, mais je veux que ce salaud de Martell soit ouvert de la gorge à l'aine.

— Oh putain, c'est la chose la plus sexy que tu aies jamais dite !

Crius gémit, sa main glisse le long de son corps et il empoigne son sexe à travers son pantalon.

C'est un animal particulièrement sexy, et je ne peux

pas m'empêcher d'être excitée par lui. Je suis persuadée qu'il est brutal au lit, qu'il est dominateur, et qu'il est plutôt bien bâti, à en juger par le paquet qu'il tripote. En vérité, c'est ce que je pense d'eux trois… de gros enfoirés qui pourraient facilement me coincer et faire ce qu'ils veulent de moi. Ragnar m'a déjà conquise, et je ne peux même pas assurer que ça n'arrivera plus jamais. Je sais que s'il vient vers moi, je vais fondre.

Mais je suis follement inquiète pour Jae, alors je redresse les épaules.

— On le fait ou pas ?

— Très bien, dit enfin Ragnar. Je vais descendre nous trouver des chevaux. Le propriétaire de la taverne a mentionné quelqu'un qui a une ferme dans les environs. Stone, tu viens avec moi.

— Si vous allez à la taverne, je viens aussi ! ajoute Crius. J'ai une soif terrible.

— Nikos, Narah ? s'enquiert Ragnar, haussant légèrement un sourcil en me regardant.

— Je vais attendre ici, réponds-je en me tenant près du lit, parce que je ne suis pas d'humeur à être entourée de bruits forts.

Quand je suis tendue comme ça, j'ai l'impression d'être à deux doigts d'éclater en sanglots.

— Alors nous sommes deux, répond Nikos, ce qui lui vaut un sourire crispé et un hochement de tête de la part de Ragnar.

Tous trois quittent la pièce en refermant la porte derrière eux.

— On dirait qu'il n'y a que nous deux, murmure-t-il.

Je regarde Nikos, le Viking qui m'a follement tentée derrière la taverne, et je réalise que ce n'est peut-être pas une bonne chose que nous soyons seuls. Il arpente la pièce, ses longs cheveux châtains attachés en une grosse dreadlock tombant sur ses épaules, les côtés de sa tête rasés. Il a la peau bronzée, comme s'il avait passé toute sa vie dehors. Il porte un jean foncé qui lui va parfaitement, épousant la courbe de son derrière torride. Même avec un simple t-shirt à col V et manches longues, il est totalement captivant. C'est un géant. Il pourrait aisément toucher le plafond s'il tendait la main, surtout à côté de moi, mais cela ne fait que renforcer mon attirance pour lui.

Il s'installe sur une chaise à la table près de la fenêtre. La faible lumière du plafonnier vacille comme si elle allait s'éteindre. Je doute que les générateurs de cette auberge soient assez robustes pour garder les chambres éclairées alors que la taverne brille de mille feux.

— Assieds-toi, dit-il en poussant un siège pour moi avec son pied.

Il est penché en avant, ses énormes bras croisés sur la table. Les avant-bras puissants ont quelque chose de très sexy. C'est peut-être le fait de savoir qu'il pourrait me serrer contre lui et que je me sentirais en sécurité. Il a les yeux rivés sur moi, observant chacun de mes mouvements alors que je m'approche. Mais il y a une lueur particulière au fond d'eux ce soir, comme si j'étais une biche et que lui était le loup affamé qui scrute sa proie.

Ce qui me fait me demander pour quelle raison il a

décidé de jouer les baby-sitters ce soir… Cela a-t-il un rapport avec notre baiser derrière la taverne ?

Nikos est absolument frappant, surtout quand il me regarde comme s'il était sur le point de me dévorer.

Je me glisse dans le fauteuil et remonte mes genoux, les serrant contre ma poitrine.

— Tu crois que Jae va s'en sortir ?

Il abandonne son regard séducteur et arbore une expression sérieuse.

— S'ils voulaient lui faire du mal, ils l'auraient fait sur place, ils ne l'auraient pas enlevée. Ce qui signifie qu'ils la ramènent à quelqu'un, ou qu'ils ont l'intention de se servir d'elle comme d'un moyen de pression.

M'apitoyant sur mon sort et celui de Jae, je soupire et repose mon menton sur mes genoux.

— C'est moi que Martell veut, mais il a pris ma sœur pour être sûr d'obtenir ce qu'il désire. Il est prêt à tout pour me récupérer, pour me tuer, pour mettre fin aux souffrances de son loup.

J'aurais dû le savoir, mais j'étais trop occupée à me noyer de mon côté. En plus, c'est pour le bien de ma louve que j'ai tout fait pour l'oublier.

Je vois des taches dorées dans les yeux verts de Nikos, et je ferme les miens ; je voudrais que la douleur que je ressens pour Jae cesse. Il me prend la main et me tire de mon siège. J'ouvre brusquement les yeux. Je suis debout devant lui qui reste assis, mes fesses appuyées contre la table.

— Je vais te faire une faveur, murmure-t-il en posant ses mains sur mes hanches pour me maintenir en place.

Ses pouces caressent la peau nue qui dépasse de mon gilet.

— Vraiment ?

Je ne peux pas m'empêcher de sourire, même si une partie de moi a envie de pleurer parce que les choses tournent sans cesse mal pour moi.

— Avant chaque combat et chaque chasse, on nous apprend qu'il nous faut trouver la paix avec nos démons intérieurs. Ainsi, quand on se lance dans la bataille, rien ne nous distrait, il n'y a plus que la rage primitive qu'on ressent envers l'ennemi.

— Alors, qu'est-ce que tu fais pour te vider l'esprit ? Tu médites ? Tu t'entraînes ?

— Je trouve une fille et je la saute à fond.

Il se peut que j'aie haleté, et ce n'est pas la réponse que j'attendais.

Il sourit, et je vois le coin de ses yeux se plisser, comme s'il aimait voir cette réaction qu'il a déclenchée.

— Eh bien, je suppose que c'est une méthode comme une autre. Je ne peux pas dire que j'ai déjà essayé, mais j'imagine sans peine que ça peut te faire tout oublier.

Je divague et d'un coup toute cette attention que me porte Nikos me donne chaud.

— Nous avons commencé quelque chose derrière la taverne, et j'en veux plus. Je veux être avec toi, Narah. C'est aussi simple que ça.

J'ai du mal à répondre, car mon esprit est encore perturbé par ses premiers mots. Enfin, je retrouve ma voix et dis :

— Rien n'est jamais simple, tu le sais. Et ça, ça me paraît compliqué.

Il me tire vers lui afin que je me tienne entre ses jambes, ses grandes mains sur mes hanches, et il se retrouve à hauteur de mon menton, son regard sur mes lèvres.

— Seulement si tu fais en sorte que ça le soit.

Ma respiration s'accélère un peu. Il doit avoir raison, parce que je suis totalement perdue quand je m'approche de lui. Je suis captivée par le glissement de ses doigts dans mon dos, sous mon gilet et ma chemise.

— Je veux te donner quelque chose qui t'aidera, je le sais, souffle-t-il en se penchant plus près, sa bouche sur mon cou.

Je tremble, incapable de bouger.

— Et je suppose que tu en tireras quelque chose aussi.

— Évidemment. Je veux savoir si le goût de ton cœur est aussi doux que ton parfum de miel.

Il colle son visage dans la courbe de mon cou, inspire, ses mains à plat contre mon dos, me pressant étroitement contre lui. Mes seins frôlent ses clavicules, et je suis extrêmement consciente de chaque contact, chacune de ses respirations.

Comment suis-je supposée répondre à un tel commentaire qui me met en ébullition et allume un feu entre mes cuisses ? J'aime que ce puissant Viking soit aussi direct quant à ce qu'il désire.

Sa bouche se déplace jusqu'à la base de mon oreille, ses lèvres provoquent des picotements dans tout mon corps. Je me laisse davantage aller contre lui, et mon corps me trahit quand un frisson d'excitation me parcourt l'échine jusqu'au creux de mon ventre, où mes nerfs palpitent.

— C'est ce que tu veux ? me demande-t-il.

— Je… Je…

Avec sa langue, il aspire le lobe de mon oreille dans sa bouche. C'est tellement chaud. Il le suce tendrement, par petites touches, et ses lèvres sont comme du feu. J'ai les jambes qui tremblent alors que mes doigts s'agrippent à ses épaules, je m'accroche à lui parce que je suis certaine que s'il me lâche maintenant, je vais tomber.

— C'est un oui ? ronronne-t-il dans mon oreille. Tu as envie que je te goûte et que je te dise à quel point tu es sucrée ?

Ses doigts tripotent les boutons de mon pantalon, et je ne fais pas un geste pour l'arrêter.

Je dois avoir le visage cramoisi à présent, mais j'ai besoin de ça dans ma vie.

— *Mmmh mmh*, balbutié-je, et je finis de faire descendre mon pantalon et mes sous-vêtements le long de mes jambes.

J'en sors, retirant mes chaussures dans le même mouvement. La fraîcheur de la pièce me frappe à ce moment-là, et je fais un véritable effort pour ne pas me couvrir.

— Il serait plutôt impoli de ta part de faire une promesse et de ne pas la tenir, articulé-je avec une assurance dont je sais qu'elle me vient de l'excitation qui m'envahit.

Mais je frémis de me tenir à moitié nue devant ce dieu, et ma bravoure s'estompe rapidement. Nikos se lève, et près de lui, je me rends compte que je suis toute petite. C'est fou comme ça m'excite à mort.

— Narah, bébé, dit-il en défaisant rapidement le cordon de mon gilet avant de faire glisser ma chemise par-dessus ma tête. J'ai besoin de te voir tout entière. Ça me rend totalement dingue de désir.

Aussitôt, je me couvre de mes mains, mais il écarte mes bras de ma poitrine.

— Ne te cache pas. Tu es bien trop belle pour me cacher ton corps.

Ses mains puissantes m'agrippent les hanches, et soudain, je me retrouve assise sur la table.

Sa bouche se pose à nouveau sur mon cou tandis qu'il m'ouvre les jambes avec sa main et se rapproche. Il me bloque avec son corps.

Je tremble, et il pose ses mains sur les côtés de mon visage, m'attirant à lui, et je l'embrasse éperdument. Ma bouche s'écrase contre lui, et il me retourne mon baiser avec une avidité brutale, tirant sur mes seins. Sa main se pose sur ma gorge, et il me ramène sur la table, rompant notre baiser avec un brasier dans le regard.

Il s'assied sur la chaise en face de moi. Je tente de resserrer mes jambes, mais il fait claquer sa langue en les écartant.

— N'y pense même pas. À présent que j'ai vu ton intimité parfaite, tu m'appartiens.

Avant même que j'essaie de trouver quelque chose à lui répondre, sa bouche est sur l'intérieur de ma cuisse et je me tends, oubliant même comment parler.

— Regarde comme tu es jolie.

Ce n'est pas mon visage qu'il regarde, mais mon

sexe. Il dépose tendrement un baiser sur mes lèvres intimes, puis fait glisser la langue le long de mes replis.

Je gémis. La sensation de sa bouche sur moi est la plus incroyable au monde. Je suis complètement excitée, et il n'y a rien de meilleur que d'avoir un homme puissant qui me lèche.

Il ouvre davantage mes cuisses, ses doigts écartant mes lèvres intimes, et il enfonce son visage plus profondément. Ses lèvres et sa langue me font des choses qui me font crier et cambrer le dos. Je m'agrippe aux côtés de la table et je m'accroche.

— Tu es tellement plus sucrée que le miel. Tu es délicieuse.

Je tends le cou, mais il a de nouveau enfoui son visage entre mes cuisses, les yeux rivés sur les miens tandis qu'il plonge dans ma moiteur. Il tire sur mes lèvres intimes et me lèche sauvagement.

Mes cris se transforment en hurlements tant il me dévore vite, et l'orgasme me gagne déjà.

— Nikos, je ne pense pas pouvoir...

L'excitation me transperce, et je suis cambrée en arrière sur la table, hurlant l'orgasme qui me déchire. Il ne s'arrête pas et me lèche férocement, comme s'il ne pouvait se lasser de me goûter.

Je crie son nom, me tords, mon corps convulse, et je jouis fort dans sa bouche. Il lèche tout, de mon intimité à ce qui s'écoule à l'intérieur de mes cuisses.

Haletante, je m'écroule sur la table, le sourire aux lèvres, me délectant de cette sensation. Et j'en veux plus encore.

— Tu as encore meilleur goût que ce que j'imaginais.

Il lèche mes sécrétions sur ses lèvres, et quand il lève les yeux vers moi, son menton et son nez sont luisants.

— Tu es la plus belle créature que j'aie jamais vue, et l'idée de te revendiquer représente tout pour moi.

Il retire son t-shirt, révélant un rempart de muscles, où des tatouages tribaux courent sur ses biceps saillants. Puis il fait sauter les boutons de son pantalon qu'il retire. Quand il se lève, il est possible que je sois bouche bée devant sa taille. Ragnar est très bien bâti, mais le sexe de Nikos... J'en ai le souffle coupé.

— Je vais te sauter maintenant, me prévient-il en prenant ma main, me soulevant de la table.

—Je... je ne pense pas que ça va rentrer, murmuré-je alors que mon cœur s'emballe : je suis carrément sérieuse.

— Ça va aller. Je te donne ma parole.

Soudain, il me fait tourner en me tenant par la taille afin que je lui tourne le dos, puis me fait pencher sur la table. Ses mains puissantes s'agrippent à mes hanches tandis que son pied écarte mes jambes.

— Ouvre-toi pour moi. J'ai du mal à me retenir. J'ai besoin de te sauter, de m'enfouir dans ta douceur.

— Je ne m'attendais pas à ce que tu sois si... gros ! m'exclamé-je.

Il glousse.

— Eh bien, merci, ma belle.

Et il me pénètre rapidement.

Je me tends tandis qu'il s'enfonce plus profondément en moi, réussissant à m'étirer suffisamment pour que je puisse m'adapter.

J'ai le souffle rauque, et je gémis d'avoir quelque chose d'aussi énorme en moi.

Il a les mains sur mes fesses, il les serre, puis il se retire lentement et s'enfonce à nouveau, mais ça ne dure pas. Il me pilonne si vite que je n'arrive plus à respirer. Le frottement de nos corps me fait haleter et frissonner. La chaleur torride entre nous augmente rapidement, en accord avec le tempo des coups de reins de Nikos.

Il me chevauche.

Je ferme les yeux, et je ne pense plus qu'à ce moment précis, j'oublie tout le reste. Je commence à trembler, de faibles grognements montent dans ma gorge alors qu'il me saute brutalement. Et je pourrais jurer qu'il devient plus gros en moi tant la pression augmente. Il est sur le point de nouer, je le sens et son poids est incroyable.

Quand sa main s'enroule autour de mon ventre pour atteindre mon sexe, mes hanches s'agitent.

— Jouis pour moi, aspire-moi.

Avec deux doigts, il me pince le clitoris, fort.

Je peux à peine respirer alors qu'il me pénètre violemment, me donnant le vertige. Son grognement tonitruant éclate autour de nous, et entre sa manière d'agripper mes fesses et ses doigts qui torturent mon intimité, je jouis pour la seconde fois.

Je renverse la tête en arrière, criant alors que l'orgasme me secoue pendant que l'énorme érection de Nikos palpite, se déversant en moi. Mon orgasme me bouleverse au plus profond de moi-même. Il est tendu contre moi, il grogne, et son membre se noue, se dilatant contre mes parois intimes jusqu'à me remplir entièrement.

Serrant les dents, je me laisse aller et je crains de me casser une dent tant ce deuxième orgasme est intense.

Nikos me prend dans ses bras et me soulève de la table, tous les deux encore connectés, et nous fait avancer jusqu'au lit.

— Putain, c'était fantastique, gémit-il avant qu'un grognement sauvage ne nous informe que son loup aussi est satisfait.

Nous tombons sur le lit, lui profondément enfoncé en moi, avec ses bras qui m'entourent ; il s'installe en cuillère derrière moi.

C'est ici que je me sens en sécurité… dans ses bras.

Ma poitrine est légère pour une fois, et le poids accablant de tous mes problèmes m'a quittée… du moins pour l'instant. Je tourne la tête et je vois que ses yeux sont encore embrumés. Je sais qu'il est toujours en train de se déverser en moi. Les Alphas produisent une quantité impressionnante de semence.

Il sourit en me serrant plus fort contre lui.

— J'aimerais pouvoir t'emmener loin de ce monde et trouver un endroit où personne ne pourra plus jamais te faire de mal.

10

NARAH

Il est tard, le fond de l'air nocturne est collant, et la lourde lune brille au milieu des nuages d'orage.

Après ce moment bouleversant avec Nikos, que je n'oublierai jamais, j'ai dû m'endormir car je suis réveillée et j'ai trouvé mes affaires emballées et des vêtements propres qui m'attendaient près du lit. J'étais seule dans ma chambre, Nikos était parti. Par la fenêtre, j'ai vu Crius dans la rue avec Ragnar, qui attendaient devant l'auberge, alors j'ai couru comme une forcenée pour les rejoindre avec mes affaires. Apparemment, ils devaient patienter qu'on leur amène des chevaux de la ferme voisine, c'est pour ça qu'ils avaient mis autant de temps. Et maintenant Stone et Nikos récupèrent les animaux à l'arrière de la taverne. Je rougis encore de ce que Nikos et moi avons fait, et je ne sais pas si Ragnar et les autres sont au courant.

Je me sens fantastiquement bien, mais je ne veux pas en parler avec eux.

Je remonte la sangle de mon sac sur mon épaule et lèche mes lèvres sèches en observant les lumières qui se déversent des fenêtres de la taverne. Des rires et de la musique émanent de l'endroit. Pendant les semaines où j'ai vécu ici, en attendant de retrouver mes sœurs, la taverne a toujours servi de la bière et de la nourriture à toute heure du jour et de la nuit.

Je tourne la tête sur la droite en entendant un bruit de sabots martelant les pavés. À mi-chemin de la rue, Nikos, entre deux chevaux, les guide par les rênes et Stone en a deux derrière lui. Ce sont des bêtes sombres qui hennissent comme si on les avait réveillées.

Je fronce les sourcils en les voyant, étant donné que je suis complètement vierge en matière de chevaux.

Mais secrètement, je me réjouis de ne voir personne arriver avec un cinquième animal. Mais retrouver ma sœur compte plus à mes yeux que la peur d'être jetée et piétinée par l'une de ces bêtes énormes.

— Tu viens avec moi.

Ragnar passe son bras autour de mes épaules avant de récupérer mon sac.

— D'accord, réponds-je en regardant une énorme jument alezane s'avancer vers nous ; elle secoue la tête et gratte le sol avec son sabot avant.

Chacun des gars s'avance près d'un cheval, et Ragnar jette mon sac à Stone qu'il portera comme son bagage.

En quelques secondes, il monte à califourchon sur la jument et s'installe sur la selle. Il y a une épaisse couverture derrière lui, qui me servira de siège, je suppose. Ça paraît assez facile, même si l'animal est bien plus grand que moi. Je pourrais tout aussi bien être naine, au vu de la taille de la jument.

Ragnar me tend la main.

— Mets ton pied dans l'étrier, et je vais te hisser.

Je n'hésite pas une seconde, car je préfère éviter qu'il sache que l'animal me rend légèrement nerveuse en raison de sa taille.

Avec précaution, je mets ma main dans la sienne, puis je lève mon pied vers l'étrier. Sa prise se resserre, et soudain je vole vers lui.

— *Wouah !*

Un soupçon de panique m'envahit alors que je cherche frénétiquement à me raccrocher à Ragnar. Je m'écrase sur lui en balançant la jambe par-dessus le cheval.

Mes fesses se posent enfin sur la couverture derrière lui, et je m'accroche au dos de son manteau de toutes mes forces.

— Bon sang, c'est vraiment haut, non ?

Je halète et passe en hâte mes bras autour de sa taille.

Il se moque de moi et me tapote la main.

— Tu seras en sécurité avec moi.

Nous sommes tous les cinq parés, et Ragnar fait avancer notre destrier. Mon corps se balance, et j'ai vraiment l'impression que je vais glisser à bas de cette bête d'un instant à l'autre. Je suis tendue et m'accroche de toutes mes forces.

Nikos, le Second, prend la tête. Nous le suivons, Stone à nos côtés, et Crius arrive derrière.

Si je n'avais pas cette peur de tomber, je pourrais me laisser aller à penser qu'il y a quelque chose de presque réconfortant à voyager avec ces quatre puissants Alphas. Sans le moindre doute, leur protection est attirante. Je ne devrais pas penser à ça alors que nous devons retrouver un groupe d'enfoirés, mais je dois avouer que mes sentiments pour ces Vikings sont de plus en plus forts.

Nous accélérons le rythme une fois arrivés à la limite de la ville, et mon cœur s'emballe alors que mon corps se heurte et glisse contre le dos de Ragnar, que je le veuille ou non.

Les bras autour de la taille de Ragnar, mon corps plaqué contre lui, je suis incapable de m'empêcher de frotter mes seins sur lui pendant le trajet.

— C'est la première fois que tu montes à cheval ? demande-t-il en tournant la tête pour me regarder, haussant un sourcil.

— C'est si évident ?

— Tu me compresses le ventre, mais si ça te rassure, alors je souffrirai en silence, répond-il d'un ton sarcastique.

— Oh, désolée.

Je relâche légèrement ma prise sur sa taille, mais sans la libérer complètement. Au lieu de ça, j'empoigne son manteau pour m'accrocher à quelque chose. Mes mains transpirent abondamment, sans parler de mes jambes qui tremblent tant je dois les serrer pour rester sur le cheval.

Il rit plus fort, et j'aime l'entendre quand il est heureux… Donc, au moins, il y a ça.

— Si c'est trop dur pour toi, Ragnar, je la prendrai volontiers sur mon cheval, intervient Stone. Tu peux serrer n'importe quelle partie de mon corps, bébé, si ça veut dire que tu vas frotter tes seins partout sur moi.

Je m'étrangle à moitié et lève les yeux au ciel.

— Comme c'est surprenant ! dis-je sur le ton de la blague.

— Si Stone a droit de l'avoir, alors il serait juste que l'on prenne des tours pour la transporter, lance Crius depuis l'arrière.

Nikos intervient aussi en disant :

— Je suis d'accord avec ça.

Ragnar n'approuve ni ne désapprouve, alors je réponds :

— Je ne suis pas sûre que l'un d'entre vous puisse le faire aussi bien que Ragnar.

Et au moment où ils enregistrent mes paroles, les trois gars éclatent de rire.

— Je parle de sa manière de monter à cheval avec moi, corrigè-je.

Crius hurle comme un fou maintenant, une main cramponnant son ventre, et je secoue la tête.

— Oh, c'est certain qu'il va vouloir te monter à nouveau !

J'ai les joues en feu.

— Même si Nikos n'en était pas loin, vu qu'il avait sa main dans ton pantalon tout à l'heure, continue-t-il.

Et soudain, j'ai envie de mourir. Mais de cette manière, je sais aussi que personne ne sait encore ce que nous avons fait dans la chambre. Pitié, faites que cela reste ainsi ! Je ne me sens pas très à l'aise de parler ouvertement de mes frasques sexuelles, vu que Ragnar a été mon premier.

— Tu es vraiment nul ! lancè-je à Crius, qui étouffe un petit rire.

— Quand est-ce que c'est arrivé ? demande Stone en fronçant les sourcils. Pourquoi est-ce que je rate toujours les trucs marrants ?

— Je veux bien jouer aussi avec ton doux antre, si tu m'y autorises, lance Crius.

Il me sourit. Et pendant tout ce temps, Ragnar n'a encore rien dit. J'enfouis mon visage dans son dos, j'aurais voulu être n'importe où sauf avec ces trois imbéciles.

— Ragnar, commencè-je, et ma voix n'est qu'un murmure.

— C'est bon, petit renard. Nikos m'en a parlé. Comme je l'ai déjà dit, il n'y a pas de secrets entre nous.

Vraiment ? Mon ventre se noue fort. Qu'est-ce qu'il lui a raconté, au juste ?

Je remarque que les autres gars se sont tus, ce qui me fait dire qu'ils sont tout aussi curieux de savoir ce que leur chef a à dire. Ce qui signifie aussi que Crius a raconté des conneries pour pousser Ragnar à parler.

Et il semblerait que nous ayons à attendre indéfiniment, puis qu'il ne mord pas à l'hameçon et ne dit rien. Je ne sais même pas pourquoi j'y pense autant. Quel est le problème ? J'ai couché à deux reprises avec Ragnar, puis avec Nikos, et j'ai eu une envie folle d'embrasser Crius, et j'ai rêvassé de Stone. Non pas que je tienne les comptes, mais je crois que quelque chose ne tourne pas rond chez moi. Mon âme sœur veut me tuer, et je couche avec des Alphas dangereux avec qui j'ai passé un marché.

Je suis en train de perdre les pédales.

Les hommes sont dangereux, me disait Mère.

Et c'est pour ça que je devrais éviter de jouer avec le feu. En dépit des protestations de mon corps et de ma louve, qu'est-ce qui se passera quand j'aurai retrouvé mes sœurs ? Je n'en suis pas encore certaine, mais je m'inquiète du fait que ces Vikings puissent être sur le point de déclencher une guerre avec les loups du Secteur Sauvage. Alors, est-ce que j'ai envie de me retrouver avec mes sœurs au milieu du chaos ? Et je ne sais même pas ce qui se passe avec ma mère.

Je refuse d'y penser pour l'instant, et je m'accroche.

J'ignore le temps que nous passons à cheval. Des heures peut-être, mais qui semblent des jours, et je n'ai jamais eu le derrière aussi endolori. Les hommes gardent le silence tandis que nous traversons les bois le long d'un large sentier, avec pour seule source de lumière la lueur d'une torche allumée dans la main de Nikos.

Les arbres se fondent dans la nuit, et j'ai du mal à distinguer les grands pins de chaque côté de nous. Il n'y a aucun son en dehors des sabots des chevaux qui frappent la terre.

Un grondement rauque nous parvient de derrière nous. Il est assez fort pour que nous l'ayons tous entendu : nous jetons un œil par-dessus nos épaules.

La lampe de Nikos balaie le terrain, dévoilant à peine trois silhouettes qui sortent des bois en trébuchant de biais et qui viennent vers nous, tentant mollement de courir. Leurs gémissements mortels m'arrachent un hoquet.

— Ce sont les morts-vivants, murmurè-je alors que mon cœur s'emballe.

On les voit mieux maintenant qu'ils s'approchent, avec leurs habits en lambeaux, un œil en moins, des visages squelettiques et une femme dont la moitié de la mâchoire est pendue selon un angle bizarre.

— Putain ! murmure Stone. Barrons-nous d'ici !

— Il n'y en a que trois, constate Crius en sortant sa hache. Je vote pour qu'on supprime ces enfoirés.

— Et combien y en a-t-il d'autres qu'on ne voit pas encore et qui sont dans les bois ?

Nikos exprime exactement ce qui me tracasse.

— Fait chier, gémit Crius. J'ai envie de casser quelque chose, et ça a l'air amusant de les fracasser.

— Bien sûr, Hulk, gémit Stone.

— Merde, c'est qui ça ? demande Crius en sautant de cheval. Je suis vraiment curieux, c'est quoi un Hulk ?

— Laisse tomber. Tu ne lis rien de l'ancien temps.

J'ai les yeux rivés sur les créatures qui titubent rapidement vers nous.

— *Euh...* S'il vous plaît, est-ce qu'on pourrait s'en aller ?

— Crius, lance Ragnar d'une voix grave. Nous n'allons pas faire ça maintenant. Remonte sur ton foutu cheval.

Bon sang, l'air vient de s'alourdir en une fraction de seconde.

Crius soutient le regard de Ragnar pendant un long moment, comme s'il ne se souciait pas du fait que ces maudits morts-vivants arrivent vers nous. Ça l'amuse peut-être, mais ce n'est pas mon cas. J'ai besoin de m'éloigner le plus possible de ces créatures avant de me mettre à hurler et courir comme une folle.

Il détourne enfin le regard de celui de Ragnar, et remonte en selle. Nous repartons tous les cinq en nous dégageant de cette zone à une vitesse incroyable. Je m'accroche de toutes mes forces au dos de Ragnar, balancée dans tous les sens sur le cheval au galop.

Je garde un œil sur la poignée de morts-vivants supplémentaires qui se répand sur le sentier. La peur emballe mon cœur qui martèle ma poitrine. Si nous étions restés quelques instants de plus, nous aurions été encerclés par ces créatures. Je me colle à Ragnar, reconnaissante qu'il nous ait tirés de là.

Le vent souffle dans mes cheveux, tire sur mes vêtements. Même quand je regarde en arrière et que les créatures ne sont plus en vue, nous ne ralentissons pas. Le problème avec les morts-vivants, c'est qu'ils sont implacables et prêts à traverser toute la campagne roumaine s'ils pensent qu'il y a de la nourriture à la clé. Ainsi, quelle que soit la distance que nous parcourrons, ils nous poursuivront, ce qui signifie que plus vite nous avancerons, plus il nous restera de temps pour retrouver ma sœur et nous enfuir avant d'être attaqués.

Auparavant, les morts-vivants ne se sont jamais aventurés aussi loin au nord de la Roumanie, mais ils ont sévi plus au sud, dans le Territoire des Ombres, en mangeant tout ce qui bouge. J'ai entendu des histoires sur les énormes hordes qui traversent les terres, et si les loups ont survécu, c'est en s'enfermant derrière de hautes murailles. Jae m'avait parlé de la meute des Loups Cendrés qui vivaient là-bas, et qui procédaient de cette manière pour survivre, avec l'ennemi à leurs portes. Cette idée me fait froid dans le dos, mais j'admire vraiment ces Loups Cendrés qui vivent parmi les morts.

C'est donc pour ça que le fait d'avoir vu un petit groupe dans ces bois est proprement terrifiant. Combien de temps faudra-t-il avant que le Secteur Sauvage ne soit envahi à son tour ?

Le virus qui a éliminé la civilisation il y a si longtemps a emporté la plupart des humains en Europe. Et si les loups normaux comme nous ne sont pas immunisés contre la maladie, il existe des meutes de loups différentes, comme le X-Clan, qui le sont. Une fois morts, nous deviendrons l'un de ces monstres, parce que nous sommes porteurs de la maladie ; la survie, c'est donc bien plus que vivre un jour de plus. C'est tout faire pour ne pas finir comme un mort-vivant.

Je me demande parfois comment était la vie avant que le virus ne ravage le monde. Avant qu'il ne tue tant de gens et n'engendre des monstres. Les livres que j'ai lus montrent un endroit magique où tout ce que vous voulez est à portée de main. J'ai parfois du mal à croire qu'un tel endroit ait pu exister, et surtout quand on voit à quelle vitesse il s'est effondré.

Lorsque Ragnar fait enfin s'arrêter notre cheval, je jette instinctivement un regard en arrière, tout comme Crius. Nous ne voyons rien qui nous suit, mais ça ne signifie pas qu'il n'y a rien.

Je jette un œil rapide derrière Ragnar, et je vois que Nikos nous regarde et pointe quelque chose.

Ragnar hoche légèrement la tête, et Nikos descend

de son destrier. Puis il court sur la piste droite devant nous, aussi silencieux que la nuit, disparaissant dans le noir.

— Qu'est-ce qui se passe ? chuchoté-je.

— Il a détecté quelque chose. Nous allons bientôt savoir de quoi il s'agit.

Sa main est posée sur la mienne, sur son ventre, et il me tient.

Personne ne bouge ou ne parle après cela. J'inspire profondément par la bouche, je déteste me sentir vulnérable au milieu des bois sombres. Nous restons immobiles, avec pour seule lumière la lueur déclinante de la torche de Nikos, qu'il a jetée au sol.

L'attente s'éternise, et plus nous attendons, plus j'ai la chair de poule. J'écoute les sons, tout ce qui pourrait indiquer l'approche des morts-vivants.

Je sursaute quand Ragnar se raidit soudain. Je regarde derrière lui et vois Nikos qui se précipite hors de l'obscurité, se déplaçant aussi vite qu'une ombre, sans faire de bruit.

Il s'arrête près de notre cheval, et Ragnar se penche pour entendre ce qu'il a à dire. J'ai les oreilles dressées.

— Je les ai trouvés. Ils se dirigent vers la vallée en longeant le bord de la rivière. Il n'y en a que deux avec Jae. Les quatre autres doivent arpenter les bois de chaque côté pour s'assurer que leur voyage se passe bien.

Il n'est pas impossible que j'aie haleté en l'entendant. Nous les avons trouvés !

— À quelle distance de notre position ? s'enquiert Ragnar.

— Soixante mètres au plus. On monte un peu plus haut et on abandonne les chevaux.

Jae ! Rien que d'entendre que Nikos l'a trouvée, j'ai envie de sauter du cheval et de courir vers elle. Mais, bien sûr, ce serait une très mauvaise idée.

— Je suis prête, chuchotè-je en m'immisçant dans leur conversation.

— Tu as entendu Narah. Prends la tête, dit Ragnar à Nikos.

Nous nous remettons immédiatement en route en silence, et je garde les yeux rivés droit devant nous. Je ne vois peut-être pas grand-chose, surtout que Nikos a laissé la torche derrière nous, mais je tremble d'impatience.

Rapidement, nous nous arrêtons.

En quelques secondes, Crius est à bas de son cheval, et il m'aide à descendre du mien tout aussi vite, les mains sur mes hanches, son souffle sur mon oreille.

— Hé, ma belle. Tu es prête à voir ton ex rendre son dernier soupir ?

— Bon sang, oui !

Il me fait glisser à terre, et une décharge électrique remonte le long de mes cuisses et de mon derrière partiellement engourdi. Je gémis doucement quand j'essaie de faire un pas.

— Pourquoi ça fait si mal de monter à cheval ? Je ne pourrai plus jamais marcher droit.

— C'est elle qui l'a dit !

Crius ricane de sa blague nulle.

Stone et Nikos attachent sommairement les chevaux à des arbres, et Ragnar me prend la main.

— Tu es avec moi.

Nous courons le long du sentier, moi un peu plus maladroitement à cause de mes courbatures, quand j'entends le bruit de l'eau qui coule. Nous nous arrêtons à la limite des arbres, et une petite clairière dévoile la berge caillouteuse qui descend vers une rivière. Je passe la tête avec les gars, regarde vers notre gauche, et là, au loin, une lumière surgit sur le bord de la rivière. Je discerne difficilement trois silhouettes, mais l'une d'elles est nettement plus petite que les autres.

Mon cœur s'emballe. *Jae. J'arrive.*

Ragnar recule, tout comme moi.

— Crius, traverse la rivière et suis-nous de ce côté. Nikos, tu vas de ce côté. Si vous trouvez quelqu'un, tuez-le. Stone, tu gardes Narah près de toi. Si les choses tournent mal, tu l'emmènes loin d'ici.

— Ou alors, je les élimine, proposè-je en levant les mains, mais personne ne sourit ni n'approuve.

Au lieu de cela, Ragnar me fixe du regard avec une expression sérieuse.

— Es-tu capable de contrôler ton pouvoir de sorte de ne pas toucher accidentellement l'un d'entre nous, ou de brûler toute la forêt ?

— Eh bien…

Je hausse les épaules. Merde, je déteste qu'il ait raison !

— C'est bien ce que je pensais. Tout le monde connaît le plan. On y va maintenant !

Je n'insiste pas, parce que je sais qu'il a raison. Ils en ont vu assez pour savoir que mon pouvoir est incontrôlable, et je déteste être considérée comme la faible, mais au bout du compte, nous allons sauver Jae. Alors je ne vais pas me plaindre de la manière dont nous procédons.

Crius et Nikos disparaissent dans la nuit, nos protecteurs silencieux, pour se débarrasser des hommes de Martell. Je n'ai aucun doute sur le fait qu'il sera avec Jae, et je serre les poings.

Stone me prend la main et m'adresse un doux sourire.

— Tu es prête ?

— Oui. Je veux récupérer ma sœur.

— Très bien, répond Ragnar. Allons-y.

Nous nous élançons, suivant le chemin de la rivière depuis l'intérieur des bois, pour ne pas être repérés.

Soudain, je suis submergée d'un tas d'émotions, et je me mords la lèvre. La peur, l'angoisse, l'excitation. Mais je lutte pour me débarrasser du sentiment de terreur qui m'envahit à l'idée que la situation tourne mal. Car après tout, c'est à Martell que nous avons affaire.

11

NIKOS

Mon loup jaillit hors de moi, mes os craquent, ma peau se fend et mon cœur s'emballe sous l'effet de l'adrénaline. Cela fait trop longtemps que je n'ai pas eu droit à une bonne chasse. Chez nous, au Danemark, Ragnar, Stone et moi nous aventurions dans la nature au moins deux fois par semaine pour rapporter du gros gibier pour les festins familiaux, mais quelquefois nous nous contentions de chasser des loups errants. Nous débarrassions les bois des bêtes qui attaquaient les habitants, enlevaient les femmes, se livraient au rut sur elles et les tuaient. Ce qui me manque, c'est de ne plus entendre les derniers râles au fond de leur gorge avant que je ne les étrangle.

C'est étonnamment gratifiant de savoir que je fais une bonne action pour la meute. La chasse représente le seul moment où je me sens vraiment en harmonie avec la meute d'Ulv, depuis que mon père m'a échangé avec l'ennemi. C'est pour cette raison que Ragnar et moi nous sommes si bien entendus, que ma loyauté lui sera toujours acquise. Pour lui, je combattrai, je volerai, je tuerai. Même si je ne sais toujours pas ce que je vais faire de mon avenir.

Mais pour l'instant, je ne peux pas réfléchir à ce qui va arriver, alors je sors de l'ombre sous ma forme de loup et je bondis en avant.

J'inspire, mais ne détecte aucune odeur de loup. Il n'y a pas la moindre brise ce soir. Pas assez de vent, ça n'aide en rien.

Je jette un regard vers la rivière et constate que je me rapproche de Jae et des deux hommes à ses côtés. Les deux enfoirés qui sont de ce côté de la rivière doivent être dans les parages.

Je prends une autre grande inspiration, mais ne sens rien. Si je devais protéger mon Alpha dans cette situation, je le ferais en amont, pour m'assurer qu'il n'y a pas de mauvaises surprises. Mais ça signifie que l'un de ces abrutis est soit derrière moi, soit tout près.

Je me glisse entre deux arbustes où je m'accroupis. Parfois, il suffit juste que j'observe et me laisse porter par le rythme de la nuit. C'est ce que nous ferions lors d'une partie de chasse. On choisit une position, et on attend.

Mes yeux s'ajustent à la luminosité pour que je voie mieux dans le noir, et c'est à ce moment que je repère un mouvement. Léger, mais suffisant pour attirer mon attention.

Je m'humecte les lèvres et reste immobile.

Une silhouette se glisse à travers les bois sans aucun bruit. Il est sous forme humaine, ce qui est une énorme erreur de sa part.

À la seconde où il me dépasse, je m'élance et le percute sans prévenir. Il heurte le sol, face la première, écrasé sous mon poids.

Mes dents tranchent la chair de sa nuque que j'arrache. Dans le silence qui règne, le craquement de ses os est assourdissant. J'aime le son des os qui se brisent. Le sang chaud de son loup me dégouline sur le menton.

Il frémit, se débat, grogne.

Garde ton souffle... mais à bien y réfléchir, tu n'en auras plus besoin.

Avec un coup sec de la tête, je lui brise le cou. Le coup lui est fatal, et il s'effondre sous moi. Je me laisse aller et lèche le sang sur mes lèvres, un peu déçu de la facilité avec laquelle je l'ai fait. J'avais envie d'un défi.

Je recule et me secoue ; il faut que je retrouve l'autre chasseur.

Mais au moment même où je reprends mon souffle, une masse énorme s'abat sur moi. Ça arrive si vite que je suis surpris, mais quand un objet me poignarde sous les côtes, un truc si tranchant que je suis sonné, la panique s'installe.

La douleur d'une lame enfoncée en moi me fait frémir. De toutes mes forces, je donne un grand coup de pattes arrière à ce salaud, avec un gémissement guttural provoqué par la douleur brûlante qui se répand sur mon ventre. En toute hâte, je m'écarte et me plante face à lui. Mon arrière-train est mon point faible, mais mes dents le détruiront.

Je me relève, je chancelle et du sang coule de la plaie. Mais je reste debout car j'ai déjà été touché auparavant.

Ce n'est ni la première ni la dernière blessure que j'aurai.

Je lève la tête vers le salaud qui grogne et tient le couteau ensanglanté dans sa main. Le monde vacille, mais je secoue la tête. Je ne le laisserai pas gagner.

— Tu as tué mon ami, lance-t-il en se penchant en avant. Et maintenant, c'est à ton tour de mourir. Œil pour œil, sale merde.

Levant la lame, il s'avance vers moi, tandis que je m'élance vers lui.

CRIUS

Je me promène dans les bois, résistant à l'envie de siffler. Je voudrais bien le faire maintenant parce que, pour être honnête, j'aimerais que ces abrutis dans les bois m'entendent et me tombent dessus. Bon sang, on a vraiment le temps de les traquer ? Nous savons tous comment ça va se terminer, alors pourquoi devrais-je déployer une énergie supplémentaire inutilement ?

Évidemment, je fais en sorte de rester le plus loin possible de la rivière, pour faire du bruit. Je ne suis pas tout à fait idiot.

Mon pas lourd fait craquer les brindilles et le feuillage, et comme prévu, deux hommes émergent des bois devant moi.

Je souris intérieurement.

— Vous êtes prêts à jouer ?

Ils échangent des regards avant de me sourire.

— Oh, ça va être amusant.

Je le sens jusque dans mes os. Je vais les faire pleurer pour avoir enlevé Jae. Elle ne mérite pas le sort que ces connards veulent lui réserver. Et ils paieront de leur sang l'angoisse qu'ils ont causée à Narah.

Le duo prévisible se précipite sur moi. Je soupire tant ils sont ennuyeux. Il était évident que les choses se dérouleraient de cette manière. Mais je vais faire avec.

J'esquive le premier coup de poing, saisis une branche épaisse sur le sol et je la lance sur la tête du type. Elle le frappe avec un bruit sourd et il tombe en arrière. Espérons qu'il mettra du temps à s'en remettre.

Le second type charge, et son poing m'atterrit en plein sur le nez. La douleur irradie jusqu'à mes yeux comme une toile d'araignée brûlante.

— Putain de merde !

Il se jette sur moi, me heurte, me prend au dépourvu. Je trébuche en arrière jusqu'à ce que mon dos heurte un arbre. Je secoue la tête pour faire disparaître la douleur et j'enfonce mon poing dans son rein, car je ne supporte plus sa tête de cochon renifleur en face de moi.

Pour faire bonne mesure, je lui balance un coup dans les bijoux de famille.

Il râle et se cramponne le bas-ventre, tandis que je saisis la hache à ma ceinture et la fais tourner dans ma main.

— À mon tour.

Sans hésiter, je la balance sur le type, et la lame le cueille en plein dans les tripes.

— Aïe, ça doit faire mal.

Il gargouille, tombe à genoux et crache du sang. Je le repousse d'une jambe et tire pour libérer ma hache. L'homme tombe sur le côté, saignant à mort. Il n'aura droit à aucune pitié de ma part. Cet enfoiré l'a mérité pour avoir posé la main sur ce qui ne lui appartient pas.

Le craquement d'une brindille me parvient dans mon dos. L'instinct prend le dessus, et je balance mon coude vers le haut et l'arrière, atteignant le premier gars en plein visage.

Il gémit et trébuche en arrière quand je me retourne vers lui.

— Tu as fait une énorme erreur en venant ici, et maintenant il est temps pour toi d'en payer le prix, comme ton pote.

Dans mon esprit s'impose l'image de Narah et de ses larmes quand elle a découvert que Jae avait été kidnappée. Rien ne peut effacer ce qu'elle a traversé, mais je vais faire de mon mieux.

L'homme cramponne son nez en sang, les yeux écarquillés en me voyant approcher avec ma hache. Il se démène pour attraper son couteau dans le fourreau de sa ceinture avec son autre main.

— Je vais te tuer, tu sais, lui annoncè-je d'un ton désinvolte.

— Va te faire voir, crache-t-il en brandissant sa lame devant lui, s'y cramponnant des deux mains en tremblant férocement.

— Vraiment, si tu as si peur, pourquoi es-tu sur cette mission ? lui demandè-je en me tapotant le menton avec le côté plat de ma hache. Oh, je sais : c'est parce que tu n'es qu'une mauviette et que tu suis un médiocre psychopathe qui sera le prochain sur ma liste. Maintenant, finissons-en avec cette comédie de merde.

Je dois agir vite car je voudrais participer à la confrontation avec Martell, le salaud qui a essayé de tuer Narah après l'avoir rejetée. Ragnar nous a tout raconté. Il n'a aucun secret pour nous. Mais je ne veux pas qu'il se réserve tout le plaisir. Je fais tourner la hache négligemment dans ma main.

Le regard du type oscille entre l'arme et moi.

— Écoute, s'il te plaît, on peut peut-être en parler ?

Ses suppliques ne sont rien d'autre que du bruit à mes oreilles.

Mais soudain, le fumier se jette sur moi, courbé au ras du sol, sa lame étincelant au clair de lune. Il se déplace rapidement en grognant. Mon loup fait surface en même temps que ma colère. Je me déporte, évitant la lame de justesse, mais elle s'accroche à mon manteau et déchire le tissu.

— Ordure !

Je suis pris de fureur, et mon esprit s'embrouille. Fou de rage, je me jette sur lui, et ma hache s'abat sur le côté de son cou. Le sang gicle. De toutes mes forces, je la retire et le frappe à nouveau avec l'arme, encore et encore. Je suis aveuglé par cette magnifique coulée de rouge. Mon cœur tambourine au rythme d'un air qui n'a d'égal que le craquement des os sous le métal.

Voilà, ça… c'est moi dans mon élément.

STONE

Je garde Ragnar en vue alors qu'il se faufile dans les ombres devant nous. Cet homme est un foutu guerrier. Il a remporté tellement de batailles au pays, il a vaincu des Alphas deux fois plus grands que lui, et pourtant son maudit enfoiré de père a refusé de lui accorder du crédit ou de lui promettre le trône de sa meute. Le con a dit à Ragnar qu'il devait se battre pour le rôle avec tous les autres, et qu'ensuite il déciderait qui serait le vrai champion pour prendre la place.

Bien sûr, cela a mis Ragnar hors de lui et les deux hommes ont fini par se battre physiquement. Pas son meilleur jour, il me l'a avoué plus tard, mais la famille a le don de vous foutre en l'air.

Le plus drôle, c'est que nous recherchons tous leur attention et leur affection, et pourtant, ce sont généralement eux qui nous font les pires trahisons. Mon père, l'oncle de Ragnar, est tout aussi impitoyable, ce qui explique pourquoi, dès mon plus jeune âge, je quittais la maison dès que je le pouvais pour échapper à ses coups. Une fois que Nikos nous a rejoints, nous étions tous les trois inséparables et nous avions l'habitude d'aller chasser dans les bois pour nous soustraire à la politique de la meute et aux ennuis ambiants.

Il n'y a qu'à voir Narah. Elle risquerait sa propre vie pour ses sœurs. Son dévouement est magnifique, comme tout ce qu'elle est, et sa passion pour sa famille me donne envie de tout faire pour l'aider.

Je jette un œil hors de l'ombre et vois Ragnar

s'éloigner de la lisière des bois pour rejoindre la rive du fleuve. Un bras passé autour de la taille de Narah, nous nous rapprochons lentement à travers les bois, le suivant à distance. Si les choses tournent mal, il faut que je sois là pour Ragnar, mais que je protège aussi cette magnifique Omega.

Quand nous faisons halte à un endroit qui nous offre un bon point de vue, je baisse les yeux vers Narah. Elle me fixe de ses yeux ambrés, brillants et immenses ce soir, et ses cheveux aussi noirs que la nuit retombent sur une épaule en vagues douces. Tout en elle est spectaculaire. La vulnérabilité qui se lit sur son visage, ses douces lèvres pleines, sa manière de cligner rapidement des yeux quand elle est nerveuse. Je dois déployer toute ma volonté pour ne pas revendiquer cette Omega pour moi seul.

Son parfum sucré et fruité imprègne chaque centimètre de mon corps, et que je sois damné, mais c'est exquis. Encore maintenant, la seule pensée qui m'obsède, c'est de la prendre dans mes bras et de la plaquer contre un arbre, ses jambes autour de ma taille, avec ma queue en elle, pour savourer l'excitation intense et irrésistible qu'elle fait naître en moi.

Elle représente une distraction dont je n'ai pas besoin en ce moment car j'ai de plus en plus de mal à garder mes idées claires. Particulièrement quand je m'imagine en train d'embrasser son cou, de libérer ses splendides seins et de la faire crier. J'ai envie de sentir ses parois se contracter autour de mon membre, me serrer fort tandis que nous nous perdons dans le plaisir charnel.

Merde ! *Reprends-toi, mec.*

Tout ce qui la concerne me rend faible. Et autant Ragnar a fait valoir ses droits sur Narah, autant il ne nous a pas explicitement demandé de ne pas le faire. J'ai toujours été du genre à prendre ce que je veux, et je la ferai mienne, même si je sais qu'il ne sera pas aisé de la conquérir. Mais j'aime les défis.

À cet instant, elle fronce les sourcils et nous montre du doigt, puis Ragnar, laissant entendre que nous devrions aller lui prêter main-forte. Je serre un peu plus sa taille.

— On attend, mimé-je, ce à quoi elle répond par un soupir.

Je secoue la tête et me rappelle que je dois rester concentré.

À la seconde où j'ai été distrait, j'ai raté la sortie de Ragnar des bois en direction de l'ennemi. À présent, je le vois se déplacer à ras de terre comme tout bon prédateur, grâce à son loup, puis frapper l'un des hommes par-derrière avec une précision parfaite. Il lui coince la gorge avec son bras et le fait reculer. Un geste rapide, et le craquement sonore du cou du type en dit long. L'homme retombe au sol tandis que le second attaque Ragnar.

Je ressens une tension dans tout le corps, l'impatience de le rejoindre, de l'aider. Cette poussée d'adrénaline me donne envie de m'élancer, mais je serre la mâchoire et j'attends.

Pas encore.

Jae chancelle en arrière, et Narah l'appelle, agitant les mains et me tirant vers elle pour se faire voir. Je l'accompagne à découvert tout en gardant le regard figé sur le combat mortel entre Ragnar et son adversaire. Je ne sais pas lequel de ces deux enfoirés est Martell, mais je ne doute pas que Ragnar mettra rapidement un terme à ses jours, si ce n'est déjà fait. Et ça ne saurait tarder. Il est temps que ce salaud meure.

Narah court vers sa sœur qu'elle étreint, et ma poitrine se contracte quand j'entends leurs cris de joie. Je ne pensais pas ressentir de telles choses pour cette Omega, mais même maintenant, je respire son doux parfum. Je n'ai qu'une seule envie, la prendre dans mes bras, ce qui veut dire beaucoup, vu que j'adore me battre.

Je reporte mon attention à l'endroit où l'ennemi échappe à Ragnar, mais mon Alpha se relève agilement et saisit l'épaule de l'homme d'une main crispée. Ragnar a effectué une demi-transformation, un truc qu'il aime faire. L'homme fait volte-face et Ragnar le plaque au sol avant de se mettre à cheval sur son torse et de le saisir à la gorge. Ce type n'a pas la moindre chance de parvenir à déplacer la montagne qui s'est installée sur lui.

Je m'avance vers eux, et cet enfoiré me regarde avec des yeux désespérés. Il doit bien se rendre compte qu'il n'y survivra pas… à moins qu'il n'ait un mince espoir, étant donné que Ragnar ne l'a pas encore tué ?

— Je n'ai qu'une seule question à te poser. Réponds, et tu pourras sauver ton misérable cul, grogne Ragnar.

L'homme ouvre des yeux ronds comme des soucoupes, son visage est maculé de son propre sang et pâle comme la neige.

— D-D'accord, bredouille-t-il.

— Parfait, alors c'est un accord, continue Ragnar. Comment avez-vous trouvé la fille et mes hommes en ville ?

Le type a du mal à respirer, et ses lèvres deviennent déjà bleues. Il frappe l'avant-bras de Ragnar.

— Tu l'étouffes, lancé-je.

— Ah oui ? répond-il sans le quitter des yeux, et je remarque qu'il relâche légèrement sa prise. Parle !

— Les sorcières, gargouille-t-il. Elles ont dit à Martell où elle serait.

Je me raidis devant son aveu. C'est quoi ce bordel ? Les sorcières se sont jouées de nous ?

— Pourquoi ? hurle Ragnar en secouant l'homme par le cou.

L'homme a du sang qui jaillit de sa bouche. Il est en piteux état.

— Le s-secteur S-Sauvage. Elles... elles lui ont promis le secteur.

— Putain, qu'est-ce qu'il vient de dire ? demandé-je, mais Ragnar ne fait que grogner, et les veines et les muscles de son bras gonflent à cause de la pression qu'il applique pour l'étrangler.

L'homme se débat, cherchant désespérément à s'échapper, mais on le perd rapidement. Ses yeux se révulsent, et son corps s'amollit.

Ragnar le libère et bascule la tête en arrière, laissant échapper un énorme hurlement qui n'a rien à voir avec l'appel des autres loups. Le son qu'il émet est primitif et vicieux. Il est furieux.

Le Secteur Sauvage est à nous... et ce morveux de Martell pense pouvoir le prendre.

Ragnar se lève, essuyant ses mains ensanglantées sur son pantalon.

— Ces sales pétasses nous poignardent dans le dos. Je vais anéantir la Grande Sorcière pour s'être jouée de moi, puis brûler tous ces foutus Bois Empoisonnés.

— Mais si elles savaient où était Jae pendant tout ce temps, pourquoi ne l'ont-elles pas emmenée elles-mêmes ? Les enfoirés qui l'ont kidnappée sont passés devant la forêt des sorcières.

En lâchant une forte expiration, Ragnar se frotte le visage.

— N'est-ce pas évident ? Ce n'est pas Jae que les sorcières veulent. C'est autre chose. Nous devons régler ça rapidement et prier pour ne pas avoir tort.

Puis il lève les yeux vers Narah et Jae qui regardent. Son expression est sombre, mais il ne leur dit rien. Elles ont dû tout entendre.

— Reste avec les filles. Je vais aller voir Crius et Nikos, m'ordonne-t-il.

Alors que Ragnar s'approche du bord de l'eau et s'asperge le visage et les mains avant de traverser, j'acquiesce. L'eau clapote autour de lui et lui arrive aux cuisses.

— Tout ira bien, leur dis-je à toutes les deux.

Narah se pelotonne contre sa sœur, mais le lourd poids sur son visage reflète ce que je ressens intérieurement. Nous sommes tombés sur quelque chose avec les sorcières, et elles ont décidé de se servir de nous. Je ne sais pas si cela fait de nous l'appât dans leur plan.

— Plus jamais je ne te laisserai derrière, affirme Narah à sa sœur d'une voix douce mais ferme, qui attire mon attention alors qu'elle essuie les larmes sur les joues de Jae.

— Tu n'as pas intérêt, répond doucement Jae.

Je me suis vraiment attaché à la jeune sœur depuis que nous l'avons récupérée dans le Territoire des Ombres. Malgré tout ce qu'elle a vécu, elle trouve toujours le moyen de tourner les choses en dérision, de paraître plus forte même dans les moments les plus effrayants. Mais quand je la vois maintenant en train de pleurer dans les bras de Narah, je réalise à quel point cette jeune fille est vulnérable. Et elle mérite d'être protégée de ce monde cruel… tout autant que Narah.

— C'est bon de te revoir, dis-je à Jae.

— Tu as pris ton temps, gros balourd.

Elle me donne un coup de poing dans le bras, mais je vois bien la pâleur de son visage et qu'elle sourit bien moins maintenant. Elle a dû être terrifiée.

— Est-ce que Martell était avec les gars qui t'ont enlevée ? demandé-je à Jae, et je constate que Narah est trop occupée à regarder Ragnar sortir de l'eau pour faire attention à nous.

— Non. Cette fouine a envoyé ses hommes pour qu'ils me récupèrent en son nom. Mais les hommes disaient que Martell est furieux et qu'il veut récupérer Narah.

Elle jette un coup d'œil à sa sœur, les lèvres pincées comme si cela lui faisait mal de le dire.

— Il a menacé de raser le monde et tous ses habitants pour l'avoir.

Mes nerfs se hérissent.

— Dans ses rêves, putain ! À la seconde où je rencontrerai Martell, je le tuerai. C'est aussi simple que cela.

NARAH

C'est comme si quelqu'un m'avait balancé un coup de poing dans le plexus solaire, et je n'arrive plus à respirer. Je ne veux pas trop réfléchir à la raison pour laquelle les sorcières nous ont menti et pourquoi elles ont vendu Jae. Est-ce que c'était pour garantir l'échec de notre mission ? Mais ç'a été un énorme coup dur de ne pas trouver mon ex.

— Il fallait que Martell soit là pour mourir aujourd'hui.

Jae acquiesce et me serre dans ses bras.

— Je suis simplement heureuse que vous m'ayez sauvée. Ne nous préoccupons pas de Martell pour l'instant.

Je la serre à mon tour dans mes bras et embrasse le haut de sa tête.

— Moi aussi je suis heureuse, sœurette.

Nous avons assez d'ennuis, alors éliminer Martell aurait été une bénédiction. Mais à présent il va envoyer d'autres hommes et je tremble de colère. Mais, contrairement à la première fois, je n'ai pas l'intention de pleurnicher en sa présence. Je vais le faire souffrir avec toute l'étendue de ma magie.

Le crissement du feuillage nous amène à porter

notre attention sur la berge de l'autre côté de la rivière. Ragnar éponge l'eau de son pantalon tandis que Crius sort des bois derrière lui, éclaboussé de sang.

Je halète à cette vue, reste bouche bée, m'attendant à ce qu'il tombe à la renverse. Mais au lieu de cela, il se dirige vers la rivière et nettoie sa hache ensanglantée comme si de rien n'était.

— Je vois que tu n'as rien laissé pour moi, lance Crius assez fort pour qu'on entende.

— On dirait que vous avez eu votre dose d'amusement, répond Ragnar, qui se dirige déjà vers nous à travers l'eau.

Mais un gémissement se fait entendre derrière nous, alors je sursaute et j'attrape Jae, qui halète quand je la repousse pour l'éloigner du bruit.

Je me tourne, m'attendant à moitié à voir un mort-vivant.

Mais à la place, c'est Nikos qui sort de l'ombre en trébuchant, se cramponnant les tripes. Le sang coule abondamment entre ses doigts. Il lève la tête, croise mon regard, et sous la lumière de la lune, je vois la terreur dans ses yeux et la pâleur de sa peau. Et ça m'effraie au plus haut point.

Soudain, il tombe à genoux.

Mon estomac se révulse et je me précipite vers lui, saisie d'un frisson.

— Nikos !

Des pas se rapprochent derrière moi, accompagnés du bruit d'éclaboussures m'indiquant que Crius et Ragnar courent aussi vers nous.

Je rejoins Nikos et me laisse tomber à côté de lui, les

yeux rivés sur ses mains qui se pressent contre son ventre et sur tout le sang. Mon cœur palpite dans ma poitrine sous l'effet de la peur.

— Je vais bien, gémit-il.

— Putain, tu as une sale gueule, murmure Crius.

— Bon sang, tu parles d'une évidence ! lui répond Jae. Je l'adore tellement.

— Formidable, maintenant nous avons deux Narah qui me prennent de haut, murmure-t-il, presque sur le ton de la plaisanterie.

— Crius, arrête de faire le con, lui intimè-je, les entrailles nouées par l'angoisse. Va chercher ces foutus chevaux. Fais quelque chose ! Nikos est sérieusement blessé.

Il grogne et retourne à l'endroit où nous avions laissé nos montures. Stone est sur ses talons. J'entends leurs voix qui s'élèvent, mais pas les mots, et quelques instants plus tard, ils sprintent tous les deux pour récupérer les chevaux. Quoi que Stone lui ait dit, ça l'a incité à arrêter d'être idiot.

Ragnar fait gentiment allonger Nikos sur le dos.

— Voyons à quel point c'est grave.

— C'est juste un coup de couteau, murmure Nikos. J'ai tué les deux salauds.

— Tu t'es bien débrouillé, dit Ragnar en portant son attention sur l'endroit où Nikos cramponne sa blessure.

Nikos est en sueur et il tremble. J'ai peur qu'il soit gravement blessé alors que nous sommes au milieu de nulle part. Et s'il se vide de son sang ?

Ragnar écarte la main de Nikos de sa blessure, et un flot de sang s'en échappe.

J'ai l'impression de me noyer dans de l'eau glacée.

— Oh, déesse, c'est mauvais.

Aussitôt, je regrette d'avoir dit ça. Je n'ai aucune envie de faire peur à Nikos, mais je suis presque sûre qu'il est déjà au courant.

Ragnar retire prestement son manteau, puis ôte sa chemise par-dessus sa tête : il est à présent torse nu. Il plie le tissu qu'il place sous la main de notre ami.

— Il faut appliquer une pression sur la blessure jusqu'à tant qu'on puisse te recoudre.

Nikos acquiesce, et je me lève d'un bond, tout comme Ragnar.

— Il pourrait avoir besoin de plus que des points de suture, lui dis-je. Je ne sais même pas à quelle distance nous sommes d'une ville.

Jae est à genoux à côté de Nikos, essuyant la transpiration de son front, lui disant qu'il ferait mieux de ne pas lui faire le coup de mourir sous ses yeux. Ses mots me transpercent le cœur comme des lances, et je cligne des yeux pour empêcher les larmes de couler.

— Il y a un village dans les environs, explique Ragnar, dont les rides sur les bords de sa bouche se creusent, comme elles le font quand il est inquiet. Il faut juste qu'on soit rapides et qu'on prie que rien ne vienne se mettre en travers de notre chemin.

Mon souffle se bloque dans ma gorge et la sueur froide m'envahit. Je déteste avoir le sentiment de ne jamais avoir de chance, surtout que maintenant ma malchance a déteint sur les gars.

— Mais il s'en sortira, me dit-il, mais j'entends le frémissement sous ses mots.

— Pour sa guérison, il faut déjà stopper l'hémorragie.

Je ne sais pas vraiment qui il cherche à convaincre à cet instant : lui, ou moi ?

Je hoche la tête car j'ai besoin d'y croire, sinon je m'écroulerais. Je n'ai pas le choix, et je continue à regarder derrière nous vers l'endroit où les deux autres ont disparu en souhaitant qu'ils se dépêchent.

La douleur me fait comprendre que Nikos a beaucoup plus de problèmes que ce que l'on veut bien admettre.

Il y a tellement de sang.

NARAH

Des champs envahis de végétation nous entourent. Je suis à l'arrière du cheval, m'accrochant à Stone alors que nous nous hâtons pour trouver de l'aide à Nikos. Des lumières orange brillent au loin comme des balises dans l'obscurité : le petit village qui, selon Ragnar, aiderait Nikos.

Certes, je suis sceptique à l'idée de faire confiance à d'autres Alphas, et je dois veiller sur Jae, mais quel autre choix avons-nous ? Nous devons nous serrer les coudes, et si nous ne faisons rien, Nikos va mourir. Alors, nous fonçons et je prie la déesse de la lune.

S'il vous plaît, protégez-nous tous.

Nikos est écroulé sur son cheval, mais il monte à côté de Ragnar, qui tient ses rênes.

En dépit du froid qui a envahi la nuit, le dos de Stone est une véritable fournaise et je me réchauffe sans peine contre lui.

— Ça va derrière ? demande-t-il, la main posée sur la mienne, enroulée autour de son ventre.

— Je vais bien. Mais comment Ragnar sait-il que nous pouvons faire confiance aux Alphas de cette meute ?

— Ils lui ont juré une allégeance partielle.

Je hoche la tête même s'il ne peut pas me voir, et savoir que Ragnar exerce un certain contrôle sur l'endroit où nous nous rendons me rassure quant à notre sécurité. Je me tais ensuite et j'écoute le galop des chevaux sur la route, semblable au tonnerre.

Je garde les yeux braqués sur le balancement de Nikos sur son cheval et la manière dont Ragnar le stimule pour qu'il ne perde pas connaissance. Je garde la tête baissée tandis que nous courons à travers la terre plane. Je ne sais pas combien de temps s'est écoulé depuis notre départ des bois, mais nous finissons par ralentir et je lève le nez alors que nous tournons dans un chemin flanqué de pins.

Nous nous approchons d'un grand portail en fer, avec une clôture en mailles de chaîne qui part dans les deux sens, délimitant le territoire de la meute.

Ragnar est descendu de son cheval et s'adresse à un garde qui porte un fusil de chasse. Je ne saurais dire si c'est pour les morts-vivants ou les autres loups… Je suppose que c'est pour les seconds. Nombre de meutes ont revendiqué de petites terres dans le Secteur Sauvage, mais il n'y a pas d'Alpha dominant, alors c'est du chacun pour soi ici, qu'il s'agisse d'un loup isolé ou d'une meute.

Quelques instants plus tard, les portes s'ouvrent avec un gémissement métallique, et ma respiration s'apaise en voyant qu'il n'y a pas de problème. Ragnar remonte sur son cheval et nous repartons.

Quand nous passons devant le garde, je vois qu'il nous observe, surtout Jae et moi. Croit-il que nous sommes des marchandises destinées à être vendues ? Il se trompe, car jamais je ne permettrais que cela nous arrive, à mes sœurs ou moi. Je lève le menton quand il se tourne pour fermer le portail derrière nous.

Nous faisons halte devant un ensemble de marches en pierre qui paraissent usées par le temps ; les pavés sont craquelés et l'herbe pousse dans les interstices. Deux séries de torches rougeoyantes encadrent l'entrée et, de chaque côté, on trouve une profusion d'arbustes à demi taillés, comme si quelqu'un avait vraiment essayé de leur donner un aspect soigné.

Nous descendons tous de nos chevaux au moment où trois hommes émergent de l'obscurité derrière nous. Pour ce que j'en sais, il pourrait y avoir des écuries juste à côté, mais honnêtement, je ne vois rien dans le noir.

Crius leur demande de trouver un endroit pour que nos chevaux puissent se nourrir et se reposer, et personne ne discute.

Tout se passe si vite que j'ai la tête qui tourne. Jae s'accroche à moi en tremblant. Elle a déjà traversé tellement de choses, elle mérite de se sentir en sécurité.

Ragnar et Stone tiennent Nikos entre eux, leurs bras autour de son dos, et ils le portent dans les escaliers.

Je prends la main de Jae et la tire dans la même direction.

— Restons près d'eux.

Nous sommes sur leurs talons, tous mes sens sont

en alerte. En haut des marches, un énorme terrain plat s'étend, entouré d'autres bois. L'endroit ressemble à l'un de ces parcs humains dont j'ai entendu parler dans les livres. Mais dans ce lieu, il doit y avoir une cinquantaine de cabanes en bois avec des toits pointus autour du périmètre, sur plusieurs rangées, et au milieu, un feu de joie rugissant qui crache des braises dans le ciel.

Les gars se dirigent rapidement vers la deuxième sur la droite ; ils semblent savoir exactement où ils vont. Le sol est principalement constitué de terre et de cailloux, et sur le côté de la maison, je repère un potager. J'ai l'impression d'être de retour chez les Loups de la Tempête. J'ai le ventre noué, me remémorant un temps où je nous croyais en sécurité, avant que tout bascule. Cela pourrait expliquer que je regarde en permanence par-dessus mon épaule et que ma peau se hérisse à chaque bruit.

Crius frappe un grand coup sur la porte voûtée, et quelques secondes plus tard, un homme âgé aux cheveux blancs l'ouvre. Il est vêtu d'un pantalon en cuir marron et d'un gilet assorti, sans chemise en dessous. Et sa peau est intensément bronzée. Il écarquille immédiatement les yeux, comme s'il était choqué mais aussi heureux de nous voir débarquer au milieu de la nuit. Puis il remarque Nikos.

— Ragnar, entre vite.

Il nous fait signe d'entrer, et je tire Jae à côté de moi ; nous sommes collées l'une à l'autre.

— Mihai, je suis ravi de te revoir.

Avant de franchir le seuil, je constate que des gens

sortent des maisons voisines pour voir ce qui se passe, sans nul doute, mais je baisse la tête et j'entre.

La cabane est étonnamment spacieuse. Des couvertures et des coussins pour s'asseoir occupent la moitié de l'espace, ce qui tend à prouver qu'une grande famille pourrait vivre ici. Le long du mur du fond, on trouve un four à bois et une table avec six chaises, et à l'arrière se trouve un couloir qui, je suppose, mène à d'autres pièces.

— Installez-le ici.

L'homme écarte les coussins pour faire de la place à Nikos sur la couverture, et les hommes le déposent. Je me précipite vers eux et je place un oreiller sous sa tête.

Il s'agrippe à son flanc, gémit, et mon sang se glace. Il a toujours été un Alpha puissant, alors le voir dans cet état m'est douloureux. J'ai perdu assez de personnes et assisté à tant de morts que ma poitrine se contracte devant sa souffrance.

Sa chemise et ses mains sont couvertes de sang. Ça dégouline sur ses doigts, et j'ai le cœur en compote. Jae est à côté de moi et me serre fort dans ses bras.

— On va s'en sortir, lui murmurè-je.

Elle observe tout le monde, sans jamais quitter le vieil homme des yeux.

— Je m'excuse de notre arrivée brutale au milieu de la nuit. Mais tu étais le lieu et l'ami le plus proche à qui demander de l'aide.

Ragnar se lève pour faire face à l'homme.

— Ragnar, tu peux considérer ma meute comme ton foyer.

Il se frappe l'épaule d'une main, puis tourne la tête et braille :

— Lyssa, ma fille, sors d'ici maintenant. Ragnar est venu nous rendre visite.

Puis il fait face à Ragnar avec un large sourire.

— J'ai l'impression que ton ami va avoir besoin de points de suture.

Il se rend à la cuisine où il récupère un seau dans un garde-manger, ainsi qu'une bouteille de ce que je devine être de l'alcool.

Je regarde Nikos. Il a le visage tendu, les yeux plissés. Quand il les ouvre, il affiche une tentative de sourire, de travers, et douloureux.

— N-Narah, commence-t-il, mais je secoue la tête.

— Tu n'as pas besoin de parler. Tiens bon. Quelqu'un va te soigner.

J'ai la gorge serrée et les larmes aux yeux. J'ai tenu le coup jusqu'ici, je ne vais pas perdre mes moyens maintenant. Jae me frotte le dos. Elle a toujours été douée pour ressentir mes émotions, et je devrais me réjouir de l'avoir à mes côtés, mais au lieu de ça, je suis morte d'inquiétude pour Nikos.

Crius, agenouillé en face de moi, applique une pression sur la plaie avec ses mains. Nikos est pâle comme un fantôme. Il a perdu énormément de sang pendant le trajet jusqu'ici.

— Tu ferais mieux de ne pas me mourir dans les bras, murmurè-je à Nikos. Je viens juste de commencer à vraiment t'apprécier.

Je sens que Crius me regarde, m'écoute, mais je ne

peux pas m'isoler en privé avec Nikos pour lui dire qu'il n'a pas le droit de mourir.

Avec son autre main, il écarte des cheveux dénoués loin de mon visage.

— Il va survivre. C'est un putain de dur à cuire, et il ne va nulle part.

J'aimerais que ce soit Nikos qui me le dise, mais quand je croise son regard, ses yeux papillonnent comme s'il était sur le point de s'évanouir.

— Tiens bon, lui demandè-je. Je t'en prie, Nikos.

Un bruit de pas sur le parquet me fait lever les yeux sur une femme qui doit avoir dix-huit ou dix-neuf ans et dont les cheveux blonds retombent sur les épaules et jusqu'à la taille. Elle s'enroule avec empressement dans un peignoir bleu en clignant des yeux pour chasser le sommeil. Elle balaie du regard les étrangers dans sa maison.

— Ragnar, dit-elle doucement, comme si elle ne remarquait que lui dans la pièce, et elle se précipite à ses côtés en gonflant sa poitrine.

Qu'est-ce que c'est que ce bordel.

— Cela fait bien trop longtemps que tu n'es pas venu me rendre visite. Je commençais à m'inquiéter que tu m'aies oubliée.

— Lyssa, grogne le vieil homme. Je suis certain que Ragnar et toi pourrez renouer plus tard, mais pour l'instant, un homme se meurt par terre.

La jeune femme souffle et son sourire s'estompe. Elle se tourne vers l'homme en fronçant les sourcils.

— Tu as pris l'alcool, Père ?

On dirait presque qu'elle le réprimande.

— Tout est prêt pour toi, répond-il d'une voix rude en indiquant les pieds de Nikos, où il a déposé le seau, les pansements et tout ce dont elle a besoin.

Le silence dans la pièce est assourdissant.

Elle pince les lèvres, lève la tête et s'avance vers nous, les yeux sur Nikos.

— J'ai besoin d'espace, dit-elle en me jetant un regard perçant.

D'accord, en voilà une bien aigrie.

— Je reste avec Nikos, dis-je de manière catégorique. Et je peux t'aider.

— Merveilleuse idée, répond son père. Ragnar, allons parler dans la cuisine.

Les yeux noisette de Lyssa se plissent sous le coup de l'incrédulité, mais elle ne répond pas. À la place, elle s'agenouille à côté de Nikos et écarte la main et le tissu de Crius pour inspecter la blessure.

— Aïe, ça a l'air profond.

Elle fronce le nez.

— Tu es une guérisseuse ? demande Jae tandis que mes doigts ouvrent les boutons de la chemise de Nikos et que mes pensées s'envolent vers nous deux.

Je songe au fait que le moindre contact me coupe le souffle, et qu'il m'a fait connaître l'euphorie si aisément qu'aujourd'hui encore, mon corps en frissonne. Je ne veux pas rater la chance de le refaire, de m'endormir dans ses bras. Alors, je tire le t-shirt sur ses épaules, et Jae m'aide à le faire glisser sur lui.

— Quelque chose comme ça, répond Lyssa à Jae d'un air abattu.

Nikos gémit, et je pose une main sur son bras, pour qu'il sache que je suis là pour lui.

— Ça va aller, le rassurè-je, bien que je ne sache pas s'il comprend ce que je lui dis.

Ragnar et Stone s'installent au fond de la pièce, et le vieil homme leur sert une boisson claire tirée d'une bouteille à long goulot posée sur la table. Crius hume l'air et se lève immédiatement, se dirigeant vers les autres.

— Je reviens dans une seconde, dit-il.

— Mon nom est Narah, dis-je à Lyssa. Et voici ma sœur, Jae.

— Pourquoi es-tu avec Ragnar et sa meute ? Est-ce qu'il vous vend à des Alphas en ville ?

Elle ne me regarde pas quand elle parle, mais tamponne le sang de la blessure avec une serviette pliée.

Nikos gémit, et je lui serre légèrement l'épaule.

— Nous ne sommes pas à vendre, répliquè-je aussitôt, tandis que Jae se place de l'autre côté de Nikos pour essuyer la transpiration de son visage. Ils m'aident.

Elle relève la tête, et ses yeux se posent sur moi, puis sur Ragnar à la table.

— Quel genre d'aide ?

Je hausse les épaules.

— Ça n'a pas vraiment d'importance.

Je n'ai pas l'impression que lui dire quoi que ce soit serait une bonne idée, compte tenu de mon intuition initiale concernant cette fille. Mon instinct me dit de ne pas lui faire confiance et qu'elle semble avoir une obsession folle pour Ragnar.

Certes, je ne peux pas lui en vouloir. Ce type est un

véritable dieu, et il est bâti en conséquence. Après notre séjour dans les Bois Empoisonnés, les sorcières, leur protection et la marque qu'il m'a faite, on peut dire que chacun de ces hommes m'est devenu cher. Plus que je n'aurais dû le permettre, mais plus rien dans ma vie n'est prévisible, n'est-ce pas ?

Mais alors que j'observe Lyssa qui nettoie la blessure de Nikos, je remarque les coups d'œil qu'elle jette en direction des hommes attablés, et me demande quel est exactement son passif avec Ragnar. Elle est extrêmement belle avec sa peau de porcelaine, ses grands yeux, ses lèvres en forme de cœur et ses courbes bien placées. Cette fille est éblouissante ; je doute qu'un homme puisse lui dire non.

Plus je l'étudie, plus le doute m'envahit. Je ne peux pas rivaliser. Je suis loin d'être aussi jolie qu'elle, avec cette structure osseuse, et sa poitrine faite pour être remarquée. J'aimerais me cacher en sa présence, car je dois avoir l'air d'une loque.

Il est clair qu'elle et Ragnar ont un passif, et je déteste cette pointe de jalousie que cela fait ressortir en moi.

— Mets ta main ici et appuie, m'intime-t-elle, m'arrachant à mes pensées. Rends-toi utile. Arrose sa blessure avec ça.

Elle me fourre la bouteille d'alcool dans l'autre main. Ça sent la prune trop mûre, et j'ai l'impression que mes narines sont brûlées à force de le respirer. Je plisse les yeux tellement c'est fort.

Lyssa enfile une aiguille et se prépare à recoudre Nikos. Le truc avec les loups, c'est qu'ils sont capables de se guérir eux-mêmes de n'importe quelle blessure, tant qu'il ne s'agit pas d'un coup mortel, mais cela implique de stopper sa perte de sang.

J'appuie sur la serviette pliée pour appliquer une pression tout en soulevant la bouteille, m'apprêtant à désinfecter sa blessure.

— Tu veux que je verse ? propose Jae.

— Non, c'est bon. Je vais le faire, réponds-je, car je ne veux pas qu'elle voie cela ; mais je suppose qu'en dépit de ses quatorze ans, elle a déjà été témoin de bien des choses horribles dans ce monde.

— Nikos, ça va piquer un peu. Je suis désolée.

Il acquiesce, grinçant des dents. Jae lui tend un oreiller.

— Tiens, serre ça.

Lyssa ricane.

Je la regarde, agacée par son impolitesse.

— Qu'est-ce qui est si drôle ?

— Vous êtes tous les deux dingues de cet Alpha. Vous avez vécu sous un rocher la plus grande partie de votre vie ? Les Alphas se foutent de nous, les Omegas, alors inutile de faire semblant devant moi. Aussi sexy soient-ils, ne devenez pas leurs esclaves. Apprenez à jouer le jeu et cherchez toujours à atteindre le numéro un. Vous-même.

Elle sourit et jette un coup d'œil à Nikos, qui est bien trop dans les vapes pour faire attention à ce qu'elle dit.

— Donc, pendant que ce type est trop blessé pour nous en empêcher, qui nous empêche de le faire souffrir un peu plus longtemps, si vous voyez ce que je veux dire ? chuchote-t-elle pour que personne d'autre ne puisse l'entendre.

Le plus drôle, c'est qu'avant de rencontrer Ragnar et ses hommes, j'aurais été exactement dans le même cas, saisissant la moindre occasion de poignarder un Alpha dans le dos. Et la plupart méritent bien pire, mais j'ai du mal à accepter ça pour Nikos.

J'étais sur le point de pleurer sur son sort, et maintenant cette folle me pousse à le torturer.

— Même si en temps normal je serais d'accord avec toi, dans ce cas, c'est non. Je veux qu'il cesse de souffrir, lui dis-je. Je ne te laisserai pas le blesser plus qu'il ne l'est déjà.

Elle hausse les épaules.

— Peu importe.

Je secoue la tête, mon cœur martèle ma poitrine pour avoir défendu Nikos... tout comme il s'est battu pour moi quand ces autres Alphas m'ont agressée près de la taverne. Étonnamment, ça fait du bien.

Est-ce que je ferais du mal à Nikos ? Est-ce que j'en serais capable ?

Déesse, non !

Absolument pas.

— C'est vous deux qui le regretterez plus tard, ricane Lyssa.

Mais Nikos m'observe en tremblant de tous ses membres, alors je l'ignore.

— Très bien, accroche-toi à l'oreiller.

Jae le lui fourre dans ses mains qui reposent sur sa poitrine, et je retire la serviette, exposant la coupure profonde causée par la lame.

Sans perdre de temps, je saisis le goulot de la bouteille et commence à arroser la blessure du liquide clair. J'avais vu Père le faire une fois, quand il s'était pris la jambe dans un fil barbelé. Il en a versé une petite quantité, puis a rapidement recousu pour faire cesser le saignement.

Nikos siffle, son corps convulse. Un grognement s'échappe de sa poitrine. Jae repousse frénétiquement l'oreiller dans ses mains.

— Accroche-toi à ça, ne cesse-t-elle de lui répéter.

— Dépêche-toi, recouds-le, intimè-je à Lyssa d'une voix plus aiguë que je l'aurais voulu.

Mais elle prend son temps en tripotant le fil bleu. Je vais prendre cette aiguille et le faire moi-même si elle ne se dépêche pas.

— On ne peut pas leur faire confiance.

Elle se rapproche, et je m'écarte, mais au lieu de travailler plus vite, elle me chuchote :

— Je veux dire, Ragnar a promis de m'épouser, mais ça ne veut pas dire qu'il me traitera de manière juste ou que je serai l'épouse la plus confiante.

Elle me fait un clin d'œil en souriant.

Je frémis à ses mots, et je respire si fort que des étoiles dansent dans mon champ de vision. Jae dit quelque chose, mais je ne l'entends pas à cause de mon cœur qui tambourine dans mes oreilles.

— Tu vas l'épouser ? haletè-je quand Nikos se met soudain à hurler.

Je regarde autour de moi et constate que je renverse encore plus d'alcool sur sa blessure et que j'en mets partout.

— Attention ! crie Jae en récupérant d'autres coussins autour d'elle pour tapoter Nikos et le sécher.

Je pose la bouteille loin de nous, et Lyssa recoud sa blessure. Les autres hommes regardent dans notre direction, alors elle se met enfin au travail.

Je me rapproche de Nikos et lui prends la main. Les ténèbres enveloppent son regard, et il grince des dents à cause de la douleur. Je grimace pour lui, je me sens mal de lui avoir causé plus de douleur. La seule chose que je peux faire pendant que Lyssa le recoud, c'est le regarder se tordre sur le sol.

Il est tout à la fois sauvage et beau, de la netteté de ses pommettes à sa mâchoire ciselée, en passant par ses lèvres appétissantes. Me trouver à côté de lui enflamme quelque chose en moi. Je ne peux pas le perdre. Je lui passe une main sur le front pour essuyer sa transpiration.

Sa poitrine se soulève et s'abaisse à chacune de ses respirations rapides, tandis qu'il surmonte la vague de douleur, les muscles de son cou tendus.

Lyssa achève sa suture en coupant le fil avec les dents. Elle saisit les pansements, principalement des bandes de tissu, et en plie un en deux plusieurs fois avant de le presser sur les points de suture. Elle enroule les morceaux les plus longs autour de son ventre. Jae et moi aidons à placer le tissu sous son corps et à le rapprocher de Lyssa pour qu'il reste en place.

— C'est bon.

Elle se lève et s'essuie les mains, puis prend le seau d'eau sanglante dans le couloir et disparaît.

— Tu crois qu'il va s'en sortir ? me demande Jae.

Je regarde Nikos, qui a fermé les yeux, et dont la respiration se fait plus profonde : on dirait qu'il s'est évanoui pour laisser le temps à son corps de guérir.

— Évidemment, lui réponds-je en prenant ma voix la plus confiante, même si, au fond de moi, je me pose la même question que ma sœur.

Je veux être forte pour elle, lui épargner la souffrance si je le peux, même si j'ai l'impression que mon cœur va exploser chaque fois que je regarde Nikos.

— Au fait, commence-t-elle en se penchant vers moi pour marmonner à mon oreille, je ne fais pas confiance à Lyssa.

— Nous sommes donc deux. Il faut qu'on reste prudents tant qu'on est dans ce village.

Tout empeste l'alcool, et je prends la chemise de Nikos, qui a besoin d'être lavée.

— Je viens de sauver ton ami, chantonne Lyssa à voix haute en revenant dans la pièce, attirant l'attention de tous.

Elle avance vers Ragnar, et se tient si près de lui qu'elle est presque en train de frotter ses seins sur son bras.

Je reste là à regarder ce spectacle qui me torture, tandis qu'un feu s'embrase dans mon cœur.

Jae récupère le reste des pansements que Lyssa a oubliés et s'approche d'elle, interrompant son flirt avec Ragnar pour les lui rendre. Crius revient vers moi, prend ma main et me tire pour me relever.

Il est près de moi, il y a à peine un centimètre entre nous, et mes genoux flanchent.

— J'ai vu comment tu regardais Lyssa, dit-il doucement. Je refuse que tu puisses même envisager de telles choses. Tu es une déesse à mes yeux, à nos yeux à tous. Elle n'est rien pour nous.

— Crius ! l'appelle le vieil homme, et avec un rapide sourire vers moi, il retourne à la table.

Si c'est vrai, pourquoi Lyssa a-t-elle dit que Ragnar allait l'épouser ?

13

———

RAGNAR

*N*arah gémit et lutte pour se réveiller, alors je m'assieds près de son lit et je la regarde. Elle est si belle. J'ai une folle envie de ramper sous les couvertures et de la sauter. De la prendre encore et encore, pour lui rappeler qu'elle est à moi.

Elle remue et ouvre brusquement ses yeux qu'elle plante sur moi, presque effrayée. Elle sort de sous les couvertures promptement. C'est alors qu'elle regarde autour d'elle et s'exclame :

— Où est Jae ? Est-ce que Nikos va bien ?

— Ils vont bien, petit renard. En fait, Jae est avec les cuisinières en train de préparer le repas de ce soir, car elle a insisté pour aider. Elle a parlé d'apprendre à cuisiner autre chose que du lapin rôti au feu. Et Nikos est réveillé, il est en train de se remettre, mais il lui faudra encore un jour ou deux.

Le visage de Narah s'adoucit, et elle s'écroule au bord du lit.

— Est-ce malheureux que ma première réaction ait

été de m'attendre à un danger imminent ? demande-t-elle en portant la main à sa poitrine. Mon cœur bat si fort en ce moment.

Je ne peux même pas en rire, parce que je ne comprends que trop bien.

— Si ça peut te rassurer, je me suis réveillé en sueur, en pensant que nous étions de retour dans les Bois Empoisonnés. Sans compter que je me suis réveillé en hurlant « treize jours ». Soit le nombre exact de jours qu'il nous reste avant que le sortilège ne nous étouffe. Toutes ces conneries commencent à me taper sur les nerfs.

Elle rit.

— J'ai toujours des cauchemars à cause de cet endroit aussi.

Je jette un coup d'œil à sa chemise de nuit qui lui retombe aux genoux. Il est blanc et fait d'un tissu extrêmement fin. Je dois faire appel à toute ma volonté pour soutenir son regard et ne pas dévorer ses mamelons roses tendus derrière le tissu. Quand j'ai conclu un accord avec elle, jamais je n'aurais imaginé la revendiquer. J'ai mes propres merdes à régler, mais depuis que je l'ai retrouvée en ville après avoir récupéré Jae, une partie de moi-même s'est perdue pour cette fille.

On dirait que j'ai cessé de lutter contre mes démons intérieurs à l'idée de laisser une autre femme entrer dans ma vie après que ma compagne attitrée m'a rejeté, mais Narah est différente de mon ex. Elle me ressemble. Nous avons des passés sombres, et j'ai l'impression que nous sommes du même côté.

— Viens par ici.

Je prends sa main, la guide pour qu'elle se tienne entre mes jambes, et je fais glisser mes doigts jusqu'à sa taille. Elle est si douce et si petite à côté de moi.

— Comment tu te sens ?

— Comme si je pouvais dormir toute la journée.

Elle me fait un sourire bancal et bâille.

— Désolé de te le dire, mais tu l'as déjà fait.

Elle penche la tête vers la fenêtre derrière moi, et sa jolie bouche s'entrouvre sous le choc. Elle est juste trop belle. Lorsqu'elle se retourne vers moi, je l'embrasse. Je veux goûter sa douceur, écouter ses gémissements, sentir ses seins contre moi. Si je pouvais, je la presserais tout contre moi pour que rien ne puisse plus jamais l'atteindre.

Narah a vécu l'enfer, ce qui l'a rendue plus forte ; son feu se voit dans ses yeux et dans ses actes, alors rien ne servirait de la cacher. C'est une combattante, alors je vais prendre ma place à ses côtés en tant que guerrier et la défendre. Je ne sais peut-être pas ce qui se produira demain, mais je suis catégorique : elle sera mienne... même si elle ne le sait pas encore.

Et sans hésiter, elle m'embrasse en retour, avant de se raidir et de se détacher.

— Qu'est-ce qui ne va pas ?

Ça m'inquiète de voir son sourire s'effacer.

Se libérant de mon emprise, elle trébuche en arrière et s'assied sur le lit.

— D'abord, il faut que je sache une chose, me dit-elle d'une voix tremblante, les mains sur les genoux.

— Bien sûr. Demande-moi.

— C'est juste que mon compagnon, Martell, a brisé des parties de moi quand il a rejeté notre lien. Il a brisé les ailes que je pensais avoir pour m'élever dans ce monde, mais ses actes ont aussi fait ressortir mes griffes. Avant de te trouver, je pensais avoir tout perdu et j'étais au plus bas dans ma vie. Je ne veux plus jamais ressentir ça parce que j'aurais fait confiance au mauvais homme.

Je me penche sur le bord de mon siège.

— Petit renard, de quoi tu parles ?

Je me lève, ma poitrine se contracte, et je m'assieds à côté d'elle sur le lit.

— Je veux juste que tu sois honnête avec moi, parce que Lyssa m'a dit que tu allais l'épouser. Peut-être qu'elle rêve simplement qu'elle sera avec toi parce que, je veux dire… regarde-toi. Mais il faut que je sois sûre.

Elle est en train de faire ce truc où elle délire quand elle est nerveuse, et c'est mignon, mais ses paroles sont comme une épine en plein cœur… Évidemment que Lyssa a sauté sur la première occasion pour le lui dire, et j'aurais dû l'y préparer avant. Mais tout s'est passé tellement vite !

— Ce n'est pas si simple, lui réponds-je.

Elle se lève et se tourne vers moi.

— En fait, c'est une question assez simple : as-tu oui ou non l'intention de l'épouser ?

Elle me scrute pour guetter ma réaction, mais je ne me sens jamais coupable quand je n'ai rien à me reprocher.

Mais ça me chagrine de la voir s'énerver.

Je me lève et avance vers elle ; elle recule.

— Elle n'est rien pour moi. Elle n'a jamais rien représenté, et ce ne sera jamais le cas. Elle ne t'arrive pas à la cheville, petit renard, alors tu n'as pas à être jalouse.

Elle recule encore et s'écarte de moi.

— Tu n'as pas répondu à ma question. Et il n'est pas question de jalousie. Mais c'est sûrement ma faute. Pour une raison quelconque, je pensais t'avoir entendu dire que tu tenais à moi, et je l'ai bêtement cru.

Merde.

— Narah.

Je la poursuis et l'attrape par les bras avant de la plaquer contre le mur, la coinçant avec mon corps.

Elle plante ses mains sur mon torse.

— Lâche-moi.

— Pas avant que tu m'écoutes. Lyssa n'est rien pour moi. C'est la fille de l'Alpha, et quand je suis arrivé en Roumanie, c'est la première meute que j'ai rencontrée. J'ai passé un accord avec eux pour avoir un pied dans le Secteur Sauvage, et le seul moyen pour que l'Alpha donne son accord c'est que j'accepte de prendre sa fille comme mienne. Je n'avais pas le choix et j'ai dit oui. Mais je lui ai aussi dit que ça n'arriverait pas tant que je n'aurais pas conquis l'intégralité du secteur.

Ses yeux s'écarquillent et son menton tremble. Putain de merde. Ça me tue de voir la douleur dans ses yeux.

— Je n'avais aucune intention de le faire. Je gagne du temps jusqu'à ce que j'aie assez d'influence pour dominer sa meute.

Je me penche et pose une main sur le côté de son

visage, mais elle s'éloigne de moi. Ça me fait l'effet d'une lame en pleine poitrine.

Ma mère avait l'habitude de dire que la douleur change les gens, les rend moins confiants, qu'elle leur donne l'impression que tout le monde leur veut du mal. Mais je n'ai jamais voulu que Narah ressente ça envers moi.

— Dis quelque chose, ma belle, lui demandè-je.

— Je ne sais pas, dit-elle, puis elle cligne des yeux, détourne le regard… et ça me fait mal. Elle semblait plutôt catégorique sur le fait que tu lui appartenais.

— Jamais je ne voudrais te faire du mal, mais je n'ai jamais prétendu que je n'étais pas un salaud envers les autres. Je ferai ce qu'il faut pour remporter ce secteur, mais s'il y a bien une chose sur laquelle je ne transigerai pas, c'est toi. Je n'ai rien à te cacher.

— Et si c'était moi à ta place ? Que ferais-tu ?

Elle relève la tête pour soutenir courageusement mon regard.

— Je tuerais l'autre homme, grognè-je, saisi de jalousie à cette simple idée. Je suis capable d'être un Alpha jaloux, petit renard, et quand je t'ai marquée de ma morsure dans les bois, j'ai affirmé ma revendication. Il n'y a pas de retour en arrière pour moi, et j'ai besoin que tu le comprennes. Personne ne se mettra entre nous, pas une foutue nana ni d'anciens compagnons.

Elle a le menton qui tremble.

— N-n'importe quel homme ?

Je m'agrippe à ses épaules à présent, et elle a posé ses petites mains légèrement tremblantes sur les miennes.

Est-ce qu'elle doute du fait que je tuerais quiconque voudrait me la voler ?

— En ce qui me concerne, continuè-je, à partir du moment où je t'ai sautée, il n'y avait aucun doute sur mes intentions. Tu m'appartiens. Et je ferai n'importe quoi pour toi.

Elle possède cet air d'innocence qui me rend dingue, qui me fait dire qu'elle est pleine des meilleures comme des pires choses.

— Tu pourrais très bien causer ma perte si tu ne me détruis pas d'abord, murmurè-je.

— Je ne m'attendais pas à tout ça, dit-elle doucement. Mes sentiments sont confus, mon passé me hante, et la seule chose que je te demande, c'est d'être gentil avec moi. Je me dis que je ne devrais pas être attirée par toi, mais quand tu dis des choses comme ça, je ne peux pas lutter. Mais je ne veux pas être à nouveau blessée, Ragnar.

À sa façon de me regarder en souriant, je vois qu'elle a du mal à contenir ses larmes.

Une douleur atroce me transperce la poitrine, et mes poumons accélèrent le rythme de chaque respiration.

— Narah, en d'autres circonstances, je t'aurais parlé de Lyssa avant que nous arrivions ici.

Elle acquiesce et je me colle à elle, lui volant un baiser, car j'ai besoin de la serrer tout contre moi pour faire cesser la douleur qui palpite sous mon sternum. Son corps se fond contre le mien. Quand nous sommes ensemble, c'est comme si le monde s'écroulait et qu'il ne restait plus que nous. Je ressens jusque dans mes veines le besoin désespéré de la mordre, de m'assurer que la marque persiste cette fois-ci.

Je veux encore la sauter.

Mon cœur s'emballe, mon esprit meurtri me dit que je ne peux pas la perdre. Je suis encore sous le choc d'avoir perdu la tête et le cœur si vite, mais je ne suis pas le seul à blâmer. À en juger par le grondement au fond de ma poitrine, mon loup est tout aussi responsable. Il s'est connecté à sa louve les deux fois où je l'ai prise.

Quelqu'un frappe fort à la porte.

— Va te faire voir ! aboyé-je.

— Ragnar, l'Alpha de la meute, Mihai, attend que tu te joignes à leur repas. En fait, tout le monde t'attend, déclare Stone.

— Bon sang.

Je déglutis et regarde ma Narah, avec le besoin éperdu de rester avec elle, de la convaincre qu'elle est à moi et qu'aucune autre femme ne pourra jamais la remplacer. Mais ça n'arrivera pas.

— Je dois y aller, lui chuchotè-je en posant mon front contre le sien.

— Qu'est-ce qui se passe ?

— Lorsqu'un Alpha m'invite à un repas alors que je suis chez lui, ce serait l'insulter que de ne pas y assister. Alors je vais aller jouer le jeu.

La frustration me fait frémir à l'idée de la quitter.

— C'est bon, dit-elle en plongeant sa tête sous mon bras, puis elle traverse la pièce avant d'ouvrir la porte à Stone. Il est tout à toi.

Quelque chose dans mes tripes me dit que la conversation n'était pas terminée.

— Nous parlerons plus tard, lui proposé-je avant de sortir, et je me tourne vers Stone pour ajouter : Reste dans les parages, et surveille-la, ainsi que Jae.

— Compris, me répond-il.

Et je m'en vais. Comme Nikos est toujours blessé et que Crius est parti à la chasse avec les habitants pour aider à ramener du gibier pour les villageois, requête que nous n'avons pas pu refuser, je présume que je serai seul pour le dîner d'honneur.

Mais la seule chose dont j'ai envie, c'est de m'enfouir profondément en Narah, et la convaincre que je ne veux personne d'autre.

*
**

— Est-ce que tu peux croire que c'est toi qui dirigeras cette meute à l'avenir ? chuchote Lyssa dans mon oreille, se rapprochant tant que je suffoque à cause de son parfum amer.

Son père, Mihai, nous observe depuis l'autre bout de la longue table avec un large sourire. Le banquet qui nous attend est composé de grands rôtis, d'une variété de pains cuits et de ragoûts copieux. Crius sera furieux d'avoir manqué ce dîner, mais il mangera beaucoup à son retour, et Stone s'assurera que Nikos, Narah et Jae aient tous droit à un bon repas. Je salive à ces odeurs, et la douzaine de membres de la meute qui nous entourent s'empiffrent avec avidité, comme si cette abondance de nourriture n'était pas fréquente.

J'ai oublié certains de leurs noms, mais je m'en fiche. Comme je vois les choses, je prendrai bientôt la tête de cette meute, mais pas de la manière dont ils l'envisagent. Ce sera Narah la reine à mes côtés, pas Lyssa. Je serai inflexible sur ce point… même si Narah a besoin d'être convaincue qu'elle est l'unique à mes yeux.

— Évidemment, je serai à tes côtés, poursuit Lyssa en me caressant la cuisse.

Son contact me tape sur les nerfs. C'est drôle comme le fait de rencontrer quelqu'un qui est en phase avec moi et avec mon loup change ma vision des choses. Quand je suis arrivé dans cette meute, je n'ai eu aucun problème à flirter avec Lyssa. C'est une belle femme, mais maintenant son contact me répugne.

Est-ce qu'au moins Narah se rend compte de ce qu'elle m'a fait ?

Mihai lève une coupe de vin qui déborde et éclabousse la table.

— Un toast à une nuit sous les meilleurs auspices, avec Ragnar Ulv qui se joint à nous. À l'union que nous gagnerons entre nos meutes, et mon soutien, car je m'engage à t'aider à prendre le contrôle du Secteur Sauvage.

Je saisis ma tasse tandis que les hommes autour de nous applaudissent et lèvent leurs verres avant de les engloutir. J'en fais de même pour montrer mon respect, puis me lève pour nulle autre raison que d'obliger Lyssa à retirer sa main de mon entrejambe.

— Vous êtes la première meute à m'avoir accueilli dans votre maison, et c'est quelque chose que je n'oublierai pas. Notre unité sera extrêmement bénéfique pour nous tous.

Je lève mon verre en me disant que le fait d'être obligé

de venir dans cette meute en ce moment pourrait peut-être être opportun après tout. Mon père avait ce dicton qui m'a toujours marqué : « Il faut toujours entretenir ses loyautés, même s'il faut pour cela aller boire un verre une fois par pleine lune. » La lueur dans les yeux de Mihai me rassure sur le fait qu'il me soutiendra le moment venu. Et même si je ne prends pas sa fille pour mienne, je dirigerai sa meute.

— À la conquête du Secteur Sauvage !

Je pousse un hurlement, dont le son résonne dans le long réfectoire.

Tout le monde se lève d'un bond, bascule la tête en arrière et se joint à mon chant de victoire. Même Lyssa, qui, je n'en doute pas, trouvera facilement un Alpha pour la prendre.

Nous reprenons la conversation et le repas quand Lyssa s'appuie sur mon épaule.

— T'entendre parler comme ça m'a donné la chair de poule, jusque dans le creux de mes cuisses, me souffle-t-elle à l'oreille. Je te donne la permission de toucher et de le découvrir.

J'avale la bouchée de gibier que je viens de prendre et me tourne vers elle. Ce soir, ses cheveux blonds sont tressés, et son visage est dégagé. De petites fleurs blanches ornent ses cheveux, comme un halo. Ses yeux pâles restent rivés aux miens, et ses lèvres cramoisies esquissent un sourire.

Mes mots précédents me reviennent. Ceux que mon père avait dits sur le fait de sauver les apparences avec ceux avec qui on fait des pactes. Et la dernière fois que je suis venu, Lyssa a partagé un secret avec moi.

— J'aimerais te demander une faveur, murmuré-je.

Elle écarquille les yeux et se rapproche de moi, ce que je ne pensais pas être possible.

— Évidemment. Demande-moi n'importe quoi.

Elle pose une main sur ma jambe, et pour autant que je voudrais repousser ses avances, je vais peut-être devoir jouer la comédie un peu plus longtemps.

— Mon amie a besoin de ton aide. Elle est à la recherche de sa mère, et tu m'as vanté tes capacités de voyante lors de ma dernière visite.

Sa colonne vertébrale se raidit à mes mots, et elle m'étudie attentivement.

— Si tu me permets de poser la question, qui sont ces deux Omegas ? Tu les vends ?

Je vois une lueur de jalousie au fond de ses yeux, et lui dire la vérité ne servirait pas notre cause.

— Ce sont des amies de la famille.

À contrecœur, je me penche vers elle et je pose la main sur son visage avec tendresse, caressant sa joue avec mon pouce.

Elle s'adoucit à mon contact, mais je ne ressens rien à ce moment-là. Pas d'attirance, pas d'excitation, pas de loup qui s'avance comme il l'avait fait en présence de Narah.

— Tu veux bien faire ça pour moi ?

Elle n'a d'yeux que pour moi, comme s'il n'y avait personne d'autre dans la pièce avec nous. Et j'imagine bon nombre d'hommes tomber amoureux de la beauté de ses yeux, mais pas moi.

— Je vais t'aider, mais seulement parce que c'est toi.

Elle se rapproche rapidement et m'embrasse sur la joue, puis murmure :

— Tu devrais peut-être venir me voir dans ma chambre ce soir. Je laisserai la fenêtre ouverte.

Je déteste la mener en bateau, mais lorsqu'une main se pose brutalement sur mon épaule, je me détache de Lyssa avec reconnaissance et me retourne pour faire face à son père.

— Ragnar, viens te réchauffer près du feu avec moi. Parlons, me dit-il.

— Bien sûr.

Je me lève instantanément, plus que reconnaissant de quitter la table, et le suis à travers la pièce jusqu'à la cheminée où le feu rugit.

— Tu es arrivé au bon moment, car j'ai beaucoup réfléchi à notre union.

Il regarde fixement le feu, sa pause m'indique qu'il ne s'agit pas d'une discussion générale sur la prise de contrôle du secteur. Il attend quelque chose de plus de moi.

— Tu as accepté de prendre ma fille, et en échange, ma meute est à ta disposition pour l'expansion de ton territoire. Nous avons déjà pris le contrôle de trois meutes dans les terres voisines, et nous en avons quatre autres en vue. Mais j'ai l'impression que mon travail sur le terrain et mes responsabilités l'emportent largement sur les tiens.

Je me hérisse devant ce sous-entendu, mais ravale ma fierté.

— Je suis toujours de ton côté, Mihai, alors dis-moi comment je peux corriger cela ? Et n'oublie pas que j'ai aussi ma propre meute qui compte au moins cinquante hommes, et mon accord avec les sorcières, qui nous donnera un avantage sur tout le monde.

Je grince des dents, il faut que je déforme un peu la vérité. Il n'est pas obligé de connaître l'état actuel de mes relations avec les sorcières.

— Mes hommes sont en manque de femmes. Nous avons dix Omegas pour une meute de deux cents hommes, je te laisse imaginer les problèmes que cela cause. Ces terres manquent cruellement de femmes, et je crains d'avoir bientôt une mutinerie sur les bras quand les hommes partiront à la recherche d'une compagne à revendiquer.

Des voix et des rires lointains en provenance de la table comblent le vide tandis que mes pensées débouchent sur une solution rapide. Depuis que le virus a ravagé notre monde et tué la plupart des gens, les femmes se font de plus en plus rares et sont difficiles à trouver.

Mais lors de mon récent voyage dans le Territoire des Ombres, j'ai découvert que le sud du pays abrite un grand nombre de femmes.

Dušan est l'Alpha du Territoire des Ombres et, comme il avait lui-même des problèmes lors de notre dernière rencontre, je lui avais dit que je lui rendrais une autre visite. Apparemment, un de ses proches avait essayé de prendre le contrôle de la meute… Quoi qu'il en soit, je ne suis pas inquiet de la tournure des événements. Je lui ai fait une promesse.

— Je vais te faire une promesse, c'est celle de revenir sur ton territoire avec mes guerriers. Si tu n'es pas aux

commandes quand j'arrive, et que ce désordre n'est pas réglé, alors j'éliminerai tous les mâles de ce territoire, revendiquerai les femelles, et prendrai possession du secteur.

Dušan se tient droit et fier. Il n'est pas sur la défensive, et je sens déjà que c'est un Alpha que je respecte.

Il répond finalement :

— Si je ne récupère pas mon secteur d'ici la prochaine lune bleue, je ne me mettrai pas en travers de ton chemin. Mais quand nous nous rencontrerons à nouveau, je te propose que nous prenions des dispositions pour que nos meutes travaillent ensemble.

Je lève les yeux vers Mihai, qui me regarde, attendant une réponse.

Je m'éclaircis la gorge et dis :

— Je connais quelqu'un qui peut vous aider. Je peux vous fournir ce dont vous avez besoin. Est-ce que cela apaiserait tes inquiétudes ?

— Au moins une centaine d'Omegas, exige-t-il.

Je lutte contre l'envie de ricaner. Il déconne complètement.

— Vingt, et nous avons un accord, grogné-je.

Mes omoplates se crispent maintenant que je dois, d'une manière ou d'une autre, ajouter un voyage dans le sud à ma liste de problèmes croissants.

— Soixante, répond-il.

— Quarante, et c'est ma dernière offre. Je te les amènerai dans quelques mois.

Il fronce les sourcils devant ma proposition.

— Non, fiston. Tu les livreras dans un mois si tu veux une union avec ma meute. Sinon, notre accord est caduc, et toutes les meutes que je rassemble actuellement sous mon règne seront tes ennemies.

Mon loup rugit dans mon poitrail, montrant les dents à ce traître. Mais je ferais la même chose à sa place… Après tout, nous jouons tous pour survivre.

— Alors nous avons un accord ? poursuit-il en m'offrant sa main pour que je la serre.

Le nœud coulant qui pend au-dessus de ma tête avec la malédiction des sorcières se resserre. Je dois prendre ce risque. Avec un peu de chance, Lyssa nous indiquera le chemin jusqu'à la mère de Narah, et je prie la déesse de la lune qu'elle soit notre réponse pour éradiquer la malédiction de ces sorcières. Peut-être même aura-t-elle moyen de les dominer. Il nous reste moins de deux semaines pour ça, ce qui, si je survis, me laisse deux semaines supplémentaires pour aller rendre visite au Territoire des Ombres.

Merde !

Je grogne intérieurement, mais je sais que je n'ai pas le choix. J'ai besoin de Mihai et de sa meute en expansion, car ils seront tous sous mes ordres pour contribuer à rassembler plus de meutes sous une seule égide. Et cela implique de faire des sacrifices maintenant.

Je lui serre la main.

— Marché conclu.

STONE

Je ferme la porte de la chambre, où Jae dort profondément. Elle est épuisée après avoir aidé à la cuisine, mais je ne l'ai pas vue sourire autant depuis que je l'ai rencontrée. La pauvre créature meurt d'envie d'un semblant de normalité. J'étais parti chercher Narah, mais elle n'est pas là. Ils nous ont donné une petite cabane pour notre séjour, et nous n'aurons pas tous un lit. Crius s'est effondré sur les couvertures près de la fenêtre, et il ronfle comme un dragon après sa journée de chasse.

Nikos est de l'autre côté de la pièce, lui aussi endormi, mais il s'agite comme s'il faisait un cauchemar. Le bon côté des choses, c'est qu'il guérit. Bientôt, nous pourrons nous barrer de cette ville et aller chercher la mère de Narah. D'une manière ou d'une autre. J'espère que Ragnar fera de la lèche à la fille de l'Alpha pour voir si elle peut nous aider avec son pouvoir de voyante. Cette fille a complètement perdu la tête pour lui, elle est tellement entichée, c'est un peu triste. Je suis ravi que ce soit lui et non moi qui doive la laisser tomber.

Sans Narah, Ragnar n'hésiterait pas à se dévouer pour l'équipe et à coucher avec Lyssa pour qu'elle nous obéisse, aussi je suis curieux de savoir comment il va s'y prendre. Nous sommes tous témoins de la façon dont il regarde Narah, et le truc avec mon Alpha, c'est qu'il est sacrément loyal envers ceux qu'il considère comme sa famille.

Je donne des coups de pied dans les bottes de Crius. Il s'est effondré tout habillé.

Il gémit jusqu'à ce que je lui donne un autre coup de pied.

— C'est quoi ce bordel, mec ? grogne-t-il en ouvrant un seul œil.

— Où est Narah ?

Il se roule sur le dos et ouvre l'autre œil.

— Elle a parlé d'aller laver ses vêtements ou je ne sais quoi. Maintenant, va te faire voir.

Il se détourne de moi et quelques secondes plus tard à peine, il ronfle à nouveau.

Je sors dans la nuit fraîche, et mon regard se porte sur deux hommes près du feu qui brûle au milieu de toutes les habitations. Je me demande si le système fonctionne en permanence ou non, car cela demanderait beaucoup d'efforts.

Quand j'arrive près des hommes, j'avance dans leur ligne de mire.

— Bonsoir, dis-je, avec un semblant de respect, au lieu d'exiger qu'ils répondent tout de suite à ma question. Hé, je fais des efforts !

Ils lèvent le menton dans ma direction, sans même prendre la peine de répondre. Eh bien, autant pour ces conneries de respect.

— Où sont les toilettes ?

Je choisis de poser une question simple, me disant qu'ils comprendront peut-être mieux. Ils n'ont pas l'air d'être les couteaux les plus aiguisés du tiroir.

— C'est la cabane la plus à gauche, juste à côté des bains, grogne un homme, puis il me tourne le dos pour continuer à parler à son ami, qui regarde dans ma direction.

— Tu cherches la beauté aux cheveux noirs avec un cul bandant ?

Il sourit, révélant un trou dans ses dents de devant, et ajoute :

— Elle a l'air facile.

Son ami glousse. Et merde, ces deux-là me mettent vraiment les nerfs. Évidemment, ils parlent de Narah.

Un sentiment de possessivité enfle en moi et me transperce la poitrine. Je me retiens de le pousser dans le feu pour avoir parlé d'elle de cette façon, même si je suis à moitié tenté… Mais cela pourrait compromettre notre statut diplomatique avec cette meute. Parfois, j'aimerais être comme Crius, qui lui aurait déjà mis le feu à ces deux types.

Au lieu de cela, je le fais à ma façon. Je m'élance et attrape le type à la gorge, puis le tire vers moi. Son ami s'approche de moi, mais je le frappe en plein dans le nez de mon autre main : il vacille et recule dans le feu. Il couine. Idiot.

Je me tourne vers l'enfoiré devant moi, qui grogne. Il

m'envoie un coup de poing dans le ventre, mais je ne sens rien tant la rage me submerge.

— N'espère même plus la regarder, parler d'elle ou respirer près d'elle, rien. Tu comprends ? Pour toi, elle n'existe plus, parce qu'elle est déjà revendiquée. Tu me contraries, et la prochaine fois que je te vois, j'arrache ton putain de cœur de ta poitrine.

— Espèce de fils de…

Je lui donne un coup de tête en dépit de mes runes qui brûlent sur ma poitrine, mon loup se déchaîne à travers moi. Il voudrait déchirer le sol pour que le type tombe dans les fosses de l'enfer lui-même. Au lieu de ça, je le repousse avant de céder à mon pouvoir. Il pleure et cramponne son nez en sang.

— Bande de lâches, leur criè-je alors qu'ils battent en retraite.

Je frotte mon front douloureux d'avoir frappé ce crétin. Mais ça valait le coup de remettre ces deux-là à leur place.

Comme les toilettes sont vides, je passe la tête dans la salle de bains, afin d'être sûr, car si je ne la retrouve pas, je vais démolir toutes les cabanes jusqu'à la localiser.

Sauf qu'une fois à l'intérieur, je n'en crois pas mes yeux. La superbe fille que je cherchais se tient nue, me tournant le dos, plongeant une main dans l'eau de la baignoire circulaire en bois dans laquelle elle s'apprête manifestement à monter. La baignoire lui arrive à hauteur des cuisses, et elle se penche assez en avant pour que mon sexe durcisse en une seconde.

J'ai les yeux rivés sur son derrière ferme et galbé, ses

longues jambes, sa taille fine, et, putain, il faut qu'elle se retourne avant que je ne perde la tête. Mais je ne me fais pas d'illusions. Depuis que nous avons passé du temps avec elle lors de notre voyage dans les Bois Empoisonnés, elle a tout chamboulé dans ma poitrine. C'est peut-être parce que je n'ai encore trouvé personne de sérieux ou mon âme sœur. Ou que je suis totalement aveuglé par sa beauté, sa nature fougueuse, ou parce qu'elle aussi c'est une survivante, comme nous tous.

Mais on s'en fout en ce moment. Ce n'est pas à ça que je veux penser alors qu'elle est nue. Je porte trop de vêtements. Mon érection est si tendue que c'en est douloureux. J'ai besoin d'elle. Je la veux tout entière.

Il n'y a personne d'autre dans la pièce, et alors qu'elle grimpe dans la baignoire, je referme la porte derrière moi. Le claquement résonne un peu trop fort. Narah glapit et tombe dans la baignoire, envoyant une gerbe d'eau par-dessus le bord. Elle s'immerge, puis remonte en haletant, les cheveux coiffés en arrière, et me regarde avec ses yeux de biche effrayée.

Mon regard se focalise sur ses seins fermes qui rebondissent à cause de son geste brusque, qui ne sont pas cachés par l'eau, et elle me fait complètement chavirer.

— C'est quoi ce bordel, Stone !

Elle se couvre rapidement et se baisse, de sorte que seule sa tête dépasse.

— Inutile de te cacher, ma chérie. J'ai déjà tout vu, et putain, c'est délicieux.

— Euh, non, c'est faux. Attends, tu m'espionnes ?

Ses joues ont pris une magnifique teinte rouge, et

bon sang, j'adore la voir ainsi. Ses halètements, ses yeux dilatés, les veines qui palpitent dans son cou.

Je me dirige vers elle en déboutonnant ma chemise.

— Euh, qu'est-ce que tu fais ? halète-t-elle.

— À ton avis ? Je vais prendre un bain.

Elle plisse les yeux en me regardant.

— Eh bien, cette baignoire n'est pas assez grande pour deux.

Elle jette un coup d'œil aux deux autres baignoires et en désigne une à l'autre bout de la pièce, dans un coin.

— Va dans celle-là. Elle m'a l'air assez grande pour toi, mais d'abord il faut que tu ailles demander de l'eau chaude.

— Oh, ne t'inquiète pas, mon cœur. Ça va rentrer.

Je souris en faisant glisser ma chemise que je laisse tomber sur le sol derrière moi pendant que je fais une pause pour enlever mes bottes.

— Je suis sérieuse, Stone. Ne t'avise pas de venir ici, ou je te noie.

J'éclate de rire, et mon envie de me battre avec cette chipie tandis que nous sommes tous les deux nus fait frémir mon sexe d'un désir insupportable de prendre enfin ce dont j'ai envie depuis que je l'ai vue pour la première fois.

Ça fait un certain temps que j'ai envie de dire à cette beauté que je veux la revendiquer comme mienne. Après tout, on partage tout à quatre, et ça inclut les Omegas. Surtout les Omegas.

Et ce soir, j'ai l'intention de la traiter comme ma reine, de la faire grimper dans les étoiles jusqu'à ce qu'elle me regarde comme si j'étais tout ce qu'elle a toujours désiré. Peut-être que plus tard, je lui ferai un massage des pieds en la nourrissant de grains de raisin avec ma bouche.

Elle cache toujours ses seins, et je sens un feu liquide circuler dans mes veines.

Je déboucle mon pantalon et le laisse tomber. Je suis toujours nu en dessous.

Elle baisse les yeux, et il n'est pas impossible que sa bouche vienne de former un O parfait.

— Tu aimes ça, n'est-ce pas ? Évidemment.

Elle déglutit avec difficulté et ne me demande plus de m'en aller.

Le truc avec Narah, c'est que j'ai bien vu comment elle me regarde, sa respiration haletante, son odeur qui prend un parfum d'excitation en ma présence. Quoi qu'elle dise, au fond d'elle, elle connaît la vérité. Elle veut tout de moi, et j'ai bien l'intention de lui donner.

Je la rejoins dans la baignoire : elle est ronde, et trois personnes pourraient aisément y loger. Elles sont conçues de cette manière, mais Narah se trouve à une extrémité, me dissimulant toujours ses seins sublimes.

— Ne lutte pas contre ça, lui intimè-je. Parfois, ce n'est pas une si mauvaise idée de suivre son instinct.

Je me plonge dans la chaude étreinte et m'asperge d'eau, ainsi que mon visage, puis je passe mes doigts humides dans mes cheveux. C'est incroyable.

— Tu ne sais plus quoi dire ? lui demandè-je.

— Je suis juste curieuse de savoir pourquoi tu crois que tu peux te permettre d'entrer dans le bain avec moi et que ça ne posera pas de problème ?

Mes yeux parcourent son corps sous l'eau, là où ses jambes sont repliées, puis sa poitrine.

— Parce que j'avais besoin de me laver et que tu semblais m'y inviter.

Elle pouffe de rire, mais sa poitrine se gonfle et, contrairement à ce qu'elle dit, elle étudie aussi mon corps.

— Tu aimes ce que tu vois ? demande-t-elle.

— Bien évidemment. Tu ne le vois pas ? Mais que dirais-tu d'arrêter de parler de ça et de me laisser te montrer que tu m'appartiens, et ce que cela signifie.

Elle m'adresse un sourire doux, et c'est parfois difficile de dire avec Narah ce qu'elle prépare vraiment.

— Vraiment ?

Elle abaisse ses genoux dans la baignoire, dévoilant ainsi sa poitrine somptueuse et ses mamelons roses.

Je baisse la main et empoigne mon membre que je serre en imaginant que c'est son fourreau étroit. Je gémis tout bas, puis je me déplace dans l'eau vers elle, le regard plongé dans le sien.

J'aime son regard paniqué, ça fait monter mon adrénaline.

Quand je m'arrête devant elle, elle sourit, puis d'un geste brusque, elle me jette de l'eau au visage. Je cligne des yeux à travers la vague, et je la vois se trémousser et se hâter de sortir de l'eau, son splendide derrière penché en avant.

Qu'est-ce que je suis censé faire ? Je me jette sur elle, attrape ses hanches, et j'enfonce mon visage dans son derrière. Résister est futile, alors je lui donne ce qu'elle désire. Moi.

Je sors la langue pour la lécher entre les fesses, je la prends avec avidité. Mes doigts s'enfoncent dans ses flancs, et je la lèche, descendant plus bas. J'ai besoin de goûter son nectar, son doux parfum envoûtant déjà chaque centimètre de mon corps.

Elle gémit. J'aime sa manière de réagir à mes caresses. Au lieu de me repousser, elle s'accroche au rembourrage qui entoure le haut de la baignoire et soulève ses fesses plus haut.

— Tu es vraiment superbe. Maintenant, ouvre plus grand tes jambes pour moi, mon cœur.

Elle s'exécute, et je suis récompensé par la plus envoûtante des vues de son intimité trempée, rose et enflée par l'excitation qu'elle ressent, en dépit de ses agissements. Elle tourne la tête vers moi et me regarde avec ses yeux d'ambre brûlants qui cillent. Ses lèvres s'entrouvrent au rythme de ses respirations précipitées.

— Continue à être une si bonne fille et je te récompenserai.

Puis j'enfouis à nouveau mon visage entre ses cuisses et je m'empare de ce qui est à moi. Je suce ses lèvres intimes, la pénètre de ma langue, incapable de m'approcher suffisamment. Je la veux sur mon visage, pour ne sentir et goûter qu'elle.

Je ravage cette pêche magnifique en léchant et grognant. Ses gémissements croissants ne font qu'accentuer ma sauvagerie. Ses hanches se balancent et elle pousse contre mon visage, elle en veut toujours plus. Elle est adorable.

Alors je me retire et je me mets debout.

— Il faut que je m'enfouisse en toi, lui dis-je.

— S'il te plaît, Stone, oui.

— C'est ma copine, tu t'en sors très bien.

À mes mots, son corps tremble, ses lèvres intimes sont enflées, et son désir ruisselle à l'intérieur de ses cuisses. Il n'y a rien de tel qu'une femme mouillée par l'excitation. Qui me supplie d'en avoir plus.

J'empoigne mon membre douloureux de désir. Mes bourses n'en peuvent plus non plus. Je m'avance pour me placer plus près d'elle.

— Vas-y, m'exhorte-t-elle, et elle m'attend, ouverte.

Je grogne, empoigne ses hanches, et mon sexe trouve sans mal son intimité moite. Je rugis et la pilonne, ses parois internes agrippant ma queue à chaque coup de reins. Elle est si serrée… c'est un foutu paradis. Je pensais l'y emmener, mais il s'avère qu'elle m'y a envoyé tout aussi rapidement.

Elle gémit, balance ses hanches d'avant en arrière pour répondre à chacun de mes coups de reins. Je m'enfonce dans son corps avec force et rapidité pour la revendiquer. Et alors que ses cris deviennent plus sauvages, que mon propre orgasme monte en flèche, je me retire, à sa grande colère. Elle se redresse, se tourne vers moi en fronçant les sourcils, et me fusille du regard. Ses seins rebondissent, ils sont spectaculaires.

— C'est quoi ce bordel ? Bon sang, j'étais si proche !

— Je sais, réponds-je en souriant, et je l'attrape par la nuque, la tirant brutalement contre moi. Viens par ici. Je veux voir ta tête quand tu cries.

Mes mains glissent le long de l'arrière de sa jambe, et je la soulève pour la placer autour de ma hanche, l'ouvrant ainsi à moi.

Mon sexe glisse entre ses replis intimes, et elle fait pivoter son bassin pour m'accueillir, m'engloutir. Ses yeux roulent dans leurs orbites sous le coup de l'extase, et ses mains cramponnent mes bras. Je me guide en elle, puis enroule son autre jambe autour de moi, et je me glisse complètement en elle, là où est ma place. Je grogne alors que mes hanches entament déjà des mouvements de va-et-vient en elle.

Elle pousse de petits cris sexy quand je m'enfonce dans son intimité, parce que je ne me contrôle pas et patiente depuis trop longtemps. Je gronde encore, mon corps se crispe, mes bourses sont si contractées que j'ai l'impression qu'elles sont remontées.

C'est alors que je repère un mouvement du coin de l'œil. Je me retourne et repère un homme, peut-être la trentaine, qui ouvre la porte et se fige sur place, en état de choc. Une expression de pure excitation envahit son visage alors qu'il se rend compte que c'est peut-être le moment le plus heureux de sa vie pathétique… me voir sauter ma reine.

Il reste là, à savourer le spectacle, et je continue à pénétrer ma chérie.

Lorsqu'elle réalise que nous sommes observés, elle halète et essaie de bouger, mais je la maintiens en place, la prenant plus fort.

— Tu ne vas nulle part, lui murmurè-je.

Puis je reporte mon attention sur le pervers.

— Et toi ! Dégage de là avant que je t'enfonce ta propre queue dans le fondement ! Oh, et ferme la porte derrière toi.

Il se précipite dehors en claquant la porte.

— Comment as-tu pu laisser cet homme nous regarder ? murmure-t-elle entre deux halètements.

— Ça ne t'a pas excitée ? demandé-je.

Elle hausse les épaules.

— C'est bien ce que je pensais.

Puis je la saute fort, je la prends, en reprenant là où on s'était arrêtés. Ses seins frottent contre mon torse tandis qu'elle me chevauche, ses bras autour de mon cou. Je pourrais facilement craquer pour une fille comme Narah... si ce n'était pas déjà fait.

La chaleur grimpe entre nous.

— Tu vas le prendre comme la bonne fille que tu es.

À mes mots, elle hurle soudain, le corps secoué de soubresauts, et son délicieux fourreau étrangle mon membre. Elle me fait ressentir la plus délicieuse des douleurs, tandis que mon cœur cogne dans ma poitrine comme un tambour et que mon propre orgasme me saisit. Il arrive si fort qu'il me secoue, et mon érection enfle à l'intérieur de son petit cocon étroit. Je rugis sous la pression qu'elle exerce parce qu'elle est si petite, mais je ne demande que ça... elle est tout pour moi.

Son orgasme me fait basculer et je grogne en explosant en elle, l'inondant d'un jet continu. Je la serre contre moi, et tous les deux nous retrouvons sur un plan différent. Ce n'est que de l'allégresse pure.

Je ne sais même pas combien de temps j'ai flotté. J'ouvre enfin les yeux, et mon sexe est profondément enfoui en elle, noué, déversant encore mon sperme au creux de son ventre. Et je la vois qui me sourit.

Mon cœur fait des bonds à cause de ce qu'elle me

fait ressentir. La moindre de ses réactions me fait tomber plus amoureux d'elle encore.

— Bonne fille… et juste pour que tu saches, tu es toute à moi.

Elle rit et me serre dans ses bras tandis que je m'agenouille lentement, puis que je m'assieds dans la baignoire, dos contre le bord. Narah à califourchon sur mes genoux, tous deux reliés, et avoir mon nœud en elle qui nous unit, c'est tout ce que j'ai toujours voulu.

— Je n'arrête pas d'entendre ça de la part de chacun d'entre vous. Mais, je veux dire, vous ne pouvez pas tous me posséder ?

Ce soir, c'est la première fois que je l'embrasse, revendique sa bouche et lèche ses lèvres.

— Pourquoi pas ? Au Danemark, partager un compagnon n'est pas rare, surtout quand les Omegas sont si peu nombreuses.

— C'est logique, mais ça me donne l'impression d'être assoiffée de sexe. Jamais je n'aurais pu espérer avoir quatre hommes pour moi.

— Et même dans mes rêves je n'imaginais pas avoir une fille comme toi, et pourtant je suis là à te sauter et te dire que tu m'appartiens. Que tu es une bonne fille et que je vais te prendre encore et encore.

Elle me regarde en clignant des yeux.

— Tu veux entendre un truc bizarre ?

— Vas-y.

— Je ne sais pas pourquoi, mais ça m'excite vraiment quand tu me dis que je suis une bonne fille.

J'éclate de rire.

— Oh, je le vois bien, bébé. Tu as un léger penchant pour les compliments, et c'est terriblement sexy.

Sa bouche s'entrouvre.

— Est-ce que ça existe vraiment ?

— Évidemment, et j'adore te dire des trucs comme ça. Ça me rend dingue.

J'aime tellement cette fille. Elle se cale contre ma poitrine, pose sa joue dans la courbe de mon cou et je sens son souffle doux contre ma peau.

— Parle-moi de toi, me demande-t-elle.

— D'accord. Qu'est-ce que tu veux savoir ?

— Tout et n'importe quoi.

Je m'installe, mes bras autour d'elle, la serrant contre moi.

— J'ai grandi dans un foyer qui était constamment en guerre. Quand mon père ne se disputait pas avec ma mère, il me battait. Alors j'y ai passé le moins de temps possible.

— Où es-tu allé ?

— Surtout chez Ragnar, parce que c'est mon cousin. En plus, comparée aux autres, leur maison est un manoir, et ils avaient des chambres en plus pour les soirs où je n'avais pas envie de m'en aller. Non pas que ç'ait été plus calme là-bas... Le père de Ragnar est l'Alpha des Loups d'Ulv, et un enfoiré tout autant que mon père. Une fois que Nikos a emménagé dans la famille de Ragnar, nous nous sommes rapidement liés tous les trois. Et nous ferions n'importe quoi pour nous tenir à l'écart de la politique des loups.

Je hausse les épaules.

— Nous chassions beaucoup dans les bois, et

partions pendant des semaines pour échapper à la meute.

— Je suis vraiment désolée. Mon père était un homme extraordinaire et il nous traitait, moi et mes sœurs, comme si nous étions son monde. Mais l'Alpha des Loups de la Tempête l'a tué parce qu'il lui reprochait la fuite de ma mère. Plus rien n'a été pareil ensuite.

Elle se tait alors et enroule ses bras autour de ma taille.

— Bref, dit-elle au bout d'un moment, ne parlons pas de ces conneries déprimantes.

Elle suit du doigt les runes encrées sur ma poitrine.

— Parle-moi d'elles. Que fait ta magie ?

— Il y a de la magie du côté de la famille de ma mère ; ils sont capables de puiser dans le pouvoir des runes. À l'âge de cinq ans, ma mère les a fait tatouer sur ma peau au cours d'un rituel destiné à m'ouvrir à la magie élémentaire.

— Waouh, c'est vraiment jeune.

— On dit que plus on est jeune, plus le pouvoir est fort. Même si je n'en suis pas tout à fait sûr. Il m'a fallu des années pour apprendre les rudiments du repli d'une plante. Et même là, ce n'est rien à côté de ce que toi tu peux faire.

Elle ricane.

— Ce que je t'ai vu faire dans la Forêt Empoisonnée, ce n'est pas rien.

— Tu es trop gentille avec moi, lui réponds-je en lui volant un baiser.

Quand elle remue, ses muscles se contractent autour

de mon sexe, ce qui ne fait que raviver mon excitation. Je doute d'avoir un jour à nouveau un membre mou.

Elle me sourit et contracte à nouveau sa douce intimité autour de moi.

— Oh, fais très attention, mon cœur, car tu es sur le point de déchaîner l'enfer, et je suis prêt à y passer toute la nuit…

Elle me tire la langue, me taquine, et je vois dans ses yeux qu'elle me supplie de lui en donner plus.

15

NARAH

— Narah ! m'appelle Ragnar au moment où je sors du réfectoire commun après avoir fait le plein de porridge.

C'est une cabane plus grande que le reste des bâtiments de l'enceinte de la meute. Jae est toujours à l'intérieur en compagnie de deux filles avec lesquelles elle est devenue amie. Elles ont le même âge, et cela me fait chaud au cœur de voir ma sœur sourire et rire pour une fois. On l'a obligée à grandir trop vite, et si je peux lui offrir quelques jours d'insouciance, alors je le ferai.

Des voix rauques retentissent derrière moi dans le réfectoire, et je me rends compte que j'avais presque oublié à quel point c'est rassurant de faire partie d'une meute, de savoir qu'on n'est jamais seul pour faire face à toutes les difficultés de ce monde.

Ragnar dépasse les autres cabanes et se rapproche de moi avec un sourire en coin, comme s'il était sur le point de partager un secret. Il porte un pantalon cargo, des bottes de combat et un t-shirt à col en V à manches courtes. Tout chez cet homme est à la fois dangereux et beau.

J'ai le ventre noué par la culpabilité après ce que Stone et moi avons fait la nuit dernière dans les bains. Mais pour être honnête, cette attirance que j'éprouve pour chacun de ces hommes est sans commune mesure avec ce que j'ai déjà ressenti dans ma vie. Elle est différente de l'attirance que je portais à Martell, qui était purement animale, poussée par mon loup. Mais j'ai l'impression d'être sur une autre planète avec ces quatre Alphas Vikings. Ils m'excitent avec un seul mot. Ils me poussent à me soucier d'eux et ils veillent sur moi. Les seules personnes à avoir fait ça pour moi avant faisaient partie de ma famille.

Je me sens tomber de plus en plus pour chacun de ces quatre hommes, et chaque jour qui passe, le nœud de culpabilité dans ma poitrine se resserre. Je dois en parler à Ragnar et lui faire part de mon attirance. Même si je ne sais pas si mon avenir sera auprès d'eux, je dois me montrer honnête.

— Bonjour, petit renard.

Ragnar prend ma main dans la sienne, nos doigts s'entrelacent, et il m'entraîne dans une promenade.

Je ravale ces mots que je veux lui dire, incapable de les verbaliser maintenant… au moins pour que son beau sourire ne s'estompe pas.

— Quelqu'un est de bonne humeur aujourd'hui, dis-je à la place.

— J'ai peut-être trouvé une solution pour retrouver ta mère.

— Quoi ? Tu te moques de moi ?

Je fais une pause, puis je me jette sur lui pour l'embrasser.

Ses bras puissants m'enveloppent et il dépose un baiser sur le front.

— Il y a une voyante en ville qui est d'accord pour nous aider.

Je m'écarte, le regardant fixement sans savoir quoi dire.

— Nous devrions être prêts à partir dans la journée, poursuit-il. Nikos est sur pied, sa blessure est presque guérie.

— Merci, balbutiè-je, toujours soufflée à l'idée que ce pourrait être la solution. Ça signifie tout pour moi.

Je prie pour que ma mère ne soit pas aussi dangereuse que Kaira le laisse entendre. Je ne m'autorise même pas à y penser. Il faut que ça marche parce que, sinon, je ne sais pas comment on va récupérer ma sœur aux mains des sorcières ou éradiquer notre malédiction.

Nos mains jointes, il me pousse à me remettre en marche.

— La voyante a accepté de te voir ce matin et d'essayer de retrouver ta mère.

— D'accord, je suis prête. Je ne sais pas à quoi m'attendre, je suppose que c'est une sorte de lecture ?

Nous nous arrêtons devant la cabane en bois dans laquelle nous étions entrés la nuit de notre arrivée, celle où vit l'Alpha de la meute, et je jette un coup d'œil à Ragnar en fronçant les sourcils.

— Elle t'attend à l'intérieur.

Il pousse la porte.

— Qui est-elle ?

Et quand je me retourne pour regarder à l'intérieur, je trouve Lyssa assise à la table de leur cuisine, qui me fait signe. Ses cheveux blonds sont attachés en queue de cheval et elle porte un pull à capuche bleu marine et un jean.

— Salut Ragnar, ronronne-t-elle en ignorant ma présence, battant des cils en le regardant.

J'ai envie de lever les yeux au ciel, mais à la place, je murmure à Ragnar :

— Tu es sûr d'avoir bien compris ?

Il sourit à moitié comme si j'avais fait une blague.

— Oui, maintenant vas-y.

Puis il me pousse d'une main dans le dos et je trébuche à l'intérieur. La porte se referme derrière moi, et je reste là maladroitement. Silence. Lyssa me regarde. Il règne une odeur étrange d'herbes brûlées. Je tripote nerveusement mes gants en regrettant que ça n'ait pas été n'importe qui d'autre qu'elle.

— Si tu n'as pas envie de faire ça, pas de problème, tranche-t-elle en enroulant sa main autour de sa queue de cheval alors qu'elle commence à se lever.

Mais, si Ragnar a raison, alors on s'en fout de qui est le voyant, non ? Tant que j'ai ma réponse.

— Tu es voyante ? lui demandé-je, et je me rapproche d'elle et me glisse sur le siège en face.

Elle se rassied.

Deux objets sont placés entre nous. Un couteau et une petite pochette à cordon de la couleur de la nuit. Je regarde l'arme, pas très ravie de ce que cela pourrait vouloir dire. Je n'ai pas vraiment d'appétence pour les sacrifices.

— Certains m'appellent comme ça, mais en réalité c'est juste un don qui me vient de la famille de ma mère. Toutes les femmes de sa lignée ont un petit pouvoir de divination. Elle avait des visions du futur, et moi je suis capable de retrouver les choses perdues.

Une partie de moi caresse l'idée de lui en demander plus sur les capacités de sa mère, étant donné que ma propre vision avec mes sœurs me laisse toujours perplexe. En vérité, je suis terrifiée à l'idée qu'elle dépeigne un véritable avenir qui me dévasterait.

— Mais dis-moi, comment as-tu perdu ta mère ? m'interroge-t-elle en me dévisageant, la tête penchée sur le côté, comme si j'étais une parfaite crétine et que j'avais égaré un parent.

Je m'affaisse sur ma chaise, sans tomber dans le panneau.

— Elle est partie un jour et n'est jamais revenue.

Lyssa me regarde en vidant le petit sac sur la table. Une demi-douzaine de pierres noires et grises en tombe. Elles ont toutes des tailles et des formes différentes et ne portent pas la moindre marque. Pour ce que j'en sais, ce pourraient tout aussi bien être des cailloux de son jardin.

— Alors tu ne t'es jamais dit qu'elle pouvait ne pas souhaiter être retrouvée ?

Elle hausse un fin sourcil.

— Parfois, quand l'énergie de quelqu'un se cache, je ne la vois pas.

— Il y a forcément une raison pour laquelle elle est partie, et je dois la découvrir, dis-je, sans envisager de donner plus d'informations à Lyssa. Ai-je déjà dit que je ne fais pas confiance à cette fille ?

— Donne-moi ta main, demande-t-elle en posant la sienne sur la table, paume vers le haut.

Je regarde mes mains posées sur mes genoux, mes gants couleur sable, et je me dis que ça ne va pas marcher. Peut-être que c'était une erreur après tout ? *Mère...* ce mot s'infiltre dans mon esprit comme une lourde pierre. Pendant des années, j'ai rêvé de retrouver ma mère, et c'est ma chance, mais je ne suis pas à l'aise avec l'idée de montrer ce que je suis à Lyssa.

— Il n'y a pas d'autre manière de faire ? lui demandè-je.

Elle cligne des yeux, les sourcils froncés.

— Qu'est-ce que tu veux dire ? Il me faut simplement ta main. Je ne vais pas te la trancher.

Son agressivité directe m'agace toujours.

— C'est juste que...

— On le fait, ou est-ce que tu me fais perdre mon temps ?

Je déglutis fortement et entreprends de retirer le gant d'une main, le ventre noué. Crispée, je remonte lentement ma main aux doigts tachés de noir de sous la table, et j'attends sa remarque.

Elle halète, puis me regarde les yeux plissés.

— Que s'est-il passé ?

— J'ai contrarié quelques sorcières, murmurè-je en mentant entre mes dents.

Elle reste silencieuse pendant un moment, puis se moque :

— Oui, je veux bien te croire. Tu es pénible.

Elle attrape ma main et la pose paume en l'air sur la sienne, pour en étudier les lignes.

J'ai la gorge terriblement sèche. Je suis surprise qu'elle ne dise rien de plus, étant donné que c'est assez commun pour les sorcières d'avoir les doigts noircis, tout comme ceux de ma mère. Peut-être que Lyssa me croit vraiment… ou pas, et ça va me retomber dessus.

— Je sais que tu as un faible pour Ragnar, murmure-t-elle soudain, me prenant au dépourvu.

Je me raidis et je veux retirer ma main, mais elle la saisit fermement.

— Je ne t'en veux pas. C'est l'Alpha ultime, tu sais, et je n'ai pas vu ce qu'il a dans le pantalon.

Elle sourit.

— Mais je parie que ça va être énorme, et qu'on va faire plein de bébés.

J'ai la poitrine en feu à l'entendre.

— Écoute, je ne suis pas venue ici pour parler de ton obsession pour Ragnar.

Elle éclate de rire.

— Tu crois que c'est ce qui se passe ?

Ses doigts s'enfoncent dans le côté de ma main et je ravale ma douleur.

— Tu crois que tu es spéciale juste parce que tu es de la famille ou je ne sais quel autre mensonge il a inventé ? J'ai vu la façon dont tu le regardes, et dont lui se montre possessif envers toi. On ne se regarde pas comme ça entre membres d'une même famille.

Sa main se resserre davantage autour de la mienne et je serre les dents. Ses ongles sont comme des lames qui pénètrent dans ma peau.

— Alors, dis-moi la vérité. Qu'est-ce que tu as fait avec mon fiancé ?

Je respire plus vite, mon esprit palpite au rythme des battements de mon cœur. Je cherche à toute vitesse une excuse qu'elle pourra croire. Une jalousie amère peut pousser même la personne la plus raisonnable à la paranoïa.

— Je ne sais pas de quoi tu parles, dis-je calmement tout en essayant de libérer ma main, même si elle donne l'impression de me l'arracher.

Mais une rage ardente bouillonne dans mes tripes, car elle m'a fait mal, et je ne peux pas m'en empêcher.

— Peut-être que le vrai problème, c'est que Ragnar n'est pas tellement intéressé par toi.

Je vois une haine sauvage s'allumer au fond de son regard. L'instant d'après, elle s'empare du couteau sur la table et me le plante dans la paume, avant même que je puisse réagir.

La douleur explose, et je crie, je tire en arrière, mais elle me tient d'une main de fer.

— Tiens-toi tranquille, tu vas survivre, grogne-t-elle.

Le couteau lui échappe et heurte la table avec un bruit sourd. Puis elle prend les pierres qu'elle place dans ma paume ensanglantée.

La douleur aiguë me fait tressaillir chaque fois que les pierres touchent ma blessure, et je grimace tant c'est douloureux.

Puis elle tourne ma main sur le côté et toutes les pierres dégringolent sur la table, tachées de mon sang.

Je parviens enfin à me détacher d'elle et à tenir ma main.

— Tu es complètement folle, tu sais ça ?

Elle se lève et attrape un torchon de cuisine sur le comptoir avant de me le jeter à la figure.

— Je n'aime pas que tu t'en prennes à mon homme. Mais je comprends. C'est un chef de meute, et quand il sera à la tête du Secteur Sauvage, tu voudras être en sécurité. Tout comme le reste d'entre nous.

Il n'y a pas de venin dans sa voix, rien que de la pitié pour moi. Si elle savait la vérité, elle m'arracherait le visage.

Elle reprend sa place à la table et croise les jambes.

— Tu as de la chance que Ragnar t'aide, mais ne te fais pas d'idées. Il a une meute, il va choisir l'un de ses hommes.

Je cligne des yeux et retiens le fou rire qui me vient, car j'ai du mal à accepter que je suis attirée par les quatre Alphas. Pour me distraire, j'enroule ma main ensanglantée dans le torchon de cuisine.

Lyssa examine les pierres sur la table, et je commence à me demander si elle est réellement voyante ou si elle a fait semblant juste pour me prévenir de rester à l'écart de Ragnar.

— Narah, il y a quelqu'un pour tout le monde, et peut-être que la personne qu'il te faut est un Beta. Tu y as déjà pensé ? Tout le monde ne peut pas être avec les meilleurs.

— De quoi parles-tu ? Les Omegas ne peuvent pas s'accoupler avec les Betas.

Comme ma mère me l'a dit un jour, ce sont les Alphas qui dirigent. Les Omegas servent au rut et à la reproduction. Même si les Betas sont les combattants et les bêtes de somme de la meute, ils ne peuvent pas mettre une Omega enceinte. Seuls les Alphas le peuvent.

Elle hausse les épaules comme si elle le savait depuis le début, mais qu'elle se moquait de moi. Je ne l'aime vraiment pas, même en sachant qu'elle sera dévastée quand Ragnar la rejettera.

— Est-ce que tu sais vraiment ce que tu fais avec la divination, ou est-ce que tu me fais perdre mon temps ? lui demandè-je en plaçant le coin du chiffon sous la partie enveloppée, de sorte qu'il ne se déroule pas.

— Chut, dit-elle en se penchant plus près des pierres éparses couvertes de mon sang.

Puis elle lève les yeux vers moi :

— Ne sois pas en colère contre moi. Sois en colère après ce monde de merde et les Alphas qui le dominent. Je sais que tu essaies de survivre, je comprends.

— Ne sois pas condescendante, Lyssa. Tu prétends que tu vas m'aider, mais tu n'as fait que me couper la main, puis m'insulter. Tu ne sais rien de mon passé ou de mes problèmes, alors ne prétends pas le contraire alors que tu vis en sécurité dans cette meute parfaite protégée par ton père.

Elle m'a tellement mise en colère que j'en tremble.

Elle se retourne sur son siège, les yeux plissés.

— Tu veux savoir la vérité ? Très bien, je vais te la dire.

Sa voix devient sombre.

— Mon père m'a jugée trop vieille pour être vendue aux meutes voisines pour leurs leaders Alphas. Et ces Alphas ont tous la soixantaine, voire plus. Et ils ne veulent que des filles de l'âge de ta sœur. Alors, mon père a décidé qu'il allait me donner aux hommes de cette meute en récompense pour avoir fait du bon travail. Il les laisse me partager comme bon leur semble car nous n'avons pas assez de femmes.

Elle a la voix qui chevrote à présent, et mon cœur se serre pour elle.

— Je ne suis rien pour mon père. Je suis un caillou dans sa chaussure. Alors, quand Ragnar est venu et a accepté de me revendiquer, il m'a sauvée. J'ai sauté sur l'occasion de m'échapper.

Elle a le menton qui tremble quand elle chasse ses larmes d'un coup de cils.

Je me dégonfle sur ma chaise, j'ai l'impression d'être la pire personne au monde.

— Lyssa, je ne savais pas.

Je tends la main vers elle, mais elle se cabre.

— Je ne veux pas de pitié, je veux juste que tu comprennes que je fais tout ce que je peux pour survivre et ne pas devenir l'esclave sexuelle de ces hommes désespérés. Je n'avais rien, et Ragnar m'a donné quelque chose à quoi m'accrocher.

Je m'enfonce dans mon siège, les larmes aux yeux. Une douleur intense dans ma poitrine me fait presque suffoquer. J'ai été tellement distraite par mes problèmes, que j'ai imaginé le pire au sujet de Lyssa.

— Pardonne-moi mes paroles, dis-je doucement.

Elle hausse les épaules et renifle, puis jette un coup d'œil aux pierres.

— Je peux voir où est ta mère.

Je me redresse sur ma chaise, mon cœur s'emballe dans ma poitrine. Mère est vivante !

— C'est vrai ? Où ?

Elle montre deux pierres l'une à côté de l'autre, ce qui ne veut rien dire pour moi.

— Je vais avoir besoin d'un peu plus d'informations, dis-je.

— Les Montagnes aux Loups, répond-elle en bâillant. — Ta mère est là, nichée entre elles, dans la vallée.

Je sais exactement où c'est… Enfin, je n'y suis jamais allée, car c'est loin, mais les Montagnes aux Loups surplombent une grande partie du Secteur Sauvage. Je voudrais crier d'excitation, mais je suis aussi troublée par la détresse de Lyssa. J'espère juste qu'elle ne ment pas à propos de ma mère.

Lyssa se lève de table et ramasse les pierres dans sa main avant de les jeter dans l'évier, où elles cliquettent contre le métal.

— Tu peux partir maintenant.

Je me lève.

— Merci pour ton aide et aussi de m'avoir parlé de ta situation. Nous, les femmes, sommes traitées comme des déchets par une majorité d'hommes, alors nous devrions faire plus attention les unes aux autres. Je te promets que je ferai tout ce qui est en mon pouvoir pour te venir en aide.

Elle m'adresse un faible sourire par-dessus son épaule.

— Contente-toi de rester loin de mon homme, et tout ira bien.

J'en ai mal à l'estomac, car c'est une promesse que je ne peux pas faire alors que je sais qu'il ne veut pas d'elle. Je tourne les talons et sors, avec le besoin impérieux de parler à Ragnar.

16

NARAH

À peine entrée dans notre cabane, je trouve Stone en train de fourrer ses vêtements dans un sac à dos.

— Où est Ragnar ? lui demandè-je en regardant autour de moi, en quête d'une trace de Jae ou Nikos.

Stone lève des yeux souriants vers moi.

— Bonjour, ma chérie. Il nous attend près des chevaux avec les autres. On s'en va.

— Maintenant ?

Il acquiesce et laisse tout tomber pour se diriger vers moi. Aussitôt, ses mains se posent sur les côtés de mon visage et il m'embrasse d'une manière telle que j'en oublie presque ce dont je voulais parler à Ragnar. Mes orteils se recroquevillent dans mes bottes et je lui rends la passion dont il m'a abreuvée la nuit dernière, je lui fais entrouvrir les lèvres, j'aspire sa langue dans ma bouche. Et soudain, je suis de retour dans les bains, à penser à la façon dont il m'a ravagée et m'a fait supplier d'en avoir plus.

Quand il se détache enfin de moi et que je me surprends à me rapprocher de lui pour en redemander, il dit :

— Jae a fait tes bagages. Nous devrions partir avant qu'ils n'envoient une équipe nous chercher. Je devais passer te récupérer, mais je devais prendre mes affaires d'abord.

Il va chercher son sac et le jette sur son épaule.

C'est alors que je constate que le sac de Jae est toujours là, ainsi que son manteau et ses grosses bottes. Je suis prise d'un besoin impérieux de la voir. Je l'ai perdue deux fois, et je n'ai pas l'intention de recommencer.

Stone traverse la pièce pour ouvrir la porte.

— Après toi, ma reine.

Il me fait un geste de la main pour m'inviter à sortir de la cabane.

Ses mots me laissent pantoise, parce que personne ne m'a jamais appelée ainsi. Je ne mentirai pas : j'adore ça.

— Merci.

Je sors et traverse rapidement la pelouse en direction des marches en pierre menant à la sortie du village.

— J'ai entendu dire que tu savais peut-être où se trouve votre mère, dit Stone qui me suis après avoir fermé la porte.

— Où as-tu entendu ça ? Je viens seulement de finir de parler avec Lyssa.

— Ragnar, répond-il en me rattrapant. Il était convaincu que tu aurais ta réponse, et il a déjà arrangé notre départ de la meute pour aller la retrouver.

— Oh, d'accord. Et si ça n'avait pas été le cas ?

— Mais Lyssa te l'a dit, n'est-ce pas ? me demande-t-il en haussant un sourcil.

Je hoche la tête.

— Dans les Montagnes aux Loups.

— Alors il avait raison.

La confiance qu'ils ont envers Ragnar est assez incroyable.

— Comme ça, tu savais que Lyssa est voyante ?

— Ouaip, et elle est complètement obsédée par Ragnar.

— C'est vrai, mais il y a une histoire derrière tout ça, alors évite de juger trop vite.

Il plisse les yeux en me regardant.

— Ça sort d'où, ça ? L'autre jour, tu avais l'air à deux doigts d'assassiner cette fille juste parce qu'elle flirtait avec Ragnar.

— Eh bien, c'est parce que je ne connaissais pas toute l'histoire.

Il me prend la main et nous passons devant plusieurs habitants qui se contentent de nous regarder en silence. Je profite de la promenade pour faire à Stone un rapide résumé de ma discussion avec Lyssa et de la situation merdique dans laquelle elle se trouve.

— Merde, je n'en avais aucune idée, et je parie que Ragnar non plus.

Il me serre légèrement la main et m'attire plus près de lui avec une attitude protectrice qui me plaît de plus en plus.

— Quoi qu'il arrive, nous devons l'aider.

— Et nous le ferons, m'assure-t-il, avant de relever la

tête alors que nous avançons à pas rapides vers les marches principales du village.

Ce n'est qu'en arrivant au bas des escaliers que j'aperçois le reste de notre bande et ma sœur, ainsi que Mihai et un groupe de ses hommes. Tout le monde est là, y compris nos quatre chevaux. L'Alpha de la meute discute avec Ragnar en agitant les bras comme s'il essayait de faire passer un message important.

Jae me fait signe de la rejoindre. Nous nous rapprochons.

— Merci d'avoir pris mes affaires, sœurette.

— Je couvre toujours tes arrières.

Elle sourit.

— Mais pourquoi les tiennes sont encore dans la cabane ?

— Tu vois, j'ai discuté avec Ragnar, et il a pensé que ce serait plus prudent si je restais ici, alors je vais m'installer avec mes nouvelles amies jusqu'à ton retour. Elles sont sœurs, et leur mère est super gentille avec moi. En plus, Ragnar a fait jurer à l'Alpha de me protéger, faute de quoi il le traquera personnellement s'il m'arrive quelque chose.

Je suis prise de nausée. Légèrement agacée qu'elle en ait parlé à Ragnar et non à moi, je dis :

— C'est juste que j'ai promis de ne pas te laisser derrière encore une fois. Je me disais qu'à partir de maintenant on ne se quitterait plus.

Je repousse ses cheveux derrière une oreille.

Elle m'étreint et je passe les bras autour d'elle ; je ne veux pas m'éloigner de ma sœur.

— Puis-je être honnête avec toi ? murmure-t-elle en

m'entraînant à l'écart du groupe alors que Ragnar et l'Alpha sont encore en train de parler.

— Qu'est-ce qui se passe ?

Ses épaules s'abaissent lorsqu'elle me regarde, et ses bras restent ballants sur ses flancs.

— Narah, s'il te plaît, ne me déteste pas. Je veux vraiment retrouver notre mère, mais j'ai aussi peur de ce que tu vas découvrir. Pendant tout ce temps, c'était plus facile de me dire qu'après nous avoir quittés, elle avait été tuée. Mais si elle nous avait quittés exprès ? Et si…

Sa voix se bloque, et elle baisse les yeux.

— Premièrement, je ne pourrai jamais te détester, et deuxièmement, n'y pense même pas, dis-je alors que sa respiration laborieuse me fait souffrir.

Le même doute me hante depuis le jour où Mère nous a abandonnés aux mains des Loups de la Tempête. Mais voir ma plus jeune sœur se débattre avec une telle peur me broie totalement.

Les paroles de Lyssa me reviennent… *Tu as déjà pensé qu'elle ne veut pas être trouvée ?*

Et si Mère ne veut pas nous voir ? Et si Kaira avait raison et qu'elle représentait un danger pour nous ?

Je dévisage Jae et mon cœur se fend de la voir autant souffrir tandis qu'elle chasse les larmes qui brillent dans ses yeux. Je ravale la sensation de lourdeur qui m'envahit, et devant Jae, j'essaie de ne jamais manifester ma peur.

Je soulève son menton du bout des doigts.

— Écoute-moi. Elle nous a quittés parce qu'elle n'avait pas le choix.

Elle hausse les épaules, la bouche pincée sur le côté, contemplant ses mains vides.

— Je veux rester ici jusqu'à votre retour. Je suis lasse d'avoir peur et de fuir.

Ses mots m'ébranlent, et des larmes brûlantes me montent aux yeux.

— Oh, Jae ! m'exclamé-je en l'étreignant plus fort, l'enveloppant de mes bras. Bien sûr. Si c'est ce que tu veux, c'est bien.

Elle ne bouge pas pendant un long moment, et mon cœur tambourine d'entendre le frémissement de sa voix. Comment pourrais-je lui demander de se joindre à nous après tout ce qu'elle a traversé ? Ces deux derniers jours, j'ai retrouvé ma petite sœur. Si jeune. Heureuse. Enthousiasmée par la vie.

Et même si ça me tue, la meilleure chose que je puisse faire pour elle est de lui donner ce dont elle a besoin.

Je m'en veux de ne pas avoir été la première à m'en rendre compte. Je suppose que j'ai été trop égoïste, je la voulais près de moi pour pouvoir la garder en sécurité, mais ce qui compte, ce n'est pas ce que moi, je veux. Il faut qu'elle trouve son bonheur.

— Je t'en prie, fais attention à toi, et ne fais confiance à personne.

Je plonge la main dans ma botte pour en sortir la petite lame que je garde toujours sur moi et la lui remets.

— Si quelqu'un essaie de te faire du mal, tu le poignardes à la gorge ou à l'œil. Ensuite, cours.

Son regard s'adoucit, se remplit d'une lueur intérieure.

— Tu sais, je suis *parfaitement capable* de m'occuper de moi-même, mais je vais prendre ton couteau.

Elle s'empresse de l'accepter et de le ranger dans la poche arrière de son pantalon.

— On est prêts à partir. Narah ? s'enquiert Ragnar dans mon dos.

Je croise son regard sérieux et acquiesce. Mes hommes montent sur leurs chevaux. Je serre Jae dans mes bras une dernière fois, rêvant de pouvoir la protéger pour l'éternité. La garder à l'écart de ce monde horrible, mais je ne suis pas sûre de pouvoir le faire pour toujours.

— Tu m'étouffes ! s'exclame-t-elle, puis elle rit. Tu devrais y aller.

— Je sais. Je t'aime.

— Je t'aime aussi.

Je la relâche alors que ses deux amies se rapprochent et que Jae est déjà en train de rire avec elles. Je me dis qu'elle sera en sécurité. Il faut qu'elle le soit.

Quand je me tourne vers mes hommes, c'est Stone sur son cheval noir qui attend que je le rejoigne alors que les trois autres se dirigent vers la grille d'entrée.

J'accepte sa main tendue et il me hisse sur le cheval derrière lui, où je noue mes bras autour de sa taille.

— Tu es prête à partir, ma chérie ?

— Oui et non.

Il me tapote les mains et donne un coup de talon à son cheval, puis nous trottons à la suite des autres. Je jette un bref coup d'œil en arrière et envoie un baiser à Jae.

— J'ai parlé à Ragnar de ta lecture avec Lyssa, me dit-il. Et Mihai lui a indiqué le chemin le plus court vers les Montagnes aux Loups.

— Merci.

Je colle ma joue contre son dos, la gorge nouée à l'idée de laisser Jae et à cause de notre mission.

— Maintenant, accroche-toi, me dit Stone. Nous allons essayer d'atteindre les montagnes aujourd'hui. D'après Mihai, ça ne devrait nous prendre que quelques heures.

S'il vous plaît, Déesse de la Lune, faites que tout se passe bien pour une fois. Je vous en prie.

---

*L*es quelques heures se sont transformées en une demi-journée, et nous approchons à peine des montagnes. Pour l'instant, nous nous sommes arrêtés près d'une rivière qui nous mène directement à la vallée entre les Montagnes aux Loups. Elles sont monstrueuses et nous dominent, et le soleil est sur le point de disparaître derrière leurs sommets. Les chevaux paissent dans le pâturage derrière moi. Au-delà, le champ semble avoir échappé à tout contrôle avec ce qui ressemble à de hautes tiges de maïs. J'ai déjà dit aux gars qu'on allait en ramasser un paquet avant de partir.

Crius est étendu sur le dos à côté de moi, les mains derrière la tête, et un long brin d'herbe sort de sa bouche. Il me jette un coup d'œil en plissant les yeux à cause de la lumière du soleil.

— Tu sais, s'il n'y avait pas les loups rebelles, les zombies et la guerre permanente de territoires, ce monde pourrait être un endroit agréable où vivre.

Je m'assieds à côté de lui dans l'herbe et regarde Stone et Ragnar qui discutent au bord de la rivière, à au moins six mètres de là. Nikos n'est pas très loin d'eux, dégustant encore le reste du ragoût froid que nous avions apporté de la ville. Je ne lui en veux pas… Il est massif et en pleine guérison, alors s'il faut qu'il mange toute notre nourriture, qu'il en soit ainsi.

— L'ancien monde devait être incroyable, réponds-je à Crius. Par exemple, tu imagines que tout le monde avait une voiture pour se déplacer ? Je parie qu'elles n'avaient rien à voir avec le tas de rouille que j'ai vu mon vieil Alpha conduire.

— Si c'était moi, j'achèterais une Harley-Davidson. J'ai lu des articles dessus avant même de grandir, et c'est un rêve que j'ai depuis, dit Crius, et je souris en croisant son regard. Il y a quelque chose qui me fait bander rien que d'y penser.

À son tour, il part d'un petit rire.

Comme je ne réponds pas, il demande :

— Quoi ? C'est quoi cette expression bizarre sur ton visage ?

Je me retourne pour lui faire face, plaçant une jambe pliée entre nous.

— C'est probablement la première fois que tu as l'air… normal.

Il me dévisage à son tour, puis s'assied aussi.

— Normal ? D'avoir une érection en pensant à une moto ? J'étais quoi avant, alors ? Un fou furieux ?

Je ris à moitié, ce qui me vaut un haussement de sourcils, mais je lève les épaules.

— D'habitude, tu agis en macho, tu dis aux gars que tu es meilleur qu'eux, mais c'est chouette de voir un peu plus ce côté de toi. Où tu me laisses voir ce que tu aimes, et à quel point les motos t'excitent.

Je lui tire la langue.

Il sourit, m'étudiant comme s'il essayait de lire dans mes pensées. Il y a quelque chose de dangereusement addictif à avoir l'attention de ces loups sur moi.

Ils m'obsèdent. Et j'en veux toujours davantage, comme si je n'en avais jamais assez.

— Quoi ? J'en reste bouche bée.

— C'est mignon de voir les choses que tu trouves fascinantes chez moi. Je n'ai pas beaucoup de souvenirs heureux de mon enfance et je suis ravi de les partager avec toi si ça signifie que tu continues de sourire.

— Et maintenant, tu me taquines, dis-je. Évidemment, je veux en savoir plus à ton sujet.

Il se penche vers moi, les sourcils froncés.

— Tu es sérieuse, ou tu te fous de moi ?

— Pourquoi ça te choque autant ?

Crius recule et replie ses bras sur ses genoux fléchis.

— Parce que personne ne me pose jamais de questions sur mon passé. Ce ne sont que des souvenirs laids et douloureux.

Mon pouls s'accélère et je place une main sur son bras.

— Je ne suis pas comme tout le monde. Je veux dire,

tu as vu à quel point ma vie est un désastre ? Le compagnon qui m'était destiné a tenté de me tuer, ma mère m'a peut-être abandonnée, ma sœur s'est ralliée à des sorcières et, pour couronner le tout, je ne sais toujours pas comment contrôler convenablement ma magie. Ça, c'est merdique.

Je laisse de côté la partie où je tombe amoureuse de quatre hommes, et où mon cœur se déchire lentement parce que j'ignore totalement comment gérer ça.

Il ricane et détourne le regard en direction de la rivière devant nous, avant de parler :

— Je t'en accorde un de plus. J'ai tué mon frère, et ce n'était pas un accident. Et c'était le meilleur frère du monde.

J'en ai le souffle coupé, et il est possible que mon cœur ait cessé de battre un instant le temps que j'intègre ses paroles. Je cherche dans ma tête une réponse, un réconfort quelconque, mais je suis dans l'impasse. J'ai une folle envie de lui en demander la raison, mais je ne crois pas qu'il ait envie de me le dire avant de se sentir prêt.

Je me contente de lui serrer légèrement la main.

— Je suis désolée.

— Il n'y a pas de quoi être désolée, gémit-il, et je sens la tension dans son bras. Je l'ai fait, et mon heure se rapproche.

Il se lève brusquement et se dirige vers la rivière.

Je me noie dans une sensation de lourdeur. Qu'est-ce que Crius voulait dire par « son heure se rapproche » ? Que s'est-il passé entre lui et son frère ?

C'est comme si, chaque fois que je vérifiais sous un

rocher, je me faisais mordre par quelque chose de dangereux, et avec tout ce que j'ai sur les épaules, j'ai du mal à ne pas m'inquiéter au sujet de chaque personne que j'ai croisée.

Je regrette d'avoir parlé avec Crius.

Un vent glacial me frôle les bras, et je m'étreins.

Je songe à ma mère, comme pendant la plus grande partie du voyage.

Est-ce qu'elle va me serrer dans ses bras, ou prétendre ne pas me connaître ? Cela fait si longtemps qu'elle nous a laissés avec les Loups de la Tempête qu'elle a peut-être oublié à quoi je ressemble. Suis-je prête à l'affronter après que Père a été assassiné, et que je lui ai reproché de nous avoir quittés ?

Mes articulations blanchissent à force de serrer les poings, de la peur de ce qui m'attend… Je suis terrifiée à l'idée qu'elle me déteste.

Un cheval hennit derrière nous et je sursaute presque, et les autres juments suivent. Je me retourne pour voir les quatre chevaux s'élancer dans le champ de maïs sauvage et disparaître de notre vue.

Je me relève en quelques secondes, tout comme Nikos.

— Les chevaux ! m'écrié-je, mais quand je me tourne vers les trois autres hommes, mon sang se fige dans mes veines.

Ils courent dans ma direction, la panique se lit sur leurs visages. Et de l'autre côté de la rivière, un essaim de morts-vivants plonge dans l'eau, se précipitant dans notre direction.

Je frissonne, mon cœur tonnant comme une tempête.

Merde. Merde. Merde.

— Cours, grogne Nikos, qui arrache déjà sa chemise. Change-toi en louve, nous irons plus vite.

Il me crie ses ordres tandis que mon regard reste bloqué sur le nombre impressionnant de créatures qui s'agglutinent de notre côté de la rivière. Ils se précipitent maladroitement, en trébuchant, mais ils sont rapides.

La peur m'étrangle, et je rencontre des difficultés à respirer. Nous sommes dans un champ ouvert. Il n'y a pas d'arbres où grimper, rien qu'un terrain plat. On est vraiment dans la merde.

Mes poils se hérissent d'entendre leurs râles, leurs dents qui s'entrechoquent, leurs bras qui se tendent vers nous. Leurs bruits inhumains me font trembler de tous mes membres. Des vêtements déchirés, des mains réduites à la peau et aux os, des membres fracturés, de la peau en moins.

Je recule, mon estomac se révulse, et je n'arrive plus à formuler une pensée cohérente. Il y en a tellement.

— Narah, cours, putain ! hurle Ragnar.

Il fonce vers moi alors que les autres se transforment.

Je fais volte-face et je cours, mes pieds martelant durement le sol. La panique s'empare de moi. Je fais irruption dans le champ de maïs, et ce n'est qu'à ce moment-là que je remarque quelque chose de sombre qui se déplace dans les tiges sur ma gauche. Il y a quelque chose d'autre avec nous ici.

Je songe en premier lieu aux chevaux, mais les ombres qui se précipitent ne sont pas aussi grandes.

Les silhouettes se fraient un chemin à travers les épis de maïs. Le son des dents qui grincent se propage dans le vent, et la vibration de la magie court dans mes veines. Mes jambes se déroulent, mes bottes martèlent le sol alors que je me faufile.

Je sens un mouvement sur ma droite, et l'un des morts-vivants arrive de façon si rapide et inattendue qu'un cri m'échappe.

Je lève mes mains, avec des picotements de magie sur ma peau, quand Ragnar déboule dans le champ tel un camion.

— Cours !

Il est toujours sous forme humaine, et en me retournant, je trébuche sur quelque chose. Je frappe le sol durement avec mes genoux, et je me démène pour me relever.

Ragnar m'agrippe par le bras, et je vole avant même de m'en rendre compte, hors de portée de la créature. L'Alpha saisit mon bras et me tire avec lui.

Tout autour de nous, les tiges tremblent, les ombres sont partout. Et puis je vois un monstre au milieu des tiges de maïs. Il a une orbite vide, des joues creuses et des lèvres usées depuis longtemps.

J'ai la chair de poule.

— Tu dois te transformer, tu seras plus rapide.

Les mots de Ragnar sont aussi rapides que son allure avec moi à ses côtés. Nous sprintons, et les trois autres hommes ont déjà pris leur forme de loup en restant près de nous.

Il me faut quelques instants pour dompter ma peur, et j'appelle ma louve. Mais juste à ce moment-là, un mort-vivant avec un seul bras se précipite vers nous, en plein sur notre chemin. La mâchoire disloquée et osseuse qui pend à moitié de son visage me donne la nausée.

Ragnar m'écarte brutalement de la trajectoire du monstre.

Ma tête oscille de gauche à droite. La peur m'envahit quand je réalise la vitesse à laquelle les choses ont mal tourné.

Un autre arrive rapidement vers nous, et nous nous rassemblons tous les cinq. Crius charge un mort-vivant. Il frappe la chose, l'abat rapidement, puis recule, parce qu'il ne veut pas mordre dans la chair en décomposition. Je ne peux pas lui en vouloir.

Mais lorsque d'autres silhouettes arrivent, mon pire cauchemar prend vie. Les ombres se pressent autour de nous, leurs gémissements et leurs claquements de dents sont un chant morbide. Ils sont si nombreux... Je lève les mains ; il faut que je puise dans mon énergie, quel que soit le risque.

Stone reprend instantanément sa forme humaine. Il est nu et s'agenouille, frappant sa paume sur le sol en faisant appel à sa magie, pensant à la même chose que moi. Le pouvoir lèche ma peau, et cette sensation fait avancer mon propre pouvoir, le rendant plus fort.

Deux créatures sortent du champ et l'attaquent.

Je crie, me précipitant pour l'aider.

Mais Ragnar charge les monstres plus rapidement, tout comme Stone.

Une colère puissante m'envahit telle une vague, me mord la peau. Je tremble, mais pour une fois, je n'essaie pas de l'arrêter. Au lieu de cela, je lance les bras vers le champ en imaginant que mon pouvoir frappe chaque zombie pour le tuer.

Je concentre mes pensées sur les morts-vivants, sur ma magie, sur le contrôle de mon pouvoir.

L'énergie me traverse dans un élan cruel et douloureux, m'étranglant au plus profond de moi-même. De l'électricité blanche sort de mes mains, bifurquant dans une douzaine de directions à partir de mes deux mains. Elle se met à zigzaguer de manière incontrôlable dans le champ. Difficile de dire si ça fonctionne alors que les hommes dans mon dos crient et que les monstres qui nous entourent gémissent en claquant des dents.

Une douleur aiguë creuse dans ma poitrine, plus intense à mesure que je puise dans la magie.

C'est alors que je remarque que les créatures qui s'en sont prises à Stone sont à présent en train de convulser sur le sol, avec mes lignes blanches d'énergie en travers de leurs poitrines. Quelque chose de très haut attire mon attention derrière moi, et je me retourne.

Stone a construit une enceinte autour de lui et des hommes, faite de racines tordues qui sortent de terre, les enfermant complètement dans un dôme.

Mais ma magie atteint sa barrière de protection indépendamment de ma volonté, réduisant en cendres les racines qu'elle touche. Des trous perforent la structure, et mes hommes me regardent à travers eux avec des yeux terrifiés.

Ils ont peur de moi ! Ça me fait très mal.

L'odeur de brûlé de mon attaque s'intensifie, et ce n'est que lorsque je baisse les yeux que je découvre que les taches noires sur mes doigts se sont étendues jusqu'à mes articulations.

Sous l'effet de la panique, je crie, et je recule en secouant les mains. La magie s'estompe aussitôt, tout comme le monde qui m'entoure.

Je tombe et heurte le sol, totalement perdue.

17

NARAH

Une douce caresse effleure ma joue, me réveillant, et les souvenirs m'envahissent. De morts-vivants qui nous attaquent sur le champ. Je suis tombée et je me suis évanouie. Mes loups sont en danger.

Mon cœur tambourine dans mes oreilles, la terreur m'engloutit. Un cri s'échappe de ma gorge, et je me lève précipitamment, la magie crépitant déjà sur mes doigts.

— Wouah ! s'écrie Crius en reculant.

Mais une étincelle de mon pouvoir traverse déjà la pièce et frappe le mur blanc de la pièce dans laquelle je me trouve, faisant un trou dans la pierre peinte.

— Narah !

La voix de Crius retentit, et tout aussi vite, l'énergie qui sort de ma main s'arrête.

Je trébuche sur le lit sur lequel je me trouve, haletant pour respirer, essayant de comprendre ce qui se passe.

— Où suis-je ?

J'ai le tournis ; je ne suis plus dans le champ, mais dans une chambre que je ne connais pas.

Crius est blême et me dévisage.

— Rien ne te fera de mal, me dit-il en me tendant la main. Tu es en sécurité. Alors tu veux bien descendre de là, magicienne ?

Au début, je ne bouge pas, j'attends toujours de mettre de l'ordre dans mes pensées et que le sommeil s'estompe.

— Qu'est-ce qui se passe ? haletè-je.

J'accepte la main de Crius, et il m'aide à descendre.

— Nous sommes dans une petite auberge dans les montagnes. Les morts-vivants ne sont plus une menace, et tu es avec moi.

Il me dévisage, scrutant mes traits et mon corps comme si je pouvais être blessée.

— Est-ce que tu es blessée ?

Je secoue la tête. Je déteste me réveiller en pleine confusion alors que je suis encore sous le choc de l'attaque sur le terrain. Et je ne comprends pas ce qui s'est passé.

Je jette un coup d'œil au t-shirt bleu que je porte, froissé et qui me tombe à mi-cuisses. Il pend d'une épaule, et je devine qu'il appartient à l'un des gars.

— Tu m'as déshabillée ?

Je baisse la main et je sens à travers le t-shirt qu'au moins j'ai toujours mes sous-vêtements.

Il me sourit.

— Ne t'inquiète pas, je ne t'ai pas complètement dévêtue, même si j'étais tenté. Mais je dois admettre que j'ai touché tes seins.

— Wouah, tu m'as tripotée pendant que j'étais inconsciente. Je ne suis pas trop sûre de ce que je ressens à ce sujet.

Il hausse les épaules.

— Je n'allais pas laisser passer l'occasion alors que j'en meurs d'envie. Ton corps est éblouissant. Et tu seras à moi bien assez tôt.

Sa voix s'assombrit, et je ne doute pas qu'il pense chaque mot.

— En plus, je te donne la permission de me faire tout ce que tu veux quand je dors ou que je suis évanoui.

Il me fait un clin d'œil.

— Et si, à l'avenir, personne ne tripotait personne à moins qu'il ne soit réveillé ?

Il hausse les épaules, et je n'arrive pas à déterminer s'il est d'accord ou non.

En plus, je ne sais pas si je dois rougir ou le gifler. À la place, je repousse ces pensées, et jette un œil à la chambre, au lit et au chevet en bois. Il y a ce trou brûlé dans le mur qui fume toujours, et cette odeur âcre qui persiste. Merde. Il n'y a pas grand-chose d'autre ici, mais je vois le ciel bleu dehors à travers la porte vitrée qui donne sur le balcon.

— Où sommes-nous exactement, Crius ? Que s'est-il passé après l'attaque ? Où sont les autres gars ?

Ma confusion me fait mal à la tête, et je déteste ne pas savoir ce qui se passe.

— Tout le monde est en sécurité. Tu es en sécurité.

Il traverse la pièce et ouvre la baie vitrée donnant sur le petit balcon. Une bouffée d'air frais s'engouffre à l'intérieur et s'infiltre dans mes cheveux.

— Et si je te montrais ?

Il hausse les sourcils et me fait signe de le rejoindre, alors je m'avance.

Sur le balcon, je regarde l'immense étendue de terre qui s'étire à perte de vue. Et des bois dans toutes les directions.

— C'est de là que nous venons, n'est-ce pas ? demandé-je en pointant du doigt.

— Ouaip. Maintenant, baisse les yeux, ma belle.

Crius pose une main dans mon dos, et je m'agrippe à la balustrade métallique en même temps. Il y a une descente immense, ce qui me donne la nausée. Il y a des arbres tout autour de nous, comme si nous étions suspendus sur un balcon sur le côté d'une falaise.

Lorsque mon attention dérive vers la terre au pied de la montagne, le champ de maïs apparaît. Mais il y a quelque chose d'étrange. Je me penche en avant, louchant sur les petites taches noires qui parsèment le champ.

— Qu'est-ce que c'est que ça ?

— Ta belle magie, roucoule Crius. Chaque tache carbonisée représente l'endroit où se tenait un mort-vivant au moment où ton pouvoir les a éradiqués. Tu les as réduits en cendres, bébé.

Il se tourne vers moi, mais je ne peux m'empêcher de scruter le nombre de marques noires. Mon pouls s'accélère, je respire trop vite. Il y en a au moins cinquante… peut-être plus.

— Ce doit être une erreur, murmuré-je, surtout pour moi. Ce n'est pas possible. L'ampleur du phénomène me fait peur, car comment serais-je capable de contrôler de telles choses ?

— Narah, ta magie est épique, putain !

Il lève les bras en l'air et dessine un immense cercle pour exagérer son propos.

— Je n'ai jamais entendu parler d'une sorcière capable de ça. Tu sais ce que ça pourrait vouloir dire si tu maîtrisais mieux ton pouvoir ?

Son enthousiasme ne fait que me terrifier davantage.

Crius passe un bras autour de ma taille et m'attire brutalement contre lui, face à face.

— Je vais être honnête, quand j'ai vu ce que tu as fait, ça m'a à la fois effrayé et fait bander. Tu es une sorcière puissante, Narah, et intimidante. Et une fois qu'on t'a ramenée ici, je me suis masturbé en songeant à combien tu avais été sexy et forte là-bas en éliminant ces créatures.

Je lui jette un regard noir sans trop savoir quoi faire de cette information. Mais je ne vais pas ignorer le compliment qu'il m'a fait.

— Est-ce que tu t'es masturbé pendant que tu me tripotais ?

Il éclate de rire.

— Tu crois que je suis un monstre à ce point ?

Je refuse de répondre à cette question pour l'instant et dis plutôt :

— Il doit y avoir une erreur. Je n'ai pas ce genre de capacité.

Ses yeux s'écarquillent.

— Bébé, tu as vu le carnage que tu as laissé en bas ? C'est toi qui as fait ça.

— Mais qu'en est-il de toi et des gars ? Je ne savais pas comment empêcher la magie de s'attaquer à vous aussi.

— Eh bien, c'est le genre de risque qu'on prend en étant avec une fille mortelle comme toi… mais la magie de Stone nous a protégés. Chaque fois que ton pouvoir a brûlé son bouclier de racines nouées, il en a construit un autre. Mais tu sais ce qui était intéressant ? Même après que tu as perdu connaissance, l'énergie continuait de s'écouler de toi comme si tu avais produit tellement de puissance qu'elle devait s'échapper de ton corps. Je vais être honnête, je n'ai jamais entendu parler d'une telle chose avant.

— Déesse, je suis un monstre. Je n'ai jamais voulu ça.

J'essaie de m'écarter de lui, mais il me maintient en place.

— Ne dis pas de telles conneries. Tu as reçu un don. Tu dois juste apprendre à le gérer, c'est tout.

Je cligne des yeux devant lui et son expression sérieuse, puis je dis :

— Je fais vraiment des efforts, tu sais, mais jusqu'à ce que je quitte la meute des Loups de la Tempête, j'ai caché mon pouvoir. Ma mère ne m'a presque rien appris sur la manière d'utiliser ma magie.

— Eh bien, heureusement que nous avons atteint la ville de la Montagne aux Loups. Maintenant, on peut commencer à chercher ta mère, si c'est là qu'elle se cache. Mais je pense que tu vas aimer cet endroit. Tout est construit sur le flanc d'une montagne.

Je ne sais même pas quoi dire. Je suis toujours

perturbée par ce que ma magie a fait. Comment est-ce possible ?

— Tu veux aller voir le reste de l'équipe ? Ils seront heureux de voir que tu es réveillée. Mais j'ai une requête avant de partir.

— Laquelle ? Je ne suis pas certaine d'être capable de supporter d'autres surprises pour le moment.

Crius affiche un large sourire, et avant même qu'il ne pose la question, je me doute qu'il s'agira de quelque chose de sauvage, vu le regard féroce qu'il arbore. Il n'est pas très différent de l'expression qu'il avait quand il nous a surpris, Nikos et moi, derrière la taverne.

— Peux-tu me promettre que lorsque je te sauterai, tu me chatouilleras un peu avec ta magie ? Ce que tu as fait là-bas était juste époustouflant. Et j'ai besoin de le sentir.

Ses yeux clairs couleur noisette me figent sur place alors que j'essaie de décoder ce qu'il vient de me demander.

— Tu veux que je te fasse du mal ? lui demandè-je dans un halètement.

Il retrousse les coins de sa bouche.

— Juste un peu, chérie.

Merde, je ne m'attendais pas à ça, ni à ce que sa question me fasse frissonner quand je vois à quel point il était convaincu qu'on allait coucher ensemble.

— Je veux dire, je ne veux pas te tuer.

Il esquisse à nouveau un sourire sexy et repousse une mèche de cheveux de mon visage.

— On parle d'une petite décharge, halète-t-il contre ma bouche.

Puis il m'embrasse, si profondément, si éperdument, que je me laisse aller contre lui, avec la certitude que nos âmes viennent de fusionner. Ses lèvres me font vibrer, et chaque coup de langue déclenche un délicieux picotement dans tout mon corps. Comment fait-il ça ? J'ai besoin de plus, plus, plus.

Je lève les mains pour les glisser dans ses cheveux dorés sombres. Il bouge rapidement, sa bouche est vorace, ses mains glissent jusqu'à mes fesses, les pressent, me poussent contre son érection.

— Ça fait tellement longtemps que j'ai envie de t'embrasser, murmure-t-il avant de plonger sa bouche dans mon cou et de respirer mon parfum.

Il me lèche à grands traits, déclenchant de délicieux frissons dans tout mon corps.

Il me dévore le cou tout en me faisant reculer contre un mur, tout en pétrissant mes fesses d'une manière qui me fait énormément de bien. Ses mains parcourent mon corps, ses doigts tirent sur l'élastique de mes sous-vêtements, et en quelques secondes, il me les arrache.

Habilement, il passe ses doigts entre mes cuisses, et mon corps tout entier se réchauffe. Je gémis alors qu'il me taquine, sans jamais aller assez haut pour me satisfaire pleinement, mais il me rend folle de désir. Son autre main passe sous mon t-shirt, saisit un sein, tire sur un téton, et son geste n'a rien de doux. Je frémis d'excitation car j'ai dans l'idée que faire l'amour avec un homme comme Crius sera rude, sauvage et foutrement incroyable.

Je ne réalise même pas à quelle vitesse nous sommes passés de moi qui ai failli le frapper avec ma magie, à lui qui me prend contre le mur. Mais je constate que je ne le repousse pas non plus.

Quelqu'un frappe bruyamment à la porte et nous nous figeons.

— Si vous n'ouvrez pas, je vais tout casser, crie Nikos en secouant la porte verrouillée.

Et je ne peux m'empêcher de rire de l'ironie de l'interruption de Nikos, si semblable à celle de Crius à l'extérieur de la taverne.

— Je vais le tuer, murmure Crius contre mes lèvres. Tu veux que je le jette du balcon ? Ensuite, je pourrai t'amener à l'orgasme le plus intense que tu aies jamais connu.

— Il ne va pas abandonner, tu sais.

Ce n'est pas vraiment une situation idéale, puisque je n'ai toujours pas eu l'occasion de parler à Ragnar de ma relation avec chacun des hommes.

— Je peux m'en accommoder, admet Crius, et il se remet à m'embrasser dans le cou ; mais je sais qu'il va faire quelque chose de fou, alors je me faufile sous son bras et je cherche mes sous-vêtements.

Ils gisent sur le lit, déchirés.

— Merde.

— Tu n'en as pas besoin pour le moment.

Crius soulève mon t-shirt et gifle mes fesses nues.

— Mais nous avons acheté de nouveaux vêtements, car nous avons perdu tous les nôtres avec les chevaux. Y compris des sous-vêtements pour toi.

Je gémis de la meilleure manière possible, puis vais à la porte pour faire stopper les coups incessants de Nikos.

Quand je l'ouvre, son froncement de sourcils se transforme en sourire.

— Hé, ma belle. C'est bon de te revoir.

Il m'attrape par la main et m'enveloppe dans ses bras, ma joue pressée contre sa poitrine. Il est dur comme de la pierre et dégage de la chaleur. Pourquoi est-ce que c'est si incroyable d'être dans ses bras ?

— Ne refais pas ce coup-là. Ça m'a foutu la trouille quand tu t'es évanouie, murmure-t-il.

— Ne fais pas le bébé, dit Crius en passant devant nous. Et Narah, je t'ai trouvé de nouveaux sous-vêtements.

J'ai les joues en feu, et quand je me retourne, je vois qu'il tient ma culotte noire dans sa main.

— C'est quoi ce bordel ? grogne Nikos.

Je l'arrache de la main de Crius et lui lance un regard mauvais.

— Sérieusement ?

Je l'enfile rapidement et la fais glisser le long de mes jambes. Les deux hommes m'observent attentivement, cherchant à obtenir un bref aperçu. Au lieu de cela, je me détourne d'eux et leur montre mes fesses avant de remonter ma culotte jusqu'en haut.

— Alors… ? m'enquiers-je dans l'étroit couloir face à eux, les mains sur les hanches. Où sont les deux autres ?

— Ma chérie, m'appelle Stone derrière moi, et je tourne la tête pour le voir qui m'attend à quelques mètres de là, près d'une autre porte. On est par là.

Je ne peux m'empêcher de sourire et je me précipite sur les lattes du plancher, pieds nus, puis je réalise que j'aurais probablement dû trouver d'autres vêtements à mettre, mais le mal est fait. Et j'ai le sentiment que si je retourne dans ma chambre, Nikos et Crius vont se battre et quelqu'un va passer par-dessus le balcon.

Stone me fait signe d'entrer et m'agrippe les fesses, ce que je décide d'ignorer avant de pénétrer dans une pièce deux fois plus grande que celle dans laquelle je me suis réveillée. Il y a une chambre séparée, et une pièce principale. Le grand luxe.

Je croise le regard de Ragnar.

Il est assis sur un canapé et porte un pantalon noir et une chemise assortie, ses muscles saillant contre le tissu fin. Il est assis, les jambes largement écartées, un bras en travers du dossier du canapé, et il est gigantesque, occupant une bonne partie du siège.

— Est-ce que tu te sens mieux ? s'enquiert-il, sans bouger tout de suite.

Est-ce que c'est mal que ma première pensée soit de grimper sur lui, chevaucher ses genoux et le plaquer au sol pour pouvoir suivre le contour de tous ses muscles avec ma langue ?

C'est la faute de Crius, évidemment, qui m'a chauffée et titillée. Au lieu de ça, je vais m'allonger à côté de lui sur le canapé.

— Je suis perdue. Crius m'a montré le champ de maïs. C'est tellement bizarre et ça ne ressemble pas à quelque chose que je pourrais faire.

Je replie mes jambes sous moi tandis que les trois autres hommes rôdent dans le couloir pour je ne sais quelle raison.

La main de Ragnar touche le côté de mon visage, son pouce caresse ma lèvre inférieure.

— Il y a quelque chose de très spécial chez toi, Narah. Et je ne pense pas que tu sois une simple sorcière, ce que j'ai déjà dit. Ce que tu as fait là-bas est extraordinaire.

— Oui, extraordinairement terrifiant.

Je scrute mes mains et mes doigts complètement noirs à présent, comme s'ils avaient été brûlés.

— Ce n'est pas normal, n'est-ce pas ?

Quand je lève la tête, il scrute mes mains aussi.

— J'ai entendu dire que la magie a besoin d'équilibre. L'énergie utilisée doit être prise quelque part et ensuite remplacée. Stone tire son pouvoir de la terre, une abondance, mais s'il en prend trop, cela l'épuise.

Ragnar prend ma main dans la sienne.

— Peut-être qu'avec toi, c'est pareil.

Je me penche contre lui, me glissant sous son bras qu'il enroule autour de moi.

— Stone m'a répété ce que Lyssa t'a dit, murmure-t-il.

Je me redresse.

— Et ?

— Et je n'avais aucune idée de sa situation.

Je fronce les sourcils à ses paroles.

— Mais tu vas arranger ça, n'est-ce pas ? Tu vas lui trouver un endroit sûr où s'échapper.

Sa réponse est immédiate.

— Quand je prendrai le contrôle du Secteur Sauvage, oui, mais pas avant. J'ai besoin de l'allégeance de Mihai.

— Bien sûr.

Je fronce les sourcils et m'effondre contre lui,

sachant que cela signifie qu'il faut encore prétendre qu'ils sont fiancés. C'est bidon, mais une flamme visqueuse s'allume quand même dans ma poitrine. Mes tripes se nouent à l'idée que Lyssa croyait désespérément que Ragnar était son chevalier en armure brillante, comme dans les vieux contes de fées humains que j'ai lus.

— Tu es jalouse, petit renard ?

— Ah, tu aimerais bien. En fait, je brûle de jalousie, mais je le garde pour moi.

Il rit.

— Comme je l'ai déjà dit, tu es à moi et je n'ai besoin de personne d'autre. Mais tant qu'on aborde ce sujet, dis-moi, Narah, qu'est-ce qui se passe entre toi et mes hommes ?

Je ne bouge pas, mon cœur s'emballe et ma gorge est soudain sèche. Je devrais lever les yeux et déchiffrer son expression, mais je reste agrippée à son flanc. J'ai grandi avec la notion qu'une femme ne peut avoir qu'un seul homme. C'est comme ça que les âmes sœurs fonctionnent. Mais là, c'est autre chose. J'ai déjà trouvé mon âme sœur, qui m'a rejetée.

En rougissant, je me lèche les lèvres et dis :

— Parfois, je ne comprends pas mes propres sentiments. Peut-être même moins que je ne comprends ma magie. C'est fou, non ?

Il ne répond pas, et je me recule à contrecœur. Il m'observe attentivement, le visage stoïque, et c'est dur de ne pas se laisser distraire par ce bel homme à côté de moi.

— Je me suis dit que je devais trouver mes sœurs, et

ensuite nous suivrions notre propre chemin. Mais ensuite… les choses ont commencé à changer.

— Comment ça ? demande-t-il d'un ton égal.

— Quand je me suis donnée à toi dans les bois, quelque chose a changé en moi, et j'ai su alors que j'avais peut-être fait une erreur en allant là-bas avec toi. Maintenant, je ne cesse de penser à être avec toi, et pourtant je ne veux rien avoir à faire avec la guerre que tu as l'intention de déclencher dans le Secteur Sauvage.

— La guerre est inévitable pour atteindre la paix.

Je proteste contre la rigidité de ses réponses et de ses questions.

— Arrête d'être si diplomate et sérieux ! Tu me rends dingue, lâché-je. Tu n'as qu'à me dire les choses. Es-tu énervé que je sois attirée par tes hommes aussi bien que par toi ? Ou parce que je les laisse me sauter, et que je continue à envisager l'idée ridicule d'avoir quatre hommes dans ma vie ?

Je frotte une main sur ma poitrine pour apaiser la douleur qui s'y installe à cause de l'expression dure qu'il arbore.

Puis je frotte mes paumes de mains moites sur mon t-shirt.

— Merde, Narah, est-ce que tu te rends compte au moins de ce que tu m'as fait ? Je partage tout avec mes hommes, mais quand je t'ai rencontrée, quelque chose en moi s'est brisé.

Il se lève, me laissant sur le canapé.

— Je croyais que ce serait ma deuxième chance après avoir perdu ma compagne. Que je pourrais trouver cette personne spéciale pour moi.

Il s'arrête à quelques mètres de là, se tenant droit, les bras ballants, tandis que mon cœur frémit, m'empêchant de respirer.

Ces yeux bleu pâle voient à travers moi. Ces lèvres que je désire depuis la première fois qu'elles m'ont touché m'appellent à nouveau.

Il est magnifique et protecteur, et j'ai envie de lui. Mais cette intense douleur dans ma poitrine résulte de la déception sur son visage, de sa bouche pincée.

— Tu as traversé tellement de choses. Comme nous l'avons tous fait, poursuit-il.

Je déteste vraiment la tournure que prennent les choses, même si j'avais l'intention d'aborder ce sujet avec lui. Mais à présent, j'ai l'impression que faire machine arrière serait une idée brillante.

— Je croyais que tu pourrais ressentir la même chose après que je t'ai marquée et que nos loups se sont connectés.

Son ton durcit et son visage retrouve son apparence froide.

Je me lève et vais vers lui, remarquant au passage que les trois autres sont toujours dans le couloir, et je sais qu'ils écoutent notre conversation. C'est peut-être mieux ainsi, car cela les concerne aussi.

— Ça fait vraiment bizarre, lui dis-je. Je veux dire, tu étais mon tout premier mec. Je t'ai tout donné de moi, et je ne connais rien aux hommes. Pourtant, quand je suis auprès de vous quatre, quelque chose prend vie en moi.

Je saisis sa main et la place sur mon cœur.

— C'est fou que je sois là, à débattre de ça, alors que je devrais uniquement me concentrer sur le sauvetage de mes sœurs, et non perdre la tête et le cœur. Mais c'est ce que j'ai l'impression de faire. Je ne peux pas m'en empêcher car il y a en chacun de vous quelque chose dont j'ai besoin. Quelque chose dont j'ai envie, qui me pousserait à tuer pour vous garder en sécurité. Alors je ne sais pas vraiment quoi dire pour que tu comprennes.

Il soupire et prend un long moment avant de répondre :

— J'aurais dû savoir que tu me briserais, marmonne-t-il en retirant sa main, mais ses paroles me contrarient.

Je le suis.

— Écoute, je suis navrée que ça ne se soit pas passé exactement comme tu l'avais prévu. Mais rien ne s'est déroulé non plus comme je l'imaginais, et pourtant je fais avec. Je suis désolée, je ne suis pas seulement attirée par toi, mais aussi par tes hommes. Crois-moi, ce n'est pas vraiment ce que j'avais en tête quand je suis venue te demander ton aide pour retrouver mes sœurs. Mais il faut aussi que tu saches que je n'appartiens à aucun d'entre vous, à moins que je n'en décide autrement, et que je refuse d'être traitée comme un objet au sujet duquel vous vous battez tous les quatre. Je préfère m'en aller plutôt que de déclencher une guerre dans votre meute.

Le silence me colle à la peau comme du goudron, et j'ai l'impression d'étouffer. La chaleur me brûle les joues et le cou. Depuis quand ai-je le culot de me défendre avec autant de force ?

— Pour quelqu'un qui n'a aucune expérience des hommes, tu n'as eu aucun problème à t'envoyer en l'air avec les miens. Alors je dirais que tu sais exactement ce que tu fais, grogne-t-il à mi-voix.

Sa réponse me met en colère, tout comme l'amertume dans sa voix. Jamais je n'ai demandé à tomber amoureuse de ces loups, mais c'est ma faute.

— Ne t'en fais pas, dis-je d'un ton sec, la gorge serrée, les yeux emplis de larmes à cause de ses paroles blessantes. Je t'ai parfaitement entendu. Je ne te toucherai plus jamais. J'ai merdé en te donnant l'impression que je n'appartenais qu'à toi.

Je tremble de tout mon être. Je ne m'étais pas encore faite à l'idée d'être avec tous ces hommes, mais à la seule mention de la possibilité de perdre l'un d'entre eux, j'ai eu les nerfs à vif. Un sentiment de possessivité m'a envahie à l'idée qu'il se dresserait entre eux et moi. Et ce qu'il ne comprend pas, c'est que je suis prête à tout pour qu'il reste lui aussi à mes côtés. Mais je ne peux pas faire ça maintenant.

Je me dirige vers la porte en tremblant de colère, les yeux brillants. Et je suis furieuse contre moi-même. *Les hommes sont des monstres. Ils te blessent toujours,* disait maman, et je n'ai jamais compris ce qu'elle voulait dire jusqu'à maintenant. D'abord Martell me met en pièces, maintenant c'est au tour de Ragnar.

Des pas lourds martèlent le plancher dans mon dos. La seconde d'après, Ragnar a les mains sur ma taille et me fait tourner pour que je me retrouve face à lui. Un grognement féroce s'échappe de sa gorge, un son animal primitif, et je vois son loup rôder dans son regard.

— Je comprends parfaitement.

Je serre les poings et le frappe à la poitrine alors qu'il me fait reculer.

— Je te déteste de m'avoir parlé de cette façon.

Une unique larme s'échappe et roule sur ma joue.

Mon dos heurte le mur, il me saisit à la gorge, puis m'embrasse si fort que je sais que je vais avoir des bleus.

— C'est ça que tu attends de nous tous ? demande-t-il.

— Va te faire voir !

Mais je lui rends quand même son baiser. Je suis peut-être faible parce qu'il fait disparaître toutes mes inhibitions et me bouleverse totalement.

Je penche la tête alors qu'il fait glisser ses lèvres sur mon cou. Il relâche son emprise et déchire grossièrement le t-shirt sur mon épaule. Puis il mord dans la tendre courbure de mon cou et ses dents transpercent ma peau.

Je crie et rejette la tête en arrière, fermant les yeux alors que ses lèvres se referment sur la morsure, une main posée sur ma poitrine, l'autre agrippée à mon bras, me maintenant en place. Cette sensation qu'il me domine m'excite au plus haut point.

J'ai besoin de lui sur moi, qu'il me prenne sauvagement, mais ça a un prix. Il devra me partager.

Pourtant, il veut m'infliger de la douleur, me faire souffrir pour celle qu'il ressent. J'empoigne ses cheveux bruns, ramenant son visage devant le mien, et nos bouches se rencontrent dans un baiser furieux et désordonné.

— Euh, Ragnar ? l'appelle Nikos depuis le seuil de la porte, rompant la tension qui règne dans la pièce.

— Il y a une personne ici qui souhaite voir Narah.

Je me raidis et me libère du baiser de Ragnar. Mes lèvres sont déjà gonflées et douloureuses quand je parle.

— Moi ?

— Fais-la entrer, grogne Ragnar qui s'éloigne de moi comme s'il savait qui allait venir, mais sans jamais me quitter des yeux.

— Petit renard, on finira ça plus tard.

Je trébuche ; je me rattrape sur le mur, tandis que mon cœur saigne de voir à quel point il a faim de moi et combien il est possessif. Et de constater à quel point il lui est difficile de me partager avec ses hommes. Et je ne sais pas comment je vais arranger ça.

18

NARAH

Une femme entre dans la chambre de Ragnar.

Ce qui attire d'abord mon attention, c'est la robe bleu sarcelle qui s'enroule autour de ses jambes et le ruban doré qui entoure sa taille. Ses cheveux aussi sombres que la nuit retombent en cascade sur ses épaules, ses lèvres rosées dessinent un sourire avec des plis profonds aux coins de la bouche. Mais quand je croise ce regard familier, mon corps perd toute sensibilité.

Elle a des yeux ambrés… exact reflet des miens. Tout comme ses pommettes hautes, son nez étroit, sa manière de se tenir sans savoir où poser ses mains, alors elle tripote le ruban, puis ses cheveux.

Mon souffle se bloque dans ma poitrine.

Je m'étouffe dans mes larmes.

— Mamma, murmuré-je.

Je ne peux pas faire plus tant mon corps est secoué de tremblements. J'essaie de réaliser qui se tient devant moi, celle que j'ai cru si longtemps morte, à qui je pensais tous les jours, et dont les moindres paroles sont gravées dans mon esprit comme une cartographie déformée de la vie.

Je traverse la pièce si vite que quelques secondes à peine plus tard, je la serre dans mes bras en sanglotant.

— Narah, tu m'as tellement manqué.

Elle me prend dans ses bras, caresse mes cheveux, et je redeviens soudain une enfant, désespérant qu'elle me dise que tout va bien se passer. Qu'elle est là maintenant, et que je n'ai plus à errer dans la vie comme une idiote aveugle.

Elle a la même odeur que dans mon souvenir... Elle sent la farine et le sucre, comme si elle avait préparé un dessert. Fermant les yeux, je me remémore le sentiment de sécurité que j'avais étant enfant, quand elle nous bordait au lit, nous racontait des histoires, s'assurant que jamais nous ne soyons témoins du mauvais côté de la vie. Ces moments me manquent. Ce qui est ridicule car tout le monde finit par grandir un jour. Certains le font juste plus tôt... comme j'y ai été forcée.

Quand je me recule enfin pour la regarder vraiment, elle essuie aussi ses yeux mouillés. Je ne peux m'empêcher de remarquer à quel point elle a vieilli. Elle est plus mince aussi, et sa peau n'est plus aussi lisse dans son cou, mais le regard qu'elle pose sur moi n'a pas changé. Il est empli d'adoration et me donne le sentiment d'être aimée. Je ne cesse de repenser à toutes ces années que j'ai perdues avec elle, et j'ai du mal à retenir mes larmes.

— J'attendais le jour où je pourrais enfin te revoir, dit-elle de sa voix chantante, avec un sourire gêné, comme si elle voulait que j'oublie qu'elle nous a laissées toutes seules. Et regarde-toi, comme tu as grandi ! Comment vont Jae et Kaira ? Je suis sûre qu'elles sont bien plus grandes maintenant.

La douleur se lit sur son visage quand elle parle de nous, et cela me détruit d'entendre le tremblement dans sa voix, alors qu'elle redouble d'efforts pour faire bonne figure.

— Jae est en sécurité pour le moment. Nous l'avons laissée avec des amis. Et Kaira… commencé-je avant de baisser les yeux un instant. Elle est avec les sorcières des Bois Enchantés, qui l'ont ensorcelée.

Elle soupire lourdement.

— Ragnar m'a expliqué que les sorcières se servent de Kaira comme levier pour te contrôler, et il m'a aussi parlé de la malédiction qu'elles vous ont jetée, répond-elle doucement. Vous vous êtes tous mis dans un sacré pétrin.

Je tâtonne avec mon t-shirt, je le passe par-dessus la marque de morsure que Ragnar m'a faite près du cou. J'aimerais porter quelque chose de plus approprié qu'un t-shirt d'homme froissé. C'est à ce moment que je balaie la pièce du regard et remarque qu'il m'a laissée seule avec ma mère, mais que la porte reste ouverte.

— Comment m'as-tu trouvée ? demandé-je.

— C'est ton ami Ragnar qui m'a trouvée. Il cherchait quelqu'un pour l'aider avec une malédiction, et il s'avère que c'était moi qu'il voulait en particulier. Comment as-tu su que j'étais là ?

Elle se dirige vers la porte vitrée du balcon et l'ouvre, laissant entrer une légère brise qui fait voltiger ses cheveux et sa robe.

Je la suis dehors.

— Une voyante m'a dit où tu serais.

Sa bouche se pince comme si elle n'était pas très à l'aise avec ma réponse.

— J'aurais fini par te trouver.

— Oui, mais j'ai peut-être besoin de ton aide maintenant.

Je suis agacée de voir qu'elle est presque déçue qu'on l'ait retrouvée.

— Pourquoi n'es-tu pas venue nous chercher ? Et pourquoi tu nous as laissées à la merci des Loups de la Tempête ? Nous n'étions que des enfants. Même après que Père a été massacré, tu n'es jamais revenue. J'étais si jeune et je pleurais toutes les nuits, j'étais terrifiée.

J'humecte mes lèvres sèches et je cille pour repousser mes larmes, l'esprit bouillonnant de mille questions.

— Narah, je suis désolée que tu aies été obligée de faire ça. Je déteste savoir que toi et tes sœurs avez enduré une telle souffrance.

Elle écarte de mon visage des cheveux libres.

— Mais je n'avais pas le choix. J'ai pris une décision déchirante pour vous protéger toutes les trois. Je ne sais pas si tu peux me pardonner, mais j'espère qu'un jour tu le feras.

— Alors raconte-moi, s'il te plaît, que je comprenne pourquoi tu nous as abandonnées.

Quelque chose en moi se contracte et j'inspire en tremblant. Soudain, je m'imagine de nouveau chez les

Loups de la Tempête, avec mes sœurs. Nous sommes à genoux devant la tombe de Père après qu'il a été brutalement tué. Nous avions les ongles pleins de terre, les mains sales parce que personne ne voulait nous aider à creuser un trou pour lui ; alors nous l'avions fait nous-mêmes et avions enterré notre père juste à l'extérieur des terres de la meute.

Je ne peux pas m'arrêter de trembler. Ces souvenirs que j'ai gardés cachés pendant si longtemps me déchirent aujourd'hui.

Ma mère se tourne vers le champ, les mains crispées sur la balustrade. Le vent fouette sa robe et ses cheveux. Pourtant, je ne ressens rien d'autre qu'un engourdissement qui me transporte vers un endroit que j'ai évité pendant des années, et maintenant je me noie dans le passé, la tristesse, la douleur.

— D'abord, il faut que tu saches ce que vous êtes, commence-t-elle. Nous ne sommes pas des sorcières, Narah. Notre lignée descend d'une ensorceleuse terriblement puissante. Nous possédons un don héréditaire pour pratiquer la magie qui nous permet d'utiliser une puissance inimaginable.

— Une ensorceleuse ?

Je n'ai lu à leur sujet que des livres anciens, principalement des histoires fictives. Et d'après ce que j'en avais retenu, elles utilisaient simplement la magie.

— Alors, quelle est la différence entre ça et une sorcière ?

— Les sorcières jettent des sorts avec des objets et des sacrifices. Elles font appel aux énergies élémentaires qui les entourent. Mais toi, ma chère, dit-elle en se tournant pour me regarder, tu peux conjurer instantanément la magie. C'est pourquoi les sorcières nous craignent et veulent notre mort. Nous avons la capacité de les détruire si on nous en donne l'occasion. Mais cela signifie qu'il faut les surprendre lorsqu'elles sont vulnérables et pas entourées de sorts et de sortilèges pour se protéger. Ce n'est absolument rien comparé à ce qu'une ensorceleuse est capable de faire.

Je lève les mains et contemple mes doigts noircis.

— Eh bien, mes tentatives de magie ne se sont pas exactement déroulées comme prévu jusqu'à présent.

— C'est parce que tu puises ton pouvoir en toi. Dans des moments extrêmes, nous pouvons avoir besoin de faire appel à la magie de nos âmes, mais cela a un prix. En te servant de la magie de cette façon, tu éradiques ta source de vie. C'est dangereux, et les dégâts sont irréversibles.

Je cligne des yeux, j'ai envie de pleurer. Jusqu'à présent, je n'avais aucune idée de ce que je faisais.

— Je ne connais pas d'autre moyen. Tu ne m'as jamais montré.

Son regard s'adoucit.

— Je te promets que je vais me rattraper. Je vais t'apprendre à prendre l'énergie de ceux qui t'entourent, et...

— Attends... Redis-moi ça ? Tu draines d'autres personnes pour te servir de la magie ?

Un frisson me parcourt l'échine à cette idée.

Elle acquiesce.

— L'énergie ne peut pas se manifester à partir de rien, Narah. Elle doit provenir de quelque part. Le pouvoir d'une ensorceleuse lui permet de prendre l'énergie des humains, des métamorphes, des sorcières, de tout être vivant. Les animaux sont trop petits, et ça leur ferait du mal, alors il vaut mieux éviter. On n'en prend pas assez pour tuer les gens, mais cela les assomme généralement pendant des jours, voire des semaines, selon l'intensité de l'épuisement que tu leur infliges.

Il y a tant de choses à intégrer que je n'ai toujours pas accepté l'idée que je suis une ensorceleuse. Ce qui ne signifie pas grand-chose pour moi à cet instant.

La seule chose sur laquelle j'arrive à me concentrer, c'est la manière de tirer sa puissance.

Elle a les épaules droites, les traits fermes.

— Alors, pour répondre à ta première question, l'assemblée locale m'a trouvée alors que je m'étais éclipsée une nuit avec ton père pour capturer une dinde sauvage. Les sorcières nous ont attrapés, et quand je les ai attaquées avec le pouvoir tiré de ton père, ça m'a donné assez d'énergie pour tuer l'une d'entre elles. Les autres ont fui… mais je savais qu'elles reviendraient. Elles le font toujours, comme quand elles ont tué ma mère et ma grand-mère.

Elle baisse le regard, et le chagrin sur son visage me pousse à tendre la main pour prendre la sienne.

— Ça va.

— Non, ça ne va pas. J'ai pris une décision horrible que je ne souhaite à personne. Soit je restais pour protéger mes filles, sachant que les sorcières reviendraient en plus grand nombre. Soit je quittais la meute pour les attirer loin de vous, tout en étant bien consciente que les Alphas puniraient ton père pour m'avoir perdue. Les Omegas sont trop précieuses pour qu'on les laisse partir, dit-elle d'un ton plein de sarcasme.

Je ravale la boule dans ma gorge et serre sa main alors qu'une larme coule sur sa joue.

— On aurait pu s'échapper tous ensemble, suggérè-je.

Elle grogne à moitié.

— Et avoir des loups sauvages et des sorcières aux trousses, avec trois jeunes Omegas ? Nous n'aurions pas fait long feu. L'endroit le plus sûr, c'était la meute des Loups de la Tempête.

Mon cœur s'emballe à l'idée qu'elle a sacrifié Père en connaissance de cause pour nous sauver. Je m'écarte, incapable d'aspirer assez d'air dans mes poumons, alors que la bile me monte à la gorge. J'ai la nausée et ma tête palpite. J'ai attendu si longtemps pour connaître la vérité sur pourquoi elle nous a quittés, mais c'est beaucoup plus douloureux que je ne le pensais.

— Je dois m'asseoir un peu, murmuré-je, et je retourne à l'intérieur sur mes jambes vacillantes, avant de m'écraser sur le canapé.

J'attrape un petit coussin et le serre contre ma poitrine, me berçant sur place tandis que ma mère me rejoint.

— Je ne t'en voudrais pas si tu ne me pardonnais pas la mort de ton père, de vous avoir abandonnées toi et tes sœurs. À l'époque, j'ai fait ce que je pensais être le mieux pour vous trois. Vous avez toujours été ma priorité.

Alors que je demeure silencieuse, ma tête bourdonne d'informations sur ce que je suis, ce que cela signifie, et comment nous pouvons sauver Kaira. En même temps, il y a le chagrin du passé, de la mort de mon père, de la décision de ma mère qui a mis en branle notre avenir à tous. Chaque fois que j'y pense, j'ai la nausée.

— Pendant trop longtemps, je me suis tenue à l'écart pour votre propre sécurité, mais maintenant c'est à mon tour de me battre pour vous. Je vous ai toujours aimées toutes les trois et je n'ai cessé de penser à vous tous les jours.

— J'ai tant d'autres questions, lui dis-je. Mais peut-être pas maintenant.

Je frotte mon front, à l'endroit où monte ma migraine. Je tente alors de faire la paix avec le passé, car je déteste cette douleur atroce qui me ronge le cœur.

— Bien sûr. Mais d'abord, laisse-moi lever la malédiction que les sorcières ont jetée sur toi et tes protecteurs loups. Qu'en dis-tu ?

Je m'en réjouis, même si je me demande où elle va trouver l'énergie nécessaire. En nous ?

— Mais les sorcières sauront-elles que la malédiction a été altérée ?

Elle fait la moue.

— Cela dépend de la manière dont elles ont procédé et si elles ont lié la malédiction à elles. Donc, pour faire court, la réponse est : peut-être. Mais je vais mettre une barrière de protection autour de toi et des loups pour le moment. Cela les empêchera de détecter la malédiction brisée.

— Ce serait parfait, réponds-je avant de marquer une pause. Ça aurait été merveilleux d'apprendre tout ça de toi quand j'étais plus jeune, mais je comprends pourquoi tu ne l'as pas fait.

Elle sourit tendrement.

— À minuit, venez à l'arrière du village dans les bois. Ragnar connaît l'endroit. Ce soir, nous allons lever la malédiction, et ensuite nous partagerons un repas ensemble. Je ferai ton plat préféré. Poulet farci aux fruits et aux noix.

Je ris et pleure à la fois en entendant ces mots que j'ai rêvé d'entendre à nouveau.

— Tu t'es souvenue.

Elle s'accroupit devant moi, sa main sur mon genou.

— Je n'ai jamais oublié. J'ai pleuré tant de nuits sur ma famille perdue, alors te revoir, c'est comme un miracle pour moi.

Je renifle et elle se lève.

— Bon, j'ai beaucoup de choses à préparer.

Elle s'éclaircit la gorge et écarte ses cheveux noirs de son visage.

— On se revoit très vite avec tes amis.

Son sourire est lumineux et ma poitrine rayonne d'une joie qui me transperce.

Elle quitte la pièce, et tous mes espoirs de ne pas pleurer sont réduits à néant. Je sanglote dans mes mains, submergée par les émotions d'un passé que j'aimerais tant pouvoir changer.

Malgré cela, pour une fois, il semble que les étoiles soient alignées et que tout aille dans mon sens. Alors pourquoi ai-je ce mauvais pressentiment qui me ronge au creux de l'estomac ?

RAGNAR

Narah pleure, et ça me fait mal au cœur de la voir comme ça. Un nerf tressaute sous mon œil à cause de la pesanteur qui s'enfonce en moi, comme tout à l'heure quand elle a menacé de partir. Merde ! Mon cœur n'est pas assez fort pour supporter une telle perte. Pas encore.

J'avais perdu ma compagne prédestinée, et je n'étais pas censé trouver quelqu'un d'autre pour la remplacer. Puis Narah est entrée dans ma vie et a tout détruit. Je ne pense qu'à elle. Elle est tout ce dont mon loup a envie.

Mais la partager ? Ce n'est pas une chose qui devrait me rendre vulnérable.

Je dois être prudent, ne cessè-je de me répéter. Mais ça ne sert à rien, parce que je suis tombé raide dingue d'elle. Mon loup ne m'aide pas non plus.

Des images de mon passé avec ma compagne remontent à la surface.

— Ragnar, ça ne va pas marcher, dit Eisa en relevant courageusement le menton.

Ses yeux sont rouges comme si elle avait pleuré, et même son menton tremblant me montre à quel point elle se débat.

— De quoi parles-tu ?

Je grogne, mais le son de ma voix est encore plus rauque que celui de ma poitrine qui se fend en deux. J'attrape son bras, mais elle l'arrache et s'éloigne de moi comme si j'étais une bête qu'elle craignait.

— C'est fini, d'accord. Ne rends pas les choses plus diffi-

ciles qu'elles ne le sont. *Je ne t'aime pas. J'ai essayé, j'ai vraiment essayé, mais...*

Elle baisse la tête, ses cheveux blonds retombent sur son visage alors que sa respiration devient difficile.

— Mais quoi ? *grognè-je.* C'est Ven, n'est-ce pas ? Je vous ai vus passer plus de temps ensemble, et j'ai supposé que vous étiez amis... mais j'étais un putain d'idiot, n'est-ce pas ?

— Ragnar, s'il te plaît, ne fais pas...

— Ne fais pas quoi ?

La rage gronde en moi. Je me dirige vers elle, lui arrache le sac des mains et le jette à travers la pièce. J'attrape son bras et la tire vers moi.

— Tu veux me faire du mal ? *demande-t-elle en tirant sur ma prise.* Vas-y si ça te fait te sentir mieux. Mais ça ne changera pas ma décision.

Je cligne des yeux mais ne la lâche pas.

— As-tu oublié que nous sommes des âmes sœurs, que si nous nous séparons, ta louve se languira de mon loup pour l'éternité ? Je t'ai tout donné...

Elle secoue la tête, des larmes roulant des coins de ses yeux.

— Je sais comment masquer la douleur, *bégaie-t-elle en se dégageant de mon emprise.* Je suis désolée, mais je ne peux pas faire ça. J'aime quelqu'un d'autre.

Je tremble, la pièce bascule autour de moi.

Je rugis à l'intérieur tandis que mes poings se forment, les jointures blanches. Je suis empli de fureur, elle me contrôle, me noie dans les recoins les plus sombres de mon esprit.

— Où est Ven, bordel ? *grogné-je en sortant de la pièce.*

Eisa est derrière moi, elle attrape ma chemise et me tire en arrière.

— Ragnar, non, s'il te plaît, ne fais pas ça.

Je la repousse, et elle trébuche contre le mur du couloir. Je suis aveuglé par la rage qui bouillonne juste sous la surface.

Je vais assassiner Ven.

Rien n'est plus douloureux à mes yeux que de voir Eisa aimer un autre homme.

Je chasse le passé de mon esprit, étudiant Narah qui serre ses genoux contre sa poitrine. Comment veut-elle que je la partage ? Tout ce temps, j'ai fait preuve de patience, sachant que mes hommes flirtaient avec elle, mais je ne savais pas qu'elle avait développé des sentiments pour eux. Ce puits de ténèbres enfle en moi une fois encore à l'idée que je ne suis pas le seul.

Je reste planté dans l'embrasure de la porte de ma chambre, avec l'envie de serrer cette femme dans mes bras, de la garder pour moi tout seul, de la faire mienne, mienne, mienne. Ravalant la boule que j'ai dans la gorge, je ne cesse de penser à un autre qui la saute, et ça me brûle à vif.

Tendu, je serre les poings.

Je ne déteste pas mes hommes, je n'ai jamais pu le faire, alors je me retrouve dans une situation impossible. Est-ce si différent de ce que la mère de Narah lui a raconté sur le choix de sacrifier leur père pour protéger ses filles ?

Est-ce que ça va être à mon tour ? La perdre, ou apprendre à accepter qu'elle ne sera jamais complètement à moi ?

Sur le canapé, Narah glisse ses pieds sous ses fesses, se recroqueville sur elle-même. Elle est si petite, si fragile, et pourtant dans ses veines coule une magie inimaginable.

J'entre dans la pièce, et elle lève les yeux, essuyant rapidement ses larmes à mon approche.

Au départ, elle ne dit rien, mais des non-dits flottent dans l'air entre nous. Notre précédente dispute est comme une épine dans mon cœur. Mais je ne suis pas là pour parler de ça. Pas maintenant, du moins.

— Tu vas bien ?

Je m'assieds à côté d'elle, les coudes sur mes cuisses, et je la regarde par-dessus mon épaule.

Elle fixe la porte vide, avant de poser les yeux sur moi.

— Je suppose que tu as tout entendu ?

— Effectivement.

— Crois-le ou non, certaines de ces larmes sont des larmes de joie.

Elle m'adresse un faible sourire avant de s'essuyer les yeux.

— J'ai retrouvé ma mère. *Youpi.*

Une larme coule de son œil, et je l'attrape sur sa mâchoire.

— La famille, c'est foutrement compliqué, lui dis-je.

Elle est absolument magnifique, même avec ses yeux cernés de rouge, ses joues et son nez rosis. La douleur de la perdre me détruirait.

Elle fait un bruit étrange en soufflant.

— Et moi qui trouvais que ma vie n'était pas encore assez horrible et que ça ne pouvait pas être pire.

— Ta mère a pris une décision impossible. Mais si tu

ne peux rien changer au passé, tu peux en revanche célébrer ce que tu as maintenant.

Elle inspire brusquement et lèche ses lèvres sèches, puis pose sur moi un regard d'ambre empli de courage.

— Comment pardonner à quelqu'un qui a fait exprès de faire tuer votre père ?

Des souvenirs fantômes se blottissent dans ma poitrine et la compriment, me laissant tout engourdi. Mon passé m'a anéanti, et je n'ai pas encore trouvé comment m'en remettre, alors qui suis-je pour donner des conseils ?

— J'aimerais pouvoir t'offrir des paroles pleines de sagesse ou te dire quelque chose de réconfortant, mais tu devrais peut-être essayer d'oublier ce que tu ressens et te concentrer sur ce que tu mérites.

Je ne suis pas sûr qu'elle me croie, vu le regard qu'elle me jette. C'est sa décision. Nous vivons tous avec des démons, des monstres qui nous détruisent. Elle doit décider si elle va faire face à ses démons ou les laisser la consumer.

19

NARAH

La nuit imprègne la forêt qui nous entoure, et s'effiloche au bord d'un grand étang. Nous nous trouvons au milieu des bois situés derrière le village des Montagnes aux Loups, et un milliard d'étoiles scintillent dans le ciel, à travers les interstices de la canopée. J'ai toujours pensé que la nuit était magnifique, mais ce soir, je suis nerveuse et je n'arrête pas de tripoter mes cheveux ou mes vêtements.

Les quatre Alphas prennent place de part et d'autre de moi, le regard rivé sur l'eau. Sur le chemin pour rejoindre ma mère, nous n'avons échangé que quelques mots. La tension qui règne entre Ragnar et ses hommes m'angoisse.

C'est à moi que j'en veux, et même si la conversation entre Ragnar et moi était inévitable, je ne suis pas certaine que ç'ait été le meilleur moment, à nous voir maintenant. Nous sommes sur le point de briser une malédiction qui pourrait indiquer aux sorcières que nous avons rompu leur sort. Elles pourraient faire du mal à Kaira, ou déclarer la guerre et venir nous chercher. Qui pourrait le savoir ? Pourtant, Mère me promet qu'elle dissimulera la détection d'une manière ou d'une autre, mais que faire si ça ne marche pas ? Au mieux, la magie est quelque chose d'inconstant.

Voilà pourquoi j'ai besoin d'avoir la tête sur les épaules, sans aucune distraction.

— D'accord, alors qu'est-ce qu'on doit faire ? demande Ragnar à ma mère d'une voix bourrue.

Je fais demi-tour et je la vois debout derrière nous, une main tenant une lame et l'autre un sac de ce qu'elle a appelé des herbes. Elle porte une toge écarlate, sans doute pour le côté théâtral, mais avec le couteau qui brille au clair de lune, je revois Lyssa me couper la main. Certes, la blessure a guéri rapidement grâce à ma louve, mais je ne suis pas favorable à l'idée d'être de nouveau blessée.

Les ombres se propagent autour de nous au milieu des grands arbres, les animaux crient dans la nuit, un hurlement retentit au loin et les hiboux hululent. Il y a tellement de bruits.

— Déshabillez-vous, dit doucement Maman.

Je cille en la regardant, je ne me sens pas tout à fait à l'aise avec cette situation ; mais cela ne semble pas déranger les hommes, qui se débarrassent de leur équipement et qui, en quelques secondes, se retrouvent face à elle les fesses à l'air. Ils se dressent fièrement avec tous leurs attributs exposés. La mère ne les regarde même pas, mais elle ouvre le sac d'herbes.

— Prenez une pincée et placez-la sous votre langue.

— Tu as besoin d'aide pour te déshabiller ? me

demande Crius qui se penche pour me parler dans l'oreille.

Je souris, sachant que c'est exactement ce qu'il aimerait, mais je secoue la tête : je veux en finir avec ça. Je me déshabille, le froid contre ma peau me donne immédiatement la chair de poule. Je ne peux m'empêcher d'enrouler un bras autour de ma poitrine.

Ma mère est devant moi, souriante, alors que je plonge mon autre main dans la bourse.

— Tu es sûre que ça va marcher ?

— Fais-moi confiance. J'ai retiré des centaines de malédictions de sorcières.

Elle semble si sûre d'elle que je prends les herbes et les mets dans ma bouche. C'est granuleux sous ma langue, ça a un goût de menthe poivrée.

Mère laisse tomber la bourse sur le sol, remonte sa manche jusqu'au coude et, sans la moindre hésitation, passe la lame sur son avant-bras.

Je siffle parce que je ne connais que trop bien cette douleur mordante, alors qu'elle sourit comme si de rien n'était.

Elle s'avance d'abord devant Crius et trempe deux doigts dans son sang, puis le passe sur son front, son nez, sa bouche, son menton et sa poitrine.

— Entre dans l'eau sacrée.

Crius se trémousse et hurle en se jetant à l'eau, tête la première, m'éclaboussant l'arrière des jambes avec ses projections. Je lève les yeux au ciel. Elle expédie les autres hommes à l'eau de la même manière avant de revenir vers moi.

Elle me marque, et son sang est chaud contre ma peau.

— Je ne peux pas te dire à quel point je suis heureuse de t'avoir à nouveau dans ma vie. Il y a tant de choses que je dois t'apprendre et te montrer.

Le coin de ses yeux se plisse profondément.

J'ai toujours cette envie persistante de dire qu'elle aurait dû nous chercher plus tôt. Mais, comme Ragnar l'a suggéré, je me concentre sur ce que je mérite, pas sur cette amertume qui refuse de quitter mes tripes à cause de Père. Grâce à l'aide de Mère, nous serons libérés de la malédiction, et elle pourra nous aider à récupérer Kaira.

Dans mon esprit, cela paraît trop facile, car rien ne se passe jamais bien pour moi, alors je dois croire que cela va fonctionner.

Son regard brille et elle prend ma main dans la sienne tachée de sang avant de se pencher vers moi et de chuchoter.

— Narah. Es-tu certaine de pouvoir faire confiance à ces loups qui sont avec toi ?

Je me raidis, et un soupçon de panique me tenaille la poitrine à la suite de ses paroles inattendues.

— Qu'est-ce que tu veux dire ?

Je jette un coup d'œil aux hommes qui nagent dans l'eau et discutent tranquillement, même si Ragnar reste dans son coin.

— Ils me semblent vraiment familiers, et pas dans le bon sens, poursuit-elle doucement. Mon esprit n'est plus aussi vif qu'avant, et il ne m'est pas si facile de me souvenir des choses ces derniers temps. Mais je n'ai pas de bonnes vibrations avec eux.

— Ils m'ont protégée jusqu'à maintenant, chuchotè-je.

— Je te dis juste d'être prudente, Narah. Il y a quelque chose qui ne va pas dans leurs énergies.

Sa mise en garde résonne dans mon esprit, et un frisson parcourt ma colonne vertébrale. Après tout ce que j'ai vécu avec ces loups et l'attirance que j'ai pour eux, c'est la dernière chose que j'ai besoin d'entendre.

— Vite, va dans l'eau.

Elle me donne un coup de coude sur l'épaule pour avancer, comme si elle ne venait pas de me balancer une bombe.

Je marche prudemment dans l'eau froide, le sol est caillouteux et acéré sous mes pieds.

Pourtant, j'ai encore plus mal au ventre à cause de ce qu'elle a dit, et j'aurais préféré qu'elle se taise.

Je patauge dans l'eau, je m'enfonce plus loin. Quand je lève les yeux, les hommes se sont tus et me regardent attentivement. Je me déplace plus rapidement et plonge sous l'étreinte froide de l'étang.

Je rencontre le regard de Ragnar immédiatement. Il est à plusieurs mètres, et quand je le regarde maintenant, je suis déchirée. Une partie de moi a envie de nager vers lui, une autre partie est attirée par les autres hommes, et ma tête, elle, me rappelle notre dispute inachevée. Et à présent, il y a aussi l'avertissement que Mère m'a mis dans la tête. Quand on aura fini, il faudra qu'elle me dise ce que cela signifie, avant que ça me rende dingue.

Nous ne sommes plus que des têtes flottantes dans

l'étang à minuit, à faire du sur-place, et je fais face à Mère.

— Il fait vraiment froid ici. On peut commencer ?

— Ouaip, mes boules se recroquevillent dans mon corps ! aboie Crius.

Mère entre dans l'eau, pieds nus, et s'arrête. Elle murmure quelque chose à mi-voix et applaudit une fois. Le son résonne dans les bois autour de nous, et le silence s'installe.

Ma peau frémit dans l'attente.

Stone est soudain aspiré sous l'eau, suivi de Nikos.

J'essaie frénétiquement de les atteindre, et un petit cri m'échappe.

Ragnar se précipite vers moi, une peur folle dans les yeux, alors que lui aussi est assailli. Tiré si vite, il disparaît et seules des bulles flottent à la surface.

— Mère, que fais-tu ? criè-je, trébuchant sur les mots.

Je me tourne frénétiquement vers Crius, alors que l'eau s'agite autour de moi, quand quelque chose me saisit brusquement les chevilles.

On me tire par en dessous.

La terreur me saisit, mon cœur martèle ma cage thoracique.

J'agite mes bras sauvagement. Il fait trop sombre dans l'eau, trop trouble pour que je puisse distinguer ma main devant mon visage.

Je me bats pour libérer mes jambes de ce qui les retient. Mes poumons brûlent à la recherche d'oxygène, et je donne des coups de pied frénétiques pour me libérer. Je plonge avec désespoir et trouve des lianes autour de mes chevilles. Elles sont très épaisses, serrées. Je les agrippe mais ne parviens pas à les arracher.

La terreur m'envahit. Je ne pense plus qu'à la mort. Et cette idée terrifiante que ma mère m'a peut-être menti… que je suis tombée dans son piège. Que nous allons tous mourir dans cet étang et que personne ne le saura jamais. Kaira mourra parmi les sorcières, et Jae… elle attendra en vain mon retour.

Menteuse… Je vous en prie, faites que ma mère ne soit pas une menteuse.

La pression grandit en moi, comme la douleur dans ma poitrine, et ma tête est sur le point d'exploser.

Je ne peux plus tenir.

La magie jaillit hors de mon corps si vite qu'elle me fait trembler. Mais en même temps, la douleur de l'étouffement est trop intense. C'est trop, putain.

Dans un instinct désespéré, ma bouche s'ouvre pour aspirer de l'air. L'eau s'engouffre à l'intérieur, et mon esprit s'obscurcit en quelques secondes.

L'instant d'après, je suis à genoux sur la berge, toussant à pleins poumons.

C'est si douloureux que j'en pleure. Crius atterrit en tas juste à côté de moi, comme s'il avait été sorti de l'étang et jeté là. Comme moi, il tousse et vomit de l'eau. Ragnar, Nikos et Stone sont dans le même état. Nous avons tous été emportés par la magie, nous étouffant avec l'eau dans nos poumons.

Mon corps est totalement épuisé, comme si j'avais marché pendant une semaine d'affilée. Si je ferme les yeux maintenant, je vais m'endormir.

Je lève la tête vers ma mère, qui se trouve plus loin

de nous maintenant dans les bois, peut-être à six mètres, et qui referme sa cape autour d'elle. Elle a une petite lanterne à ses pieds, et pourtant elle semble avoir quelque chose de différent. Peut-être est-ce dû aux ombres ?

— Qu'est-ce que tu nous as fait ?

J'ai les bras qui tremblent et je suis à peine capable de tenir debout.

— J'ai retiré votre malédiction, Narah. Comme vous me l'avez demandé. Et tu sais qu'il n'y a qu'un seul moyen d'éradiquer la malédiction de quelqu'un d'autre.

Elle repousse ses cheveux noirs loin de son visage, et c'est là que je la vois clairement. Là où il y avait auparavant des rides sur son cou, sa peau est maintenant lisse et ferme, ses lèvres sont pleines et les plis autour de ses yeux ont disparu. Elle est plus jeune, comme dans mon souvenir d'enfance.

Bon sang, mais qu'est-ce qui se passe ?

Je me hisse sur des jambes tremblantes, un sentiment de malaise au creux de l'estomac.

— Qu'est-ce que ça veut dire ? répété-je plus fort alors que les hommes se relèvent à côté de moi.

— Ce n'est pas grave, ma chérie. Après un jour de repos, tout sera de retour à la normale. Mais chacun d'entre vous est maintenant libéré de la malédiction, donc je vous en prie.

— C'est quoi ce bordel ? Réponds directement à la foutue question de Narah ! grogne Ragnar, la poitrine gonflée.

Elle pousse un soupir, et sa lèvre supérieure se retrousse sur une ligne parfaite de dents blanches.

— Très bien. Vous deviez mourir pour que la malédiction soit levée. Puis je vous ai ramenés à la vie. Ce n'est pas grand-chose. Il existe une très faible probabilité que vous ressentiez des effets secondaires, mais il est peu probable qu'ils se produisent.

— C'est quoi ce bordel ? Des effets secondaires ? hurle Crius. Tu as fait de nous des zombies ?

Mère éclate de rire.

— Ne sois pas ridicule. Je t'ai ramené à la vie avec ton âme intacte.

La crainte remplace l'espoir que j'avais auparavant que les choses allaient finalement bien se passer.

— C-comment… Oh, merde. Comment peux-tu dire que ce n'est pas grand-chose ? Tu ne nous as même pas prévenus que tu allais nous tuer !

La bile me monte à la gorge, comme si j'allais être malade.

Elle se penche et soulève la lanterne.

— Auriez-vous accepté le rituel si je l'avais fait ? Venez à la maison quand vous serez secs et habillés, ensuite je vous expliquerai tout. J'ai laissé quelques serviettes sur le sol ici.

Elle jette un coup d'œil à ses pieds, puis commence à descendre le chemin en direction du village, sa lanterne se balançant dans sa main.

— Putain ! grogne Stone en scrutant son corps comme s'il lui manquait quelque chose.

Crius inspecte son membre, comme s'il avait pu être contaminé, pendant que Nikos a du mal à respirer, le visage rouge de colère.

— Elle n'avait pas le droit, dit Stone. J'ai entendu

trop d'histoires d'horreur sur ce qui arrive aux gens qui reviennent d'entre les morts.

Merde !

Je ne peux même pas défendre ma mère parce que je tremble de colère, essayant de donner un sens à ce qu'elle vient de nous faire.

— Vous avez vu comme elle avait l'air plus jeune ? demande Ragnar.

— Elle s'est nourrie de nous.

Je me mordille la lèvre inférieure, je tremble violemment, mes dents claquent. *Déesse, qu'a fait ma mère ?*

— Et je déteste qu'on se joue de moi ! rugit-il.

Je regarde le chemin sombre que Mère a emprunté et secoue la tête.

— Mais ce n'est pas ce qu'elle fait. Elle nous aide.

Je resserre mes bras autour de moi quand Crius me tend une serviette pour me sécher.

— Ouvre les yeux, Narah, grogne Ragnar. Elle s'est servie de nous. Comment pouvons-nous être certains que la malédiction a été retirée ?

Je déglutis bruyamment, puis je serre les poings pour calmer mon tremblement.

— Je vais découvrir la vérité.

Sous le coup de la colère, je me dépêche de récupérer mes vêtements et je m'habille rapidement, même si je suis encore trempée et qu'il m'est presque impossible d'enfiler mon pantalon ainsi. Mais mon pouls bat au rythme d'un tambour de guerre.

Je cours après elle, sans prendre la peine d'attendre les hommes. Je dois savoir la vérité même si ça doit me tuer.

Un hurlement déchire l'air de la nuit, puis un autre, plus proche cette fois. Il vient de derrière moi, et je ne peux qu'imaginer que c'est l'un des hommes... ou un habitant du coin. Je m'en fiche. Je sprinte devant les arbres et me faufile sous les branches basses.

Devant moi, un cri à glacer le sang fend l'air.

Mon ventre se noue en imaginant que ma mère est tombée ou quelque chose comme ça.

Je cours éperdument, mon cœur battant dans ma gorge alors qu'une cacophonie de cris et de grognements éclate plus loin derrière moi. C'est bruyant et terrifiant. Qu'est-ce qui se passe, bon sang ? Est-ce que des hommes se battent ?

Mais je n'arrêterai pas... je ne peux pas.

Au tournant suivant, je m'arrête brusquement, le cœur au bord des lèvres.

Deux loups noirs sont sur mon chemin, déchiquetant quelqu'un qui est étalé sur le sol. Les bruits barbares de déchirure, d'aspiration, de grognements emplissent l'air.

Puis j'aperçois son visage sous les bêtes.

Mes genoux faiblissent.

— Mère ! m'écriè-je.

La magie se propulse de mes mains en quelques secondes, se projetant vers l'extérieur, frappant les animaux sur les côtés, les projetant loin de ma mère dans une explosion.

Je me précipite à ses côtés, et je tombe à genoux, raclant la terre. Elle est sur le dos, la poitrine et la gorge complètement déchirées, et du sang gicle. Elle a les yeux grands ouverts.

Je crie, mon cœur éclate comme du verre. Je saisis son bras, et chaque centimètre de mon corps est devenu glacé de terreur. Ça fait remonter d'horribles souvenirs de l'enterrement de mon père, et je ne peux pas revivre ça. Pas encore.

— S'il te plaît, réveille-toi. Je peux te guérir. N'importe quoi, mais ne meurs pas.

Sans prévenir, des mains puissantes me saisissent par les cheveux et me tirent en arrière.

Je crie et je retombe sur mes fesses.

Je lève la tête et je contemple le visage du monstre qui a essayé de me tuer. La terreur m'étouffe.

Martell !

Son visage se tord de haine.

— À très bientôt, Narah.

Son poing vole vers mon visage et frappe fort.

Les ténèbres m'avalent instantanément.

Suivez la suite de l'histoire de Narah dans *La Louve Damnée* : commandez-le ici !

LA LOUVE DAMNÉE

LES LOUPS SAUVAGES, LIVRE 3

Toute ma vie, tout ce qu'on m'a appris n'était que mensonge...

La haine est un mot cruel...

Mais découvrir ce que ma mère a fait...

Ce qu'elle m'a caché est impardonnable.

Sans compter que les quatre hommes que j'ai laissé entrer dans ma vie m'ont aussi dissimulé des secrets.

De mon côté, j'ai quelques vérités à révéler qui pourraient tout changer entre nous.

Alors que la menace d'une guerre assombrit notre monde et que mon ex-compagnon est à nos trousses, je ne vois pas comment nous pourrons survivre si nous laissons le passé nous séparer.

Pourrai-je trouver un moyen de leur pardonner avant qu'il ne soit trop tard et que je perde tout ?

La Louve Damnée se déroule dans le même univers que Les Loups Cendrés, avec quelques recoupements de personnages.

Cette série peut être découverte sans avoir lu Les Loups Cendrés au préalable.

CAPTURER UNE FAË

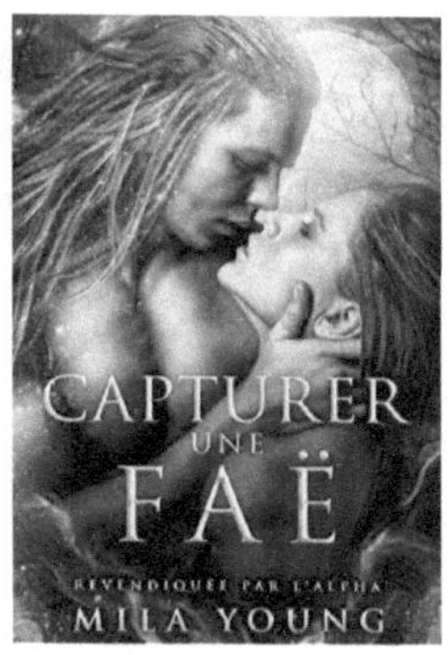

Il y a bien longtemps, les ténèbres et la lumière se rejoignirent pour créer la beauté... une beauté destinée à détruire ce monde.

Encore ce rêve qui revient, toujours ces mêmes bois sombres et tortueux ; c'est un endroit que je ne connais que trop bien, où j'ai déjà voyagé des centaines de fois.

Mais ma mère adoptive insiste, ce n'est qu'un rêve. Alors pourquoi est-ce qu'il est toujours dans ma tête ? Celui qui n'a pas de nom, qui refuse de me le donner.

Il m'appelle petite louve, me confie ses secrets, m'écoute, et ses paroles coquines me font rougir. Jusqu'à ce qu'un jour tout bascule.

Je ne suis pas prête pour un monde qui n'est pas censé exister.

À rencontrer trois hommes magnifiques et sexy dotés de pouvoirs inimaginables, plus dangereux les uns que les autres. L'un est dominateur et terrifiant. L'autre est cruel en paroles. Et le troisième a indubitablement ravi mon cœur, et persiste à dire que je lui appartiens.

Ils affirment que je cours un danger, mais leur protection suffira-t-elle à m'en préserver, à m'aider à être heureuse avant qu'il ne soit trop tard ? À m'éveiller à ma véritable nature ?

À PROPOS DE MILA YOUNG

Auteur à succès, Mila Young aborde tout avec le zèle et la bravoure des héros de contes de fées, dont les aventures ont enchanté son enfance. Elle élimine les monstres, réels et imaginaires, comme s'il n'y avait pas de lendemain. Le jour, elle joue du clavier en tant que génie du marketing. La nuit, elle combat avec sa puissante épée-stylo, réinventant des contes de fées, où les héros sexys vivent des histoires fantastiques. Durant son temps libre, elle aime imaginer qu'elle est une valeureuse guerrière, câliner ses chats, et dévorer tous les romans fantastiques qui lui passent sous la main.

Envie de lire d'autres romans de Mila Young? Inscrivez-vous ici dès aujourd'hui. www.subscribepage.com/milayoung

Rejoignez le **groupe des Lecteurs Fantastiques** de Mila pour des contenus exclusifs, les dernières infos, et des avantages.
www.facebook.com/groups/milayoungwickedreaders

Pour plus d'informations...
www.milayoungbooks.com
mila@milayoungbooks.com

9 781922 689412